SACHERTORTE MIT SCHUSS

AF186311

Ulrike Moshammer wurde 1975 in Vöcklabruck geboren, wo sie auch heute noch mit ihrer Familie lebt. Eine zweite Heimat hat sie in dem kleinen Kurort Bad Gastein gefunden, der sie mit seinem morbiden Charme und seiner mondänen Geschichte schon lange fasziniert. Sie hat in Salzburg Germanistik studiert, schreibt für ein Schülermagazin und arbeitet als freie Lektorin für Verlage und Selfpublisher.

Dieses Buch ist ein Roman. Handlungen und Personen sind frei erfunden. Ähnlichkeiten mit lebenden oder toten Personen sind nicht gewollt und rein zufällig. Ab Seite 230 finden sich Rezepte.

ULRIKE MOSHAMMER

SACHERTORTE MIT SCHUSS

Kriminalroman

emons:

© Emons Verlag GmbH
Cäcilienstraße 48, 50667 Köln
info@emons-verlag.de
www.emons-verlag.de
Alle Rechte vorbehalten
Umschlaggestaltung: Nina Schäfer, nach einem Konzept
von Leonardo Magrelli und Nina Schäfer
Umsetzung: Tobias Doetsch
Gestaltung Innenteil: DÜDE Satz und Grafik, Odenthal
Lektorat: Julia Lorenzer
Druck und Bindung: sourc-e GmbH
Printed in Europe 2025
ISBN 978-3-7408-2429-7
Originalausgabe

Die automatisierte Analyse des Werkes, um daraus Informationen
insbesondere über Muster, Trends und Korrelationen gemäß
§ 44b UrhG (»Text und Data Mining«) zu gewinnen, ist untersagt.

Ein ganz klein wenig Süßes
kann ganz viel Bitteres verschwinden lassen.

Francesco Petrarca

EINS

»Du wirst wohl nie erwachsen, oder?« Kopfschüttelnd trat Valerie Thaller, Chefin des Grand Hotels in Bad Gastein, hinter ihre Freundin Nora. Diese gab sich unschuldig, während sie sich umdrehte. »Wieso? Was meinst du damit?«

»Ich denke, das weißt du selbst am besten. Kaum wende ich dir für einen Moment den Rücken zu, hast du die Finger in meiner Rührschüssel, genau wie damals in der Volksschulzeit, als ich zu backen begonnen habe. Du bist unbelehrbar, schlimmer als meine Kinder, und das will was heißen.«

Nun schlich sich ein Anflug schlechten Gewissens auf Noras Gesicht, doch dieser wich rasch einem spitzbübischen Grinsen. »Du weißt doch, liebe Gewohnheiten kann man nur schwer ablegen. Warum sollte ich mich jetzt, nach vierzig Jahren, noch ändern? Du hast dich ohnehin daran gewöhnt, da würde dir diese Unsitte bestimmt fehlen.« Sie reckte das Kinn in die Höhe, strich ihr welliges braunes Haar nach hinten und strahlte.

»Du bist doch nie um eine Ausrede verlegen.« Valerie seufzte und rollte theatralisch mit den Augen. Sie konnte und wollte ihrer Freundin einfach nicht böse sein.

»Genau deswegen magst du mich doch, oder?« Nora lachte und fuhr erneut mit dem Finger in den Teig.

Mit dieser Aussage hatte sie den Nagel auf den Kopf getroffen. Ihre oft ein wenig unkonventionelle Art gefiel Valerie. Sie selbst tendierte dazu, vieles im Leben ernster zu nehmen als nötig, da tat Noras lockere Art ihr gut. Auch wenn sie beide in vielen Belangen die gleichen Ansichten teilten, waren sie von ihrer Persönlichkeit her doch sehr unterschiedlich, ergänzten sich aber perfekt. Mal profitierte die eine von der anderen und dann wieder umgekehrt. Wie es sich für beste Freundinnen gehörte.

Inzwischen konnte auch Valerie sich ein Lächeln nicht mehr verkneifen. »Du bist doch ein verrücktes Huhn. Aber es stimmt schon, das mag ich an dir.« Sie griff an Nora vorbei zum Teigbehälter, holte eine Spachtel aus der Lade und befüllte die eingefettete und bemehlte runde Springform mit der dunkelbraun glänzenden und herrlich duftenden Masse. Als sie alles schön glatt gestrichen und die Form ins vorgeheizte Backrohr geschoben hatte, fragte sie: »Und was sagt dein Kennergaumen zu meinem Backversuch?«

»Der Kennergaumen ist begeistert. Der Teig schmeckt intensiv schokoladig, hat einen nicht allzu hohen Fettanteil und ist jetzt im Rohzustand richtig schön luftig. Wahrscheinlich hast du den Eischnee so vorsichtig untergehoben, wie nur du das schaffst. Ich sage, das wird eine Sachertorte. Liege ich richtig?«

»Und wie du richtigliegst. Würde es eine Ausbildung zum Mehlspeisen-Sommelier geben, dann könntest du dort mit deinen feinen Geschmacksnerven bestimmt auftrumpfen.«

Nora prustete lautstark los. »Du hast vielleicht schräge Ideen! Ich ein Mehlspeisen-Sommelier? Wenn, dann müsste das auf jeden Fall Süßspeisen-Sommelier heißen, sonst würde es außer in Österreich und Bayern niemand verstehen.«

»Richtig. Aber meines Wissens gibt es weder die eine noch die andere Bezeichnung. Einzig den Schokoladen-Sommelier, von dem hab ich schon gehört. Aber bis es mit den Mehlspeisen so weit ist, kannst du dein Fachwissen ja mir zur Verfügung stellen. Ich hab nämlich ein neues Rezept ausprobiert und wäre für deine ehrliche Meinung dankbar.«

»Ein neues Rezept, warum das denn? Deine Sachertorte war doch immer ausgezeichnet.« Nora setzte sich an den großen Esstisch, der in der Mitte der Küche stand und das Zentrum des Familienhaushalts bildete. Unzählige Stunden war hier schon geschlemmt, gespielt, gelacht und diskutiert worden. Ein Ort der Gemütlichkeit, der für die Thallers, besonders in stressigen Zeiten, wichtig war.

Valerie stellte Teigschüssel und Quirl in den Geschirrspüler, während sie Nora antwortete. »Ausgezeichnet im Geschmack vielleicht schon, aber nur, wenn sie nicht sitzen geblieben ist. Im letzten Jahr ist mir die Konsistenz der Sacher manchmal zu fest geworden.«

»Ich dachte immer, eine Sachertorte soll so sein.« Nora schien überrascht.

»Ein ganz klein wenig, ja, aber nicht zu sehr. Mein Rezept ist viel zu empfindlich. Vielleicht liegt es an der Temperatur der Zutaten – oder an mir. Keine Ahnung. Wenn ich viel zu tun hab, dann nehm ich mir wohl nicht immer die nötige Zeit.«

Nora trank einen Schluck Tee, bevor sie antwortete. »Du weißt aber schon, dass das, was du gerade gesagt hast, Jammern auf hohem Niveau ist, oder? Deine Mehlspeisen sind die besten weitum. Aber wenn du meinst, noch besser werden zu müssen, dann tu dir keinen Zwang an. Mein Kennergaumen und ich stehen dir selbstlos für Testzwecke zur Verfügung. Ich freu mich drauf.«

Valerie wischte mit einem Lappen die Arbeitsplatte ihrer Küche sauber und meinte, ohne sich zu Nora umzudrehen: »Da bist du nicht die Einzige. Viktor und die Kinder stehen auch schon in den Startlöchern. Sachertorte ist bei uns in der Familie einfach der Klassiker. Zumindest an den Geburtstagen. Lea und Jakob wollten eigentlich dieses Wochenende gar nicht nach Hause kommen, weil sie so im Lernstress für ihre Uniprüfungen sind, aber extra wegen meiner Sacher haben sie sich umentschieden und fahren nun doch heim. Streben könnten sie auch hier, haben sie gemeint.« Mit einer letzten schwungvollen Bewegung beendete sie das Putzen, wusch den Lappen aus und setzte sich ebenfalls an den Tisch.

Nora grinste. »Manchmal habe ich den starken Verdacht, dass du für die Wochenenden immer besonders gute Sachen planst. So als ob du damit deine Zwillinge nach Hause locken möchtest.«

Empört stützte Valerie die Hände in die Hüften. »Also wirklich, Nora. Was du schon wieder von mir denkst.« Dann schmunzelte sie. »Na ja, ganz unrecht hast du nicht. Aber das sollte unter uns bleiben.« Sie legte den Zeigefinger an die Lippen. »Meine Taktik geht meistens auf. Außerdem bist auch du Nutznießerin davon. Wenn Jakob heimfährt, kommt auch Felix mit nach Bad Gastein. Allein hält ihn doch nichts in ihrer Studentenbude. Sei mir also dankbar.«

»Du meinst, Felix kommt heute noch?« Begeistert zog Nora

das Handy aus der Handtasche, die sie unter den Tisch gestellt hatte, und wischte darauf herum. »Tatsächlich, er hat mir eine Nachricht geschickt. Jetzt freu ich mich umso mehr über deine Sacher. Das war eine hervorragende Idee von dir.«

»Finde ich auch. Ich hab mich nämlich von dem Tortenwettbewerb inspirieren lassen, der nächste Woche in Bad Gastein stattfindet.«

»Das ist typisch. Du willst wohl allen beweisen, dass deine Torten die besten sind.« Nora sah Valerie verschmitzt an.

»Ach Quatsch. Zum Wettbewerb sind nur Profis zugelassen, da mach ich nicht mit. Mit denen will ich mich nicht messen.«

»Könntest du aber locker. Du bist ein Ass am Backofen, und das weißt du auch.« Noras Tonfall klang überzeugt. Dann wirkte sie jedoch nachdenklich. »Ich bin neugierig, ob das Event viele Leute ins Tal zieht. Auf Social Media wird schon stark die Werbetrommel dafür gerührt.«

»Das hoffe ich doch. Der Fremdenverkehrsverband lässt sich in den letzten Jahren allerhand einfallen, aber nicht jede Idee bringt den gewünschten Effekt. Manche kommen gut an, andere gehen leider unter. Wir sind eben nicht der einzige Tourismusort, der um Gäste buhlt. Auch die anderen wollen die Nächtigungszahlen in der Zwischensaison mit Veranstaltungen steigern. Die Konkurrenz ist hart.«

»Aber der Tortenwettbewerb ist doch etwas Besonderes, oder? Ist nicht sogar ein Fernsehsender mit an Bord?«

Valerie nickte. »Stimmt. Dieser Privatsender Austria-TV. Ich glaube, da steckt ein riesiger Konzern dahinter, zu dem auch der Verlag gehört, bei dem das Gewinner-Team dann ein eigenes Backbuch herausbringen darf.«

»Also ich persönlich finde die Idee richtig gut. Das ist mal was Neues. Ich werde sicher zu den Testessern gehören und mein fachmännisches Urteil abgeben. Bleibt nur zu hoffen, dass sich bei dem großen Aufwand, der dafür betrieben wird, zu den Kur- und Wandergästen noch ein paar Mehlspeisen-Gourmets hinzugesellen. Nicht dass die viele Mühe umsonst war.«

»Dein Wort in Gottes Ohr. Ein paar Extrabuchungen haben

wir schon. Ich stelle mir vor, dass manche Gäste davon träumen, es mit einem kleinen Interview ins Fernsehen zu schaffen. Wenn zusätzlich das Wetter passt, kommen bestimmt noch mehr.«

»Wann geht denn der ganze Trubel los?«

»Am Dienstag starten die Verkostungen. Aber das Fernsehteam baut heute bereits auf, und die Konditoren reisen morgen an, um in Ruhe ihre Vorbereitungen treffen zu können. Ab Sonntag wird gedreht und am Montag mit dem Backen begonnen.«

Nora schenkte sich aus einer Glaskanne Tee nach. »Anton hat erzählt, dass bei euch im Grand Hotel auch eine Teilnehmergruppe logiert. Er hat ein wenig gestöhnt, weil er in der Küche alles umorganisieren muss.«

Ein wenig gestöhnt ist gut, dachte Valerie. Anton, der Chefkoch des Grand Hotels und Lebensgefährte Noras, war fast am Verzweifeln. Gerade erst vor ein paar Stunden war der Aufnahmeleiter von Austria-TV aufgetaucht und hatte alle bisherigen Pläne über den Haufen geworfen. Nun musste nicht nur den Konditoren ein eigener Bereich in der Küche zur Nutzung überlassen werden, sondern auch dem Filmteam. Sie wollten Aufnahmen und Interviews direkt während der Arbeit machen und würden dafür einiges an Platz benötigen. Gegen Mittag hatten sie einen Teil des Equipments gebracht, und schon jetzt war absehbar, dass es für die Crew des Grand Hotels in der Küche, so groß sie auch war, ganz schön eng werden würde. Valeries Angestellte würden sich platztechnisch komplett einschränken müssen, sollten aber dennoch die Gäste auf gewohnt hohem Niveau verwöhnen. Keine leichte Aufgabe.

Deshalb war sie vorhin mit Anton noch einmal die Tagesgerichte für die nächste Woche durchgegangen. Allzu komplizierte Speisen würden durch einfachere ersetzt. Nach langem Kopfzerbrechen hatten sie einen annehmbaren Menüplan zusammengestellt. Beide waren mit dem Ergebnis zufrieden, und Valerie hatte sich vorgenommen, sich für ihr Küchenteam eine kleine Überraschung zu überlegen, die sie nach den Unannehmlichkeiten der nächsten Tage ein wenig entschädigen sollte.

Es war wie so oft im Leben: Theorie und Praxis klafften auseinander. Der Fremdenverkehrsverband hatte sich das Wettbewerbskonzept wohl leichter vorgestellt, als es umzusetzen war. Acht Teams traten gegeneinander an. Jedes von ihnen wurde in einem der zahlreichen Bad Gasteiner Hotels einquartiert, in dem es auch einen Teil der Küche zum Backen benutzen durfte. Die Infrastruktur musste also zur Verfügung gestellt werden. Das war neben dem laufenden Betrieb eine ungewohnte Herausforderung.

Andererseits bedeutete der Contest eine tolle und vor allem kostenfreie Werbung für jedes der Häuser. Das Grand Hotel war zwar ohnehin immer gut gebucht, aber dennoch war die Aussicht auf eine positive TV-Berichterstattung, wie sie ihnen zugesichert worden war, durchaus reizvoll. Ein wenig Bammel hatte Valerie allerdings vor ihrem eigenen Interviewtermin. Ihr Mann Viktor und sie sollten nämlich ebenfalls befragt werden, vordergründig zu ihrem Traditionshaus mitten im historischen Zentrum, aber natürlich auch zum Wettbewerb an sich.

»Mach dir darüber keine Gedanken«, beruhigte sie Nora, als Valerie ihr von ihren Bedenken erzählte. »Du wirst das souverän über die Bühne bringen. Das war schon bei Referaten in der Schule so. Du warst unglaublich nervös, hast dir nichts zugetraut, und kaum bist du vorn gestanden, hast du gewirkt, als ob du nie etwas anderes gemacht hättest. Und Viktor ist sowieso der geborene Redner. Ihm fallen immer die richtigen Sätze ein. Notfalls überlässt du ihm das Wort.«

»Bestimmt hast du recht, wir werden das schon hinbekommen, ohne uns zu blamieren.« Noras Zuspruch war Balsam für Valeries Seele. Und bei genauer Überlegung hatte sie bereits ganz andere Situationen gemeistert. Allein die beiden Mordfälle, in die sie in den letzten Jahren verwickelt gewesen war. Im Vergleich dazu war so ein TV-Interview ein Kinderspiel. Kein Grund, nervös zu sein. Zufrieden trank sie einen Schluck Earl Grey. Dabei blieb ihr Blick an dem Poststapel hängen, der in einer Ablage neben dem Radio lag. Entschlossen stand sie auf, holte die Regionalzeitung, die am Vortag ausgetragen worden war, und begann, darin zu blättern. »Du, Nora, ich wollt dich noch ganz was anderes fragen. Hast du Lust, morgen Abend mit mir zu einem Vortrag zu gehen?«

»Zu welchem Vortrag denn?« Nora wirkte überrascht.

»Moment. Das zeig ich dir gleich. Im Bezirksblatt gibt es einen Artikel darüber, und ich glaub, das wäre was für uns. Viktor interessieren solche Themen nicht, den brauch ich gar nicht erst zu fragen.« Konzentriert ging sie Seite für Seite durch. »Ah, hier ist es.«

Nora streckte sich ein wenig über den Tisch, um besser sehen zu können. »Über Zen-Buddhismus?«, fragte sie erstaunt.

»Ja, spannende Sache, oder? Hast du von dem Projekt, das in Planung ist, noch gar nicht gehört?«

Ihre Freundin schüttelte den Kopf. »Welches Projekt? Ich hab keine Ahnung, was du meinst.«

»Echt nicht? Das wundert mich, die Gerüchteküche rumort doch schon seit Tagen im Ort, und seit dem Artikel gestern ist die Geschichte neben dem Wettbewerb *das* Gesprächsthema.«

»Davon hab ich gar nichts mitbekommen, ich hatte letzte Woche aber auch wirklich viel um die Ohren. Erzähl doch mal.«

»Na gut. Dann also von vorn. Du kennst doch in Böckstein das alte Hotel bei der Evianquelle, das schon länger leer steht.« Valerie legte eine kurze Sprechpause ein, um sicher zu sein, dass Nora ihr zuhörte. Dann erst fuhr sie fort. »Offenbar hat es eine weitschichtige Verwandte vom letzten Besitzer geerbt. Die wohnt aber irgendwo in Bayern und ist nicht mehr die Jüngste. Sie hat kein Interesse an dem Haus. Das Geld aus einem Verkauf braucht sie anscheinend auch nicht. Deshalb hat sie sich entschieden, das Hotel zu verschenken. Es soll eine Anlaufstelle werden für Leute, die Ruhe suchen, und wird deshalb zu einem Zen-Kloster umgebaut. Und der Meister, der es leiten wird, ist momentan im Tal und hält morgen Abend einen Vortrag im Konferenzraum von Christians Hotel.«

»Bei deinem Schwager in Bad Hofgastein?«

»Genau. Meine Schwiegermutter hat mich heute Morgen angerufen und mir davon erzählt, sonst hätte ich bei all dem Trubel mit den Fernsehleuten die Zeitung wohl nur überflogen und den

Termin bestimmt übersehen, obwohl mich das Thema interessiert.«

»Also, da bin ich gern dabei. Wir zwei sind doch richtige Entspannungsprofis.« Weniger euphorisch fügte Nora hinzu: »In der Theorie zumindest. In der Praxis habe ich noch Übungsbedarf. Unsere Yogastunden tun mir zwar gut, aber ich fühl mich trotzdem viel zu oft gestresst. Außerdem kann ein wenig Abwechslung nicht schaden. Ich würde gern einmal was Neues ausprobieren. Das mit dem Meditieren ist bei uns beiden sowieso noch ausbaufähig. Da ist deine Tochter Lea uns weit voraus. Die kann sich wirklich vertiefen, ich bin viel zu hibbelig dazu. Vielleicht hilft uns dieses Zen-Dingsbums ja dabei. Da wird doch viel meditiert, oder?«

»Ich denke schon, kenn mich aber genauso wenig damit aus wie du.« Valerie war sich ihrer Unwissenheit bewusst.

»Dann ist es abgemacht. Wir gehen morgen einfach hin und hören uns die Sache mal an. Sollten wir tatsächlich ein Zen-Kloster im Tal bekommen, fände ich das genial. Ich kann mir vorstellen, dass das auch für die Gäste interessant ist.«

Valerie nickte. »Bestimmt. Wir haben so viele Urlauber hier, die sich für ganzheitliche Ansätze begeistern, dass das eine schöne Ergänzung wäre. Angebote für körperliches und seelisches Wohlbefinden gibt es inzwischen viele. Der Bereich boomt richtig, und zwar nicht nur in unseren Hotels. Nimm zum Beispiel das Waldbaden unten in Bad Hofgastein, das ist enorm gefragt. Unsere heutige Zeit ist so hektisch, dass viele so wie wir auf der Suche nach Entspannung sind und sich das gern auch was kosten lassen. Neue Initiativen in diese Richtung kann ich nur unterstützen.«

»Auf jeden Fall«, meinte Nora. »Einige Kolleginnen von mir gehen übrigens regelmäßig zum Waldbaden. Und sie sagen auch, dass es bei den Touristen richtig gut ankommt.«

Valerie wurde nachdenklich. »Eigentlich faszinierend, wie viele unterschiedliche Wege es gibt, um glücklich oder zumindest zufrieden zu werden. Die einen versuchen es mit Entspannungstechniken, Yoga, Qigong oder Meditation, leben vielleicht sogar asketisch und schöpfen Kraft daraus. Und die anderen lassen sich lieber kulinarisch verwöhnen. Sie geben sich den Sinnesfreuden der Küche hin, um sich rundum wohlzufühlen. Der Tortenwettbewerb ist das schönste Beispiel dafür.«

Nora zog die Stirn in Falten, bevor sie antwortete: »So habe ich das noch nie gesehen, aber da ist was Wahres dran. Während die einen durch Meditation zur Ruhe kommen, finden andere ihr Glück beim Schlemmen. Beides kann erfüllend sein. Nur zu welcher Fraktion gehören wir beide?«

»Gute Frage. Von mir würde ich sagen, dass ich exakt in der Mitte stehe. Ich mag unsere Yogastunden und hab auch schon andere Entspannungstechniken ausprobiert, ich bin da offen für alles. Außerdem ist es mir wichtig, mich gesund zu ernähren. Dass ich zum Beispiel seit Jahren kein Fleisch mehr esse, fühlt sich richtig an. Aber ein gutes Stück Kuchen, Torte oder eine meiner selbst gemachten Pralinen, das ist Genuss pur. Das gibt Lebensfreude, und ich würde um nichts in der Welt darauf verzichten wollen. Man könnte also sagen, ich liebe unsere Yogastunden beinahe so sehr wie meine Schokotrüffeln oder ein Stück Sachertorte. Für mich ist das kein Widerspruch.«

»Für mich auch nicht. Schließlich geht es immer um das richtige Maß. Ich bin definitiv für alles zu haben, was mir guttut. Und genau deswegen schauen wir uns diese Zen-Sache morgen mal an. Vielleicht ist sie ja tatsächlich was für uns.«

Valerie nickte. »Das machen wir. Und am Nachmittag kommst du mit Felix und Anton zu Kaffee und Sachertorte vorbei und sagst mir, wie du das neue Rezept findest. Ich werde die Torte heute Abend noch fertig machen, damit die Marmelade ein wenig einziehen kann.«

»Valerie, du bist die Beste. Ich seh schon, dieses Wochenende fängt vielversprechend an.« Mit einem Blick auf die Uhr ergänzte sie: »Aber jetzt muss ich gehen. Bevor Felix heimkommt, sollte ich unbedingt noch einkaufen. Es ist unglaublich, wie viel Jungs in diesem Alter verdrücken können. Der leert den Kühlschrank im Nu.«

Valerie lachte. »Da hab ich den Hotelbonus. Wenn die Kinder die Vorräte bei uns im Apartment aufgefuttert haben, können wir immer noch unten mit den Gästen essen oder uns was aus der Küche holen.«

»Du Glückspilz«, rief Nora, während sie bereits zur Tür hinausrauschte. »Wir sehen uns dann zum Sachertorten-Test. Ich bring auch meinen Kennergaumen mit, versprochen«, sagte sie noch mit einem Augenzwinkern und war weg.

ZWEI

Am nächsten Morgen stand Valerie früh auf. Sie liebte diese Zeit des Tages, wenn alles noch ruhig war und sie stressfrei in den neuen Tag starten konnte. Nachdem sie unter die Dusche und anschließend in ein smaragdfarbenes Dirndlkleid geschlüpft war, das, wie ihr Mann Viktor stets beteuerte, perfekt zu ihren Augen und den dunkelblonden Haaren passte, ging sie nach unten, um aus der Hotelküche frisches Gebäck für den Rest der Familie zu holen. Anschließend drehte sie mit ihrer kleinen Mischlingshündin Nelly gemächlich eine Runde an der frischen Luft, wo sie wie üblich ein paar Minuten auf der Brücke neben dem Straubingerplatz verharrte und die wild tanzenden Schaumkronen über den zerklüfteten Felsen des Wasserfalls beobachtete. Entspannt machte sie sich schließlich auf den Weg ins Büro und brühte sich eine Tasse Grüntee auf. Sie würde Carla, eine ihrer Rezeptionistinnen, am Vormittag bei der Arbeit unterstützen, da Samstag ein typischer An- und Abreisetag war.

Valerie genoss den direkten Kontakt mit den Hotelgästen, vor allem mit den Stammgästen, die sie seit Jahren kannte. Sie liebte es, mit ihnen zu plaudern – so viel Zeit musste immer sein. Auch ihre Eltern und Großeltern hatten das so gehandhabt. In der Erinnerung sah Valerie sich mit langen Zöpfen und Dirndl auf einem Stuhl im Rezeptionsbereich sitzen und mit den Beinen baumeln, während sie ihre Omi dabei beobachtete, wie sie Neuankömmlinge herzlich begrüßte. Die Liebe zum Hotel hatte sie schon damals gespürt, sie war ihr wohl in die Wiege gelegt worden. Dass sie das Grand Hotel einst übernehmen und im Sinne ihrer Vorfahren weiterführen würde, hatte sie nie bezweifelt. Was für ein Glück, dass sie in Viktor einen Mann gefunden hatte, der ihre Leidenschaft teilte. Er war nur wenige Kilometer weiter im Nachbarort Bad Hofgastein aufgewachsen, stammte ebenfalls aus einer Hoteliersfamilie und kannte die Branche genauso gut wie sie. Im Betrieb waren sie ein eingespieltes Team, sodass sie nichts so leicht aus der Bahn werfen konnte, selbst wenn die Hochsaison jährlich an ihren Kräften zehrte oder Events anstanden, die besondere Aufmerksamkeit forderten. Valerie seufzte, als sie den Computer hochfuhr. Sie freute sich schon jetzt auf den Moment, wenn Austria-TV wieder aus ihrer Hotelküche verschwinden würde.

An Fernsehteams waren die Bad Gasteiner zwar gewöhnt, da die einzigartige Ortskulisse mit den wolkenkratzerähnlichen Belle-Époque-Häusern, die in die Felsen gebaut worden waren, und dem Wasserfall spektakuläre Aufnahmen für verschiedenste Filme und Dokumentationen versprach, aber direkt im Haus während des laufenden Betriebs waren Filmaufnahmen doch noch einmal etwas anderes. Dennoch vertraute sie darauf, dass ihre Küchencrew unter Antons Leitung das bestens hinbekommen würde.

Der Vormittag verging wie im Flug. Zu ihrer Freude tauchten zwischendurch Lea und Jakob zum Plaudern auf, die am Vorabend noch nach Hause gekommen waren, und Andi, Valeries jüngster Sohn, schaute ebenfalls vorbei, um sich mit ihr zu unterhalten. Selbst wenn Valerie als Hotelchefin keine üblichen Arbeitszeiten hatte und immer viel zu tun war, schätzte sie es, dass sie für ihre Kinder stets präsent war. Das Hotel war ihr aller Zuhause, sie lebten im Einklang mit den Gästen und zogen sich nur ins Apartment im obersten Stock zurück, wenn sie das Bedürfnis nach Privatsphäre hatten.

Als Carla gerade ihre wohlverdiente Mittagspause genoss und Valerie allein an der Rezeption stand, betraten vier Männer und eine Frau die Lobby. Valerie ahnte sofort, dass es sich dabei um die Teilnehmer des Wettbewerbs handelte, die etwas früher als geplant ankamen. Zum Glück waren ihre Zimmer bereits bezugsfertig.

Obwohl es bei der TV-Show um österreichische Konditorenkunst und typisch österreichische Torten ging, war dieses Team extra aus dem fränkischen Erlangen angereist. Der Chef, Thomas Landmann, war gebürtiger Wiener und hatte seine Ausbildung in seiner Heimatstadt absolviert. In Deutschland lebte er erst seit rund zehn Jahren, wo er der Liebe wegen gelandet war, wie er

Valerie am Telefon lachend verraten hatte. Seine Idee, in Erlangen ein Wiener Kaffeehaus samt Konditorei zu eröffnen, war offenbar voll aufgegangen. Der Betrieb lief gut. Um die Werbetrommel weiter zu rühren, hatte er sich dazu entschieden, sich für den Torten-Contest im schönen Österreich zu bewerben, und war prompt angenommen worden.

Valerie begrüßte die Fünfergruppe und checkte sie ein. Thomas Landmann und drei seiner Mitarbeiter waren auf den ersten Blick äußerst sympathisch. Nur einer des Teams hielt sich abseits und schien nicht ganz in die ansonsten fidele Runde zu passen. Sein Name war laut Buchung Georg Baier. Er war ein gut aussehender Mann um die vierzig, wirkte aber unnahbar. Jedes Mal, wenn ihn einer seiner Kollegen ansprach, reagierte er genervt, beinahe aggressiv. Während Valerie die Formalitäten erledigte, starrte er auf sein Handy und wischte wild darauf herum. Sie gab sich größte Mühe, beim Einchecken mit ihm ins Gespräch zu kommen, wie sie es aus Prinzip mit allen Gästen hielt, doch das war ein Ding der Unmöglichkeit. Er ignorierte ihre Versuche komplett.

Das passierte ihr selten. Die meisten, die im Grand Hotel logierten, waren umgänglich. Nur vereinzelt gab es solche Typen wie Baier. Persönlich nehmen durfte man so etwas nicht, es gehörte zum Alltag in einem Tourismusbetrieb dazu, hinterließ bei Valerie aber dennoch jedes Mal einen bitteren Nachgeschmack. Freundlich wünschte sie den Teilnehmern einen schönen Aufenthalt und viel Glück für den Wettbewerb, bevor sich diese auf ihre Zimmer zurückzogen. Sie waren wohl früh losgefahren und wollten erst mal in Ruhe auspacken. Vielleicht war Georg Baier von der Fahrt müde und deshalb so ungehalten. Valerie würde bei nächster Gelegenheit noch einmal versuchen, mit ihm zu plaudern. Schließlich sollten sich alle Gäste des Grand Hotels wohlfühlen, das war ihr ein Anliegen. Womöglich stellte sich Georg Baier noch als recht umgänglich heraus, hatte er sich erst einmal eingewöhnt.

***

Als Valerie jedoch zwei Stunden später von ihrem täglichen Hundespaziergang über die Reitlpromenade zurückkehrte, wurde sie eines Besseren belehrt. Nur an der Müdigkeit war Baiers schroffe Art offensichtlich nicht gelegen, denn sie sah den unsympathischen Deutschen am Rand des Straubingerplatzes stehen. Er war in eine Unterhaltung mit einem Mann vertieft, der Valerie im Ort noch nie über den Weg gelaufen war. Ein unauffälliger blonder Typ, etwa im selben Alter wie Baier. Es hatte den Anschein, als ob die beiden sich kennen würden, sie wirkten beinahe vertraut miteinander, was sie neugierig machte, denn Georg Baier war ja eben erst angereist und hatte gar nicht die Zeit gehabt, Kontakte zu knüpfen.

Und dennoch führten sie kein freundschaftliches Gespräch, das war schon von Weitem ersichtlich. Viel eher sah es nach einem handfesten Streit aus, den die zwei Männer da auf offener Straße austrugen. Georg Baier gab dem Blonden sogar einen heftigen Stoß gegen die Schulter, sodass der ins Straucheln kam und beinahe stürzte. Valerie überlegte bereits, ob sie hingehen und versuchen sollte, die beiden Streithähne zur Räson zu bringen. Doch da hob Baiers Gegenüber beschwichtigend die Hände und lenkte offensichtlich ein.

Als Valerie sich ihnen näherte, um das Grand Hotel durch den Haupteingang zu betreten, hörte sie ein paar Wortfetzen, die jedoch aus dem Zusammenhang gerissen waren. Worum es ging, konnte sie deshalb nicht ergründen. Außerdem bemühte sie sich stets darum, die Privatsphäre ihrer Gäste zu respektieren, was für sie ehrlicherweise eine Herausforderung darstellte, da sie von Haus aus ein unglaublich neugieriger Mensch war. Brennend interessierte sie, wie es möglich war, dass Georg Baier, Mitarbeiter in einer österreichischen Konditorei in Erlangen, am ersten Tag seines Bad-Gastein-Aufenthaltes einen derartig heftigen Disput mit jemandem haben konnte. Aus den Worten »spätestens in zwei Tagen«, »endlich« und »wehe« konnte sie sich nicht viel zusammenreimen. Das Letzte, was Valerie vor dem Betreten der Lobby noch hörte, war: »Sonst kannst du was erleben.« Das klang gar nicht gut. Auf solche Gäste konnte sie verzichten. Inständig hoffte sie, dass Georg Baier ihr im Laufe der Woche nicht noch Ärger bereiten würde.

***

Valerie vergaß ihre Sorge schnell wieder, da sie bald abgelenkt war. Kurz darauf kamen nämlich Nora, Anton und Felix zum Kaffee und setzten sich an den liebevoll gedeckten Tisch. Gemeinsam mit ihrer eigenen Familie waren sie nun zu acht. Theatralisch stöhnten die Jungen, als Valerie von ihnen detaillierte Rückmeldungen zur Konsistenz des Teiges und zu Optik und Geschmack der Glasur hören wollte.

»Ach, Mama, können wir nicht einfach nur essen?«, jammerte Andi als Jüngster im Bunde. »Die Torte ist mega, aber sonst fällt mir echt nix dazu ein.«

Viktor, Anton und Nora nahmen das Ganze weniger tragisch. Sie wussten, dass Valerie, was Mehlspeisen betraf, hohe Ansprüche an sich selbst stellte, waren aber letztendlich Andis Meinung. Dieses Rezept war absolut köstlich und sollte das alte eindeutig ablösen. Nur bei der Frage, ob in die Mitte der Torte Marmelade gehörte oder nicht, waren sie unsicher, was auch kein Wunder war. Denn darüber, ob eine richtige Sachertorte nur unter der Kuvertüre eine dünne Schicht Konfitüre haben oder auch damit gefüllt werden sollte, waren sich selbst die Experten in Wien lange Zeit nicht einig gewesen. Sowohl über die genaue Bezeichnung der Torte als auch über besagtes Thema hatte es im vorigen Jahrhundert mehr als zwanzig Jahre lang gerichtliche Auseinandersetzungen zwischen dem Hotel Sacher und der K. u. K. Hofzuckerbäckerei Demel gegeben. Valeries diesbezügliche Frage in die Runde war somit absolut berechtigt.

Die Thallers verbrachten einen amüsanten Nachmittag mit Nora, Anton und Felix, die sie alle drei beinahe als Familienmitglieder betrachteten. Dass Valeries beste Freundin und Viktors bester Freund vor zwei Jahren, als ein Mord die Ortsbewohner näher zusammenrücken ließ, ein Paar geworden waren, damit hatte ursprünglich niemand gerechnet. Doch die Beziehung war stabil, und »Großfamilie Thaller« hielt wie Pech und Schwefel zusammen. Ein schönes Gefühl für Valerie, die sich in Gesellschaft ihrer Lieben geborgen und gut aufgehoben fühlte.

Als der Abend anbrach, drängte Nora schließlich zum Aufbruch. Anton hatte sich längst in die Küche verabschiedet, da er sein Team mit den Vorbereitungen fürs Abendessen nicht allein lassen wollte. Lea, Jakob und Felix mussten für die Uni büffeln, und Andi hatte, wie so oft, Anton begleitet. Das Hotel und vor allem die Küche waren sein Leben, obwohl er noch einige Jahre die Schulbank drücken musste.

So machten sich Valerie und Nora gemeinsam mit Viktor auf den Weg nach Bad Hofgastein. Während des Vortrags über Zen-Buddhismus wollte Viktor bei einem gepflegten Glas Wein Zeit mit seinem Bruder verbringen. Christian hatte das Hotel ihrer Eltern übernommen. Der Betrieb lief gut, und ihr Schwager nutzte den großen Saal im Erdgeschoss des Hauses gern für größere Events wie Hochzeiten, Tagungen oder Vorträge. So wie an diesem Abend.

Valerie staunte, als sie das Foyer betrat. Einige Stehtische waren aufgestellt worden, an denen grüner Tee serviert wurde. Dazu waren sanfte asiatische Klänge zu hören. Die Personen, die bereits in überraschend großer Anzahl warteten, unterhielten sich in gedämpfter, dem Rahmen angemessener Lautstärke, als ob sie die entspannte Atmosphäre nicht stören wollten. Mit einem Blick auf Nora stellte Valerie fest, dass sie ebenfalls von der Stimmung im Raum beeindruckt war. Instinktiv spürte sie, dass sie einen inspirierenden Abend vor sich hatten. Durch Nicken begrüßten sie einige Bekannte und nahmen dann gern eine Tasse des aromatisch duftenden Tees von einer Angestellten entgegen. Leichter Jasminhauch stieg Valerie in die Nase, eine Note, die sie liebte und die ihr inneres Stresslevel wie üblich im Nu senkte.

Nach einigen Minuten strebten die ersten Gäste in den Saal. Der Vortrag sollte bald beginnen. Valerie bat Nora, rasch auszutrinken, weil sie gute Plätze erwischen wollte, um dem Redner möglichst nahe zu sein. Je weiter hinten sie saß, desto schlechter würde sie seine Aura fühlen können. Sie bildete sich stets ein, ein feines Gespür für andere Menschen zu haben. Oft musste sie sich dazu ermahnen, sich nicht ein allzu schnelles Urteil über jemanden zu bilden, den sie zum ersten Mal sah, weil der anfängliche Eindruck natürlich auch täuschen konnte. Meist bestätigte sich jedoch ihre Einschätzung, was vielleicht damit zusammenhing, dass sie in einem Hotel aufgewachsen war und unglaublich viel Erfahrung im Umgang mit den verschiedensten Charakteren mitbrachte.

Valerie machte innerlich einen Luftsprung, als sie beim Betreten des Raumes die beiden freien Sitze in der ersten Reihe erspähte. Sie zupfte Nora wortlos am Ärmel und zeigte nach vorne. Nachdem sie zu ihrer großen Erleichterung die gewünschten Sessel ergattert hatten, stellten sie ihre Handys auf Flugmodus, hängten die Taschen an die Lehne, drehten sich so weit nach hinten, dass sie den Eingang im Blick hatten, und warteten gespannt auf den Vortragenden.

Punkt sieben betrat dieser den Raum und schritt mit stoischer Ruhe Reihe für Reihe an den Stühlen entlang. Zen-Meister Karsten Schmidt, wie Valerie von einem Plakat wusste, trug eine für buddhistische Mönche typische dunkle Robe. Die Ärmel waren ungewöhnlich weit geschnitten, wobei der untere Bereich zusammengenäht worden war. Um den Hals hatte er eine Art Brustlatz hängen, über den Valerie schon einmal gelesen hatte. Man nannte ihn wohl Rakusu. Der Kopf des Mannes war kahl rasiert, doch an den Augenbrauen konnte Valerie erahnen, dass er ein heller Typ war.

Karsten Schmidt ließ sich Zeit, setzte bedächtig einen Fuß vor den anderen, wobei er die Hände versteckt unter dem Rakusu trug. Spontan fiel Valerie ein Zitat ein. »Der Weg ist das Ziel.« War dieser Spruch nicht auch Teil des Zen-Buddhismus? Eigentlich eine Schande, wie wenig sie über dieses Thema wusste. Am Ende des Abends würde sie hoffentlich klüger sein. Ihre Neugierde wurde mit jedem Schritt, den der Meister machte, stärker. Sie fühlte, dass dieser Abend Veränderung in ihr Leben bringen würde. Gebannt beobachtete sie ihn weiter, fasziniert von der

Aura, die ihn umgab. Aufgrund des wallenden Gewandes war nur schwer erkennbar, welche Statur sich darunter verbarg. Eher schlank, vermutete Valerie, aber auf jeden Fall mindestens eins neunzig groß. Alles in allem eine auffallende Erscheinung.

In Schmidts Gefolge ging ein etwas kleinerer Mann, der ähnlich gekleidet war. Auch sein Schädel war kahl rasiert. Teint, Augenbrauen und Bartschatten deuteten darauf hin, dass er ein dunkelhaariger Typ war. Eine markante Narbe über dem linken Auge zeugte von einer alten Verletzung. Während die Milde im Ausdruck des Zen-Meisters und vor allem auch sein verklärtes Lächeln an den Dalai Lama erinnerten, folgte ihm sein Gefährte mit ernster Miene. Valerie fragte sich, wer er wohl war. Ein Schüler des Meisters oder ein Freund? Gab es in dieser Szene eine bestimmte Hierarchie? Valerie wünschte, sie hätte sich auf den Abend vorbereitet. Sie mochte es gar nicht, wenn sie keine Ahnung von dem hatte, was sie erwartete. Sie las sich bei Vorträgen prinzipiell vorab ins jeweilige Thema ein, weil sie Neues dann viel besser einordnen und mehr Gewinn aus der Veranstaltung ziehen konnte. Dieses Mal hatte sie aber keine Zeit gefunden, sich über den Zen-Meister oder generell über Zen-Buddhismus zu informieren.

Flüsternd wandte sie sich an Nora. »Wie findest du ihn?« Sie nickte fast unmerklich mit dem Kopf in Karsten Schmidts Richtung.

Ihre Freundin zuckte mit den Schultern. »Weiß nicht. Er hat ja noch keinen Ton von sich gegeben.«

Das war typisch Nora. Als ob man nicht schon allein vom Sehen einen Eindruck von jemandem bekommen könnte. Valerie hatte sofort ein positives Bild von diesem Mann. »Ich finde, er hat eine sehr starke Ausstrahlung. Er wirkt … in sich ruhend, würde ich sagen. Beneidenswert.«

Valerie beobachtete den Zen-Meister genau, spürte seine Präsenz, als er sich vor das Publikum stellte, und lauschte andächtig seinen Worten, als er letztendlich zu sprechen anfing. Ähnlich wie sein Gang strahlte auch seine Stimme eine unglaubliche Ruhe aus. Nachdem er anfangs von seiner Zeit in Asien erzählt hatte und davon, wie er zum Zen gekommen war und diesen in verschiedenen Klöstern praktiziert hatte, weihte er die Zuhörer in die Grundzüge der Zen-Lehre ein. Valerie war fasziniert. Alles, was er sagte, klang so einleuchtend, so einfach und doch so bedeutsam.

Als er am Schluss noch das Klosterprojekt vorstellte, war sie bereits überzeugt davon, dass sie dort häufig zu Gast sein würde. Regelmäßige Zen-Meditationen würden ihr guttun. Und unter professioneller Leitung würde es ihr hoffentlich besser als bisher gelingen, sich wahrhaftig vertiefen zu können.

Es kribbelte regelrecht in ihr. Sie konnte es kaum erwarten, mit diesen neuen Erfahrungen zu beginnen. Nur schade, dass es noch eine ganze Weile dauern würde, bis das neue buddhistische Zentrum bezugsbereit war. Aber eines war klar: Zen-Meister Schmidt und sein Kloster würden eine enorme Bereicherung für das Tal darstellen und die Wellnessangebote vor Ort perfekt ergänzen. Jetzt blieb nur noch zu hoffen, dass sich genügend Spender finden würden, um das alte Hotel auch wirklich so umbauen zu können, dass es allen Ansprüchen an einen Ort der Stille und Vertiefung gerecht wurde. Sie selbst würde sicherlich ihren Teil dazu beitragen. Und offenbar hatte Zen-Meister Schmidt bereits eine große Anhängerschaft, die ihn ebenfalls zu unterstützen gedachte. Zum einen in Nürnberg, wo er in einem buddhistischen Zentrum arbeitete, zum anderen aber auch im restlichen Deutschland, ja sogar in Österreich und der Schweiz, da er über einen eigenen YouTube-Kanal versuchte, möglichst viele Menschen zu erreichen und ihnen die Grundzüge des Zen und vor allem der Zen-Meditation näherzubringen. Bis die Umbauten abgeschlossen wären, würde Karsten Schmidt gemeinsam mit seinem guten Freund und Wegbegleiter Helmut Krause – dabei deutete er auf seinen Gefährten, der schräg hinter ihm auf einem Stuhl Platz genommen hatte – zwischen Nürnberg und Bad Gastein hin- und herpendeln.

Euphorisch verließ Valerie nach Ende des Vortrags mit Nora den Raum. Eine innere Ruhe hatte sich in ihr breitgemacht, ein Gefühl, das unglaublich wohltuend war. Und das, obwohl sie nicht einmal gemeinsam meditiert hatten. Allein die angenehme Ausstrahlung des Zen-Meisters hatte ausgereicht, um sich rundum wohlzufühlen.

Der Tee, der draußen zum Ausklang wieder gereicht wurde, rundete diesen Abend perfekt ab. Während Valerie und Nora auf Viktor warteten, um gemeinsam mit ihm nach Hause zu fahren, beobachteten sie noch eine Weile die anderen Vortragsgäste und schwiegen einträchtig. Worte waren in diesem Moment überflüssig.

DREI

»Puh, du legst aber heute ein gewaltiges Tempo vor.« Nora stöhnte. »Ich habe gerade fünf Schulstunden hinter mir. Sei gnädig und renn nicht so. Du weißt doch, der Weg ist das Ziel. Und wenn ein Zen-Meister langsam schreiten darf, dann wohl auch ich …«

Valerie blieb stehen, pustete sich eine Haarsträhne aus dem Gesicht, die sich wie so oft aus ihrem Pferdeschwanz gelöst hatte, und wartete auf ihre beste Freundin, die aufgrund der Steigung des Pfades etwas nach hinten gefallen war. Vor rund einem Jahr hatten sie beschlossen, dass sie dringend etwas für ihre Fitness unternehmen mussten. Wie zu erwarten, hatten sie diesen Vorsatz nur halbherzig und etwas schleppend umgesetzt. Der Plan lautete, zumindest ein- bis zweimal wöchentlich eine große und zügige Runde mit den Nordic-Walking-Stöcken zu gehen und ab und an eine Wanderung zu machen, was meist an der fehlenden Zeit und ehrlicherweise an der Motivation scheiterte. Ihre Montagsrunde war jedoch ein Fixpunkt. Sie brachen jede Woche zur Mittagszeit auf, nachdem Nora, die an der örtlichen Volksschule arbeitete, ihren Unterricht beendet hatte.

An diesem Tag hatten sie Bewegung besonders nötig, weil sie am Wochenende entschieden zu viel geschlemmt hatten. Zudem war der Sonntag verregnet gewesen und hatte mehr zum Herumlungern als zum Spazierengehen eingeladen, sodass Valerie schon den ganzen Vormittag von Gewissensbissen heimgesucht worden war. Da noch dazu diese Woche der lang geplante Tortenwettbewerb stattfand, war absehbar, wie kalorienreich auch die nächsten Tage werden würden. Sie sollten also auf den letzten Metern noch etwas Gas geben, damit der Kreislauf so richtig in Schwung kam und sie ein paar Kalorien verbrannten.

»Komm schon, es ist nicht mehr weit, das letzte Stück schaffen wir noch schneller. Dafür lade ich dich im Turbinencafé unten am Wasserfall auf einen Fitnesssalat ein. Wenn wie heute die Sonne scheint, dann glitzern und funkeln die Gischttropfen im Licht so schön. Richtig magisch. Das sollten wir uns nicht entgehen lassen.«

Noras Antwort bestand aus einer verzweifelten Grimasse und einem kurzen Aufstöhnen, aber dann lenkte sie ein und schritt etwas zügiger voran.

Sie hatten sich für den Weg vom Grand Hotel hinunter in die Badbergstraße entschieden, vorbei an der kleinen, aber entzückenden Nikolauskirche mit den Soldatengräbern, bis kurz nach der großen Kuranstalt. Dort, etwas versteckt, zweigte von der Straße ein Pfad ab, der sich in Serpentinen durch den Wald bis zum Fuß des Graukogels nach Badbruck hinunterschlängelte. Unten angekommen, wandten sie sich nach links und nahmen den bekannten Wasserfallweg retour. Er führte stetig bergauf, immer an der sprudelnden Ache entlang, die rechts unterhalb des Weges Richtung Bad Hofgastein floss. Auf der linken Seite lag ein steiles Waldstück, in dem die kleine Hündin Nelly einst einen grausigen Fund gemacht hatte. Jedes Mal, wenn Valerie an besagter Stelle vorüberging, überkam sie ein Schauder. Strikt hielt sie Nelly nun immer an der Leine und ließ sie nicht wie früher ihrer Wege ziehen. Auch wenn die Wahrscheinlichkeit äußerst gering war, hatte Valerie instinktiv Bammel davor, dass ihre Hündin dort erneut etwas finden könnte, das sie lieber nicht sehen wollte. Gegen manche Gefühle kam der Verstand eben nicht an.

Mit einem Blick um die nächste Wegbiegung war klar, dass sie es nicht mehr weit hatten. Die Brücke, die unten neben dem Turbinencafé über die Ache führte, war bereits zu sehen. Sonnenstrahlen brachen durch das bunte Blätterdach, das jetzt im Oktober in den verschiedensten Farbtönen zum Staunen verlockte. Nelly trabte brav neben Valerie her und schlug – kaum oben angekommen – den Weg zur Terrasse ein. Seit sie von einer der Kellnerinnen dort einmal eine Scheibe Käse bekommen hatte, versuchte sie regelmäßig, Valerie ins Café zu lenken.

Das war nicht schwierig, denn Valerie liebte dieses Plätzchen. Keine zehn Meter vom Wasserfall entfernt, der hier eine

Art natürliches Becken gegraben hatte, saß man nur durch eine Glasbrüstung geschützt direkt vor der herabbrausenden Ache. Unmittelbar vor der Terrasse machte diese eine Kurve und floss dann etwas ruhiger weiter bergab nach Badbruck und Bad Hofgastein. Je nachdem, wie viel Wasser die Ache gerade führte, konnte es an den Tischen des Kaffeehauses ganz schön feucht werden. Die feinen Tröpfchen schwirrten meterhoch durch die Luft und legten sich behutsam auf Haar und Wangen. Ein Sinneserlebnis, dem Valerie nie widerstehen konnte.

Da das Lokal bei diesem Kaiserwetter bestens besucht war, setzten sich die beiden Freundinnen an den einzigen freien Tisch. Er lag an der Hausmauer und somit seitlich des Wasserfalls – nicht direkt davor, wo Valerie sonst gern saß. Dafür konnte sie das bunte Treiben im Gastgarten von ihrem Platz aus gut verfolgen, was auch nicht zu verachten war. Sie mochte es, andere Menschen unauffällig zu beobachten und sich dann Geschichten über sie auszudenken, ein Hobby, das Nora mit ihr teilte. Leute ausrichten, nannte es Viktor, was wenig schmeichelhaft war und aus ihrer Sicht gar zu negativ klang. Sie selbst sprach immer von sozialen Studien, die sie gern mit Nora betrieb, schließlich lernte man die menschliche Natur am besten kennen, wenn man Augen und Ohren offen hielt.

Um diese Jahreszeit waren es vor allem Paare oder Senioren, die im Ort und somit auch hier im Café zu Gast waren. Familien mit Kindern kamen meist nur in den Ferien, in den letzten Jahren vermehrt aus dem arabischen Raum. Dass in Österreich das Wasser nur so von den Bergen sprudelte, war eine gänzlich neue Erfahrung für sie, weshalb sie oft ewig lange auf der Terrasse am Wasserfall verweilten und nicht aus dem Staunen herauskamen.

Jetzt im Herbst saßen an manchen Tischen auch einzelne Personen. Viele wurden zur Kur hierhergeschickt, weil das radonhaltige Thermalwasser und der warme Heilstollen im Radhausberg wie Wundermittel bei rheumatischen Erkrankungen wirkten.

Valerie ließ ihren Blick schweifen. Amüsiert stellte sie fest, dass ein allein sitzender Mann mit heller Baseballkappe, den sie nur von der Seite sehen konnte, gerade ein großes Stück Sachertorte serviert bekam. Nach welchem Rezept sie hier wohl gebacken wurde? Gern hätte Valerie gewusst, ob die Sacher im Turbinencafé in der Mitte gefüllt war oder nicht und ob der Konditor genau wie sie einen Schuss Rum in die Marmelade gab, bevor er sie erwärmte und auf die Torte strich. Das Schlückchen Inländer-Rum war eine Geheimzutat aus dem Rezept, das Valerie zuletzt ausprobiert hatte. Sie hatte es in einem alten handgeschriebenen Backbuch ihrer Urgroßmutter entdeckt. Darunter war in Klammern ein Hinweis gestanden, dass das Rezept aus der Zeit stammte, als Kaiser Franz Joseph regelmäßig im Hotel logierte. Die Sacher aus dem Grand Hotel mundete ihm offenbar so gut, dass er jedes Jahr wieder danach fragte. Verständlich, sie selbst war ebenfalls begeistert davon. Die feinen Leute früher wussten schon, was gut war, so viel stand fest.

Während Nora eine Nachricht auf ihrem Handy schrieb, drehte Valerie gedankenverloren einen Bierdeckel in der Hand und schloss für einen Moment die Augen, um sich ganz ihren Sinneseindrücken hinzugeben. Die Hauswand in ihrem Rücken war von der Sonne angenehm warm. Ein laues Lüftchen wehte, die Gischttröpfchen zogen wie feiner Nebel durch die Luft, und das Rauschen des Wasserfalls war schöner als jede Musik. Dazu der aromatische Duft des Kaffees vom Nebentisch. Genuss pur.

Doch plötzlich schreckte Valerie hoch. Ein ohrenbetäubender Knall hatte die Idylle zerstört. Sie öffnete die Lider und blickte sich um. Den anderen Gästen schien es ähnlich zu ergehen. Jeder fragte sich wohl, was oder wer für dieses Geräusch, das den Wasserfall mit Leichtigkeit übertönt hatte, verantwortlich war. Da vernahm Valerie einen Aufschrei. Mitten auf der Terrasse stand eine Kellnerin und starrte mit offenem Mund auf den Tisch direkt vor der Glasfront, ganz in der Nähe von Valeries und Noras Sitzplätzen. Der Herr, der eben seine Sachertorte serviert bekommen hatte, war auf seinem Stuhl in sich zusammengesunken. In der Hand hielt er noch die Gabel mit einem Stück Torte, was äußerst makaber wirkte, denn essen würde er sie nicht mehr können. Mittig vor seiner Stirn prangte nämlich unübersehbar ein Einschussloch in der Kappe. Der helle Stoff wies bereits deutliche

Blutspuren auf. Das Gesicht war von dem Schild verdeckt, aber Valerie war sicher, dass die Augen ins Leere starrten. So einen Treffer konnte niemand überleben. Jemand hatte allem Anschein nach mit höchster Präzision auf ihn geschossen.

Valerie scannte ihre Umgebung. Der Schuss musste von vorne, vielleicht leicht von der Seite, gekommen sein, quasi vom Wasserfall. Aber wie sollte das funktionieren? Während sie noch grübelte, bemerkte sie eine vage Bewegung im Gebüsch neben dem Wasser. Ziemlich weit oben, mitten im unwegsamen Gelände, rührten sich einige Äste. Valerie schien es fast, als ob sie eine dunkel gekleidete Gestalt erkennen könnte, doch war das auf die Distanz und im Schatten, der dort herrschte, nur schwer zu beurteilen.

Sie stieß Nora an und deutete in die entsprechende Richtung, aber da war die schemenhafte Person oben am Hang bereits im bunt beblätterten Dickicht verschwunden.

Auf der Terrasse war inzwischen Hektik ausgebrochen. Einige liefen panisch davon, vermutlich vor Angst, der Täter könnte noch weitere Schüsse abgeben, andere näherten sich dem Toten und fotografierten ihn, was Valerie äußerst pietätlos fand. Zwei oder drei riefen lautstark nach einem Arzt und tippten auf ihrem Handy herum. Einen Notruf brauchte Valerie somit nicht mehr abzusetzen. Aber Erwin musste sie informieren. Kontrollinspektor Erwin Steininger, den Inspektionskommandanten der hiesigen Polizei. Er war mit Viktor zur Schule gegangen und ein guter Freund der Familie. Er würde schnellstmöglich alles Weitere in die Wege leiten.

Da es auf der Terrasse zu laut war, um in Ruhe telefonieren zu können, zerrte sie Nora ins Innere des Cafés. Mit zittrigen Händen wischte sie über das Display ihres Handys, um es zu entsperren, und suchte hektisch nach Erwins Nummer.

Ungeduldig wartete sie darauf, dass er das Gespräch annahm. Nach dreimaligem Klingeln meldete er sich endlich. Als er gerade dazu ansetzen wollte, sie erfreut zu begrüßen, schnitt sie ihm unhöflich das Wort ab, um ihm mitzuteilen, was passiert war. »Erwin, wir haben hier einen Toten. Komm bitte mit deinen

Leuten sofort zum Turbinencafé. Auf der Terrasse wurde ein Mann erschossen, mitten vor unser aller Augen. Und gib Dorothea Bescheid.«

Schon hatte sie aufgelegt. Es war nicht die Zeit für Höflichkeiten. Jetzt musste schnell gehandelt werden. Sie eilte wieder hinaus auf die Terrasse und versuchte, die Kellner so gut als möglich dabei zu unterstützen, die Gäste zu beruhigen. Nora und sie stellten sich an das Tor, das nach draußen führte, und bemühten sich, die Leute am Verlassen des Lokals zu hindern. Zigfach spulten sie Sätze wie »Bitte bleiben Sie zumindest so lange da, bis die Polizei Ihre Personalien aufgenommen hat« oder »Die Polizei ist bereits informiert und möchte bestimmt mit Ihnen reden« herunter. Manche zeigten sich einsichtig, andere ließen sich nicht aufhalten und gingen trotzdem. Dabei wusste Valerie aus den Vorjahren, wie wichtig etwaige Zeugenaussagen für die ermittelnden Beamten waren.

Nun gut, sie tat ihr Bestes. Gott sei Dank dauerte es nicht lang, bis sie mehrere Martinshörner hörte, die die Einsatzfahrzeuge ankündigten. Vermutlich braosten sie eben mit Blaulicht am Grand Hotel vorüber und nahmen die Straße, die gleich nach der Kirche nach unten zum Turbinencafé führte. Im Eilschritt sah sie wenig später Erwin mit drei Kollegen und den Notarzt mit zwei Sanitätern auf die Terrasse zueilen. Inzwischen hatte sich ein Kreis um den toten Gast gebildet, der nach wie vor auf seinem Stuhl saß. Ein Wunder, dass er noch nicht zu Boden gekippt ist, dachte Valerie und schalt sich gleichzeitig dafür, dass sie sich über so unwichtige Details Gedanken machte.

Nach einem ersten Blick auf die Leiche winkte Erwin den Notarzt herbei, um von ihm zweifelsfrei den Tod des Mannes feststellen zu lassen. Zwei seiner Kollegen baten die anwesenden Gäste ins Innere des Cafés, wo sie ihre Personalien aufnehmen sollten, und Valerie nutzte den Moment, um Erwin, der wie bei jedem Mordfall ziemlich blass um die Nase war, von ihrer Beobachtung zu erzählen.

»Ich kann mich auch täuschen, Erwin, aber ich glaube, dass ich den Täter oder die Täterin sogar schemenhaft gesehen habe.

Dort oben unterhalb des Hauses, da ist doch direkt neben der Ache eine kleine verwachsene Steinmauer. Ich bin sicher, dass er oder sie von dieser Stelle aus geschossen hat. Der Winkel könnte passen, denn der Schuss hat die Glasfront nicht durchschlagen. Er ist darüber hinweg genau in den Kopf des Mannes gegangen. Die Höhe könnte also stimmen.«

Mit den Augen folgte Erwin Valeries Zeigefinger und nickte mehrmals. Was sie gesagt hatte, schien für ihn nachvollziehbar zu sein.

»Du meinst also, du hast ihn gesehen? Wie lang ist das jetzt her?«

»Das war, bevor ich dich angerufen habe, also vor wenigen Minuten. Zeit genug für den Täter, um zu verschwinden.«

Erwin brummelte vor sich hin und trat dann auf den Arzt zu, der eben seine Untersuchung abgeschlossen hatte. Mit den Worten »Da ist nichts mehr zu machen, ich schicke euch den Bestatter vorbei und stelle den Totenschein aus, den Rest erledigt die Gerichtsmedizin« wollte dieser sich schon wieder verabschieden, doch Erwin bat ihn, noch bei der Leiche auszuharren, bis er wieder hier wäre. »Ich hab zu wenig Leute vor Ort, und bis Chefinspektorin Dorothea Oswald samt Team im Tal auftaucht, dauert es bestimmt eine knappe Stunde. Ich muss mit einem meiner Kollegen unbedingt zu der Stelle, von wo der Täter vermutlich geschossen hat. Er selbst wird wohl nicht mehr da sein, aber wir müssen alles mit einem Absperrband sichern, damit keine Spuren zerstört werden, bevor die Tatortgruppe eintrifft.« Mehr zu sich selbst fügte er noch hinzu: »Verdammt noch mal, dort oben ist es nicht ungefährlich.« Dann wandte er sich an Valerie und Nora. »Was meint ihr? Am besten gelange ich dorthin, wenn ich den Pfad unterhalb des Kongresszentrums nehme und mich dann durchs Dickicht schlage, oder?«

Valerie überlegte einen Moment und stimmte ihm dann zu. »Ich denke schon. Der Täter hat bestimmt auch diesen Weg gewählt. Aber wahrscheinlich reicht es, wenn du weiträumig absperrst. Normalerweise verirrt sich da niemand hin. Ich glaube, mögliche Spuren sind am sichersten, wenn du dich nicht zu nahe an den Wasserfall heranwagst. Die Tatortgruppe muss ohnehin alles durchforsten.«

»Wahrscheinlich hast du recht.« Erwin wollte sich schon auf den Weg machen, da zupfte Nora ihn am Ärmel.

»Sag mal, ist es okay, wenn Valerie und ich inzwischen hoch ins Grand Hotel gehen? Du weißt ja, wo du uns findest, wenn du noch eine offizielle Zeugenaussage brauchst. Ich denke, es bringt nichts, wenn wir uns hier die Beine in den Bauch stehen.«

»Ja klar. Geht nur. Ich bin sicher, dass Dorothea später bei euch vorbeikommen wird. Sie war alles andere als erfreut, dass du schon wieder einen Toten entdeckt hast.« Dabei sah er Valerie tief in die Augen.

»Na, dieses Mal liegt die Sache wohl ganz anders als in den letzten zwei Fällen. Ich hab die Leiche schließlich nicht entdeckt. Ich war nur zufällig eine Zeugin unter vielen, als es passierte. Und Nora auch. Außerdem kenn ich den Mann doch gar nicht, demnach laufe ich auch nicht Gefahr, mich in die Ermittlungen einzumischen. Das ist es ja, was Dorothea wahrscheinlich befürchtet. Du kannst sie diesbezüglich gleich beruhigen, wenn sie hier auftaucht.«

»Dein Wort in Gottes Ohr«, brummelte Erwin, bevor er seinen Kollegen zu sich winkte und sich gemeinsam mit ihm auf den Weg Richtung Waldstück machte.

Valerie hakte sich bei Nora unter und meinte: »Bevor wir gehen, sollten wir Milán fragen, ob sie hier noch Hilfe brauchen. Was meinst du?«

»Gute Idee. Er und seine beiden Kolleginnen haben ziemlich geschockt gewirkt. Und dann müssen sie auch noch die Gäste beruhigen und bedienen, bis die Polizei mit allen gesprochen hat. Das wird wohl eine Weile dauern.«

»Bestimmt. Gut, dass wir diesbezüglich einen kleinen Bonus haben. Wenn man sowohl den örtlichen Polizeichef als auch die Kripobeamtin kennt, die am Weg hierher ist, ist das eindeutig von Vorteil. Die wissen sowieso, wo sie nach uns suchen müssen.«

Als sie das Haus betraten, wurde Valerie wieder einmal bewusst, welches Schmuckstück es war. Das Turbinencafé war mit

Abstand das originellste Kaffeehaus, das sie kannte. Eigentlich schade, dass sie meist nur herkam, wenn die Terrasse bei Schönwetter geöffnet war. Denn das Ambiente drinnen war einzigartig. Eine farbenfrohe Loungelandschaft war hier inmitten der technischen Anlagen eines alten Kraftwerks entstanden. Während man bei einem Getränk oder einem kleinen Imbiss saß, fühlte man sich ins Jahr 1914 zurückkatapultiert, als das Gebäude als eines der ältesten Kraftwerke im Bundesland Salzburg erbaut worden war. Zwei große Francis-Turbinen und allerhand Messinstrumente, neben denen die Besucher sitzen konnten, erinnerten an die Zeit, als hier, direkt am Wasserfall, noch Strom produziert wurde. Ein unvergleichliches Flair fand man hier vor.

Doch an diesem Tag hatten wohl die wenigsten Gäste die Muße, sich in Ruhe umzusehen. Valerie nahm sofort die aufgeregte Stimmung wahr, die im Raum herrschte. Es war bekannt, dass Menschen in Stresssituationen unterschiedlich reagierten. Während die einen ganz ruhig wurden und ängstlich dessen harrten, was kommen mochte, wurden andere ungehalten, manche sogar aggressiv.

Gerade eben beschimpfte ein Mann in Wanderkleidung die beiden jungen Polizisten, weil er nicht sofort seiner Wege ziehen durfte. Gut, dass er nicht bei ihr im Hotel wohnte, mit solchen Gästen hatte Valerie nur wenig Freude. Leute, die sich über alles und jeden aufregten, gab es leider immer wieder. Empathie fehlte ihnen wohl zur Gänze. Sie spürten nur sich selbst und ihre Bedürfnisse. Dass dort draußen auf der Terrasse ein Mann mitten aus dem Leben gerissen worden war, schien solche Typen nicht zu interessieren.

Die Polizisten taten Valerie leid, aber schlimmer noch war die Situation vermutlich für die Angestellten. Entschlossen trat sie auf den ungarischen Oberkellner zu, der schon seit mehreren Jahren hier arbeitete. »Braucht ihr Hilfe, Milán? Wir haben draußen schon mit Erwin Steininger gesprochen, und er hat gemeint, dass es in Ordnung ist, wenn wir rauf ins Grand Hotel gehen. Aber falls ihr Unterstützung benötigt, bleiben wir gern und helfen euch.«

Milán winkte ab. »Nett von euch, danke, aber wir schaffen das schon. Nur ich bin so entsetzt. So was Schlimmes, das ist passiert. Kann ich gar nicht glauben. Er war immer nett, der Herr. Ein bisschen komisch, aber freundlich. Und hat jeden Tag gegessen eine Sachertorte. Das ist das Beste an Österreich, hat er immer gesagt.«

Valerie spitzte die Ohren. Ungefragt hatte Milán ihr einige Hinweise zum Mordopfer gegeben, was unweigerlich dazu führen musste, dass sie neugierig auf weitere Informationen war. Möglichst unauffällig hakte sie nach. »Du kanntest den Mann?«

»Kennen ist zu viel gesagt. Aber er ist schon einige Tage am Nachmittag hergekommen und immer hat ein wenig geplaudert mit mir. Hat gewohnt in Pension Graukogel, war nicht von hier, war ein Deutscher.«

»Weißt du zufällig, wie er geheißen hat?« Valerie ignorierte den leichten Rippenstoß, den sie von Nora für ihre Frage erntete. Sie musste ihre Freundin nicht ansehen, um zu erraten, dass diese die Augen verdrehte. Na gut, sie hatte ja recht. Es ging sie nichts an. Aber jetzt war ihr die Frage schon mal rausgerutscht. Mehr wollte sie auch gar nicht wissen, schließlich konnte ihr der Tote dieses Mal egal sein. Sie hatte keinerlei Bezug zu ihm, und das sollte am besten auch so bleiben.

Milán hatte offenbar nichts von Noras Versuch, Valerie einzubremsen, gemerkt und gab bereitwillig weiter Auskunft. »Er hat gesagt, er heißt Jens Hertlein. Hab ich mir gemerkt, weil es so lustig klingt. Hertlein. Er hat gelacht und gemeint, dass Name ist typisch für Mittelfranken. Da gibt es viele Namen mit -lein hintendran, hat er erzählt. Aber mehr er hat nicht gesagt. Weiß nicht, warum er war hier. Vielleicht macht er Kur. Aber Sacher hat ihm immer geschmeckt bei uns. Und jetzt ist er während Tortenessen …« Der Kellner brach den Satz ab und sah betroffen zu Boden.

Valerie konnte nachempfinden, wie er sich fühlte. Als vor zwei Jahren ein sympathischer Hotelgast gestorben war, war es ihr ähnlich ergangen, und es hatte eine ganze Weile gedauert, bis sie sich von diesem Schock erholt hatte.

Da sie im Café offenkundig nicht gebraucht wurden, verabschiedeten sie sich und machten sich auf den Weg zum Grand Hotel, wo sich die Neuigkeit von dem Toten unten am Wasserfall binnen kürzester Zeit herumgesprochen hatte. Die nächsten zwei Stunden hatte Valerie alle Hände voll damit zu tun, verunsicherte Gäste zu beruhigen. Eine heikle Angelegenheit. Ein Mord an einem Urlauber war verständlicherweise alles andere als werbeträchtig und schürte Ängste, solange das Motiv im Dunkeln lag und vor allem der Täter nicht gefasst war.

Kaum hatte sich die Lage halbwegs entspannt, tauchte Dorothea Oswald im Grand Hotel auf, um Valerie und Nora zu befragen, die enttäuschend wenig zu erzählen hatten. Für einen längeren Plausch, wie sie ihn sonst gern hielten, seit sie sich angefreundet hatten, fehlten leider Zeit und Muße. Viel zu viel hatte die Kripobeamtin so kurz nach dieser niederträchtigen Tat zu tun. Die ersten Stunden danach waren ermittlungstechnisch die wichtigsten, hieß es oft in den Krimis, die Valerie gern las. Sie konnte nur hoffen, dass der Mord ehestmöglich aufgeklärt wurde, damit sich die Leute im Ort wieder sicher fühlen konnten und der Täter seine verdiente Strafe erhielt.

VIER

Valerie und Nora knabberten nachdenklich an den Schokoladenkeksen herum, die Viktor stets versteckt oben in der Speis gelagert hatte. Bis eben war er tatsächlich der Meinung gewesen, seine Familie wüsste nichts von seinem Depot, doch die Kinder hatten nur die Augen gen Himmel verdreht, als Valerie ihn bat, welche zu holen, und er sich anfangs unwissend stellte. Sein kleines Laster, abends, wenn alle schon im Bett waren, zu naschen, war zu seiner Überraschung schon lange familienbekannt.

Auch wenn diese Kekse niemals an Valeries Mehlspeisen oder an ihre selbst gemachten Pralinen herankamen, erfüllten sie an diesem Nachmittag dennoch ihren Sinn und Zweck. Denn wenn Valerie nervös war, überkam sie ein regelrechter Heißhunger auf Schokolade, in welcher Form auch immer. Dazu eine große Tasse Tee, und sie konnte der Welt mit all ihren Herausforderungen wieder gelassener gegenübertreten. Schon der italienische Dichter Francesco Petrarca hatte offenbar gesagt: »Ein ganz klein wenig Süßes kann ganz viel Bitteres verschwinden lassen.« Das konnte sie nur unterschreiben.

Dass die Torte nach Urgroßmutters Rezept schon lange aufgegessen war, darüber war sie an diesem Nachmittag froh. Die Lust auf Sacher war ihr nämlich für den Moment ordentlich vergangen. Selbst wenn die vielleicht berühmteste Mehlspeise der Welt nichts dafürkonnte, dass ein Mensch während ihres Verzehrs zu Tode gekommen war, sah Valerie bei der Vorstellung einer wunderbar glänzenden Schokoladenkreation das blutende Loch in der hellen Baseballkappe vor sich. Vermutlich würde es eine Weile dauern, bis sie diese Assoziation abschütteln konnte.

Aufgrund der Ereignisse hatte sich Großfamilie Thaller wieder einmal um den riesigen Esstisch in Valeries Küche zu Kaffee und Tee versammelt. Aus erster Hand wollten Viktor, Anton und die Kinder erfahren, was genau unten beim Turbinencafé passiert war. Doch die beiden Freundinnen, so morderfahren sie auch waren, hatten herzlich wenig zu berichten. Schnell war das Wichtigste erzählt, sodass nun alle grübelnd beieinandersaßen.

Zu Valeries großer Freude hatten sich Lea, Jakob und Felix dazu entschlossen, die ganze Woche über hierzubleiben und zu Hause für ihre Prüfungen zu büffeln. Viel zu neugierig waren sie auf den Rummel rund um den Wettbewerb, besonders auf die Filmaufnahmen direkt im Hotel und natürlich auf die Torten, die es ab Dienstag zu verkosten geben würde.

Dankbar griff Valerie ihren Gedanken an die Fernsehleute und die Konditoren auf, um nicht mehr an Jens Hertlein und das Loch in seinem Kopf denken zu müssen. Sie schluckte die letzten Reste des Kekses hinunter und wandte sich an Viktor und Anton. »Wie ist es denn eigentlich in der Küche gelaufen? Heute haben doch alle Teams zu backen angefangen, oder?«

»Du meinst den Wettbewerb?« Viktor sah sie überrascht an. »Dass dich der nach den Geschehnissen vorhin überhaupt noch interessiert, wundert mich.«

»Na ja, mit irgendetwas muss ich mich ja ablenken. Ich bin zwar froh, dass ich den Ermordeten dieses Mal nicht kenne, aber egal ist mir trotzdem nicht, was da passiert ist. Dazu kommt die Sorge der Gäste. Viele von ihnen waren ziemlich durch den Wind. Und dann noch mein eigenes Gedankenkarussell, das sich dreht. Du weißt ja, wie es mich belastet, wenn ein Mörder frei rumrennt. Am liebsten wäre mir dann immer, keiner von euch verließe das Apartment, damit euch nur ja nichts passiert.«

»Aber, Mama …« Jakob griff nach ihrer Hand. »Wir sind doch keine Kleinkinder mehr, außerdem haben wir megaviel zu tun und hocken deshalb eh die meiste Zeit vor dem Laptop. Dass wir die ganze Woche hierbleiben, entpuppt sich jetzt wohl als Glücksfall. So können wir auf euch aufpassen, damit ihr nichts Unüberlegtes anstellt.« Dabei wackelte er mit dem Zeigefinger in Richtung Valerie und Nora.

Letztere winkte gleich ab. »Vergiss es, das ist nicht nötig. Der Tote war Deutscher, damit haben wir nichts zu tun. Wir können also in aller Gemütsruhe dabei zusehen, wie Dorothea und Erwin sich allein um den Fall kümmern. Wir brauchen keine Babysitter, ihr könnt euch somit in Ruhe auf die Uni konzentrieren.«

»Und auf den Wettbewerb«, grätschte Felix dazwischen. »Denn wären wir nicht hier, würden wir all die herrlichen Torten verpassen, womit wir wieder beim Thema wären.«

»Ja genau, wie ist es denn nun in der Küche gelaufen? Hattet ihr noch Platz zum Arbeiten?« Valerie sah Anton erwartungsvoll an.

Der stöhnte erst mal und fuhr sich durch seine dunklen, stets ein wenig zu langen Locken, bevor er antwortete: »Sagen wir mal so, wir haben es irgendwie hinbekommen, uns die Küche zu teilen. Bis auf einen Typen – ich glaube, er heißt Georg – sind alle aus dem deutschen Team sehr nett, auch wenn es komisch ist, dass Leute aus Mittelfranken mit mir über unsere österreichischen Mehlspeisen fachsimpeln.«

»Aber der Chef ist doch Österreicher.«

»Stimmt, Thomas ist Wiener und ein echt sympathischer Kerl. Alle Achtung, was er sich da in Erlangen aufgebaut hat. Dass dieses Konzept aufgeht, hätte ich nicht für möglich gehalten. Hat aber offenbar eingeschlagen wie eine Bombe. Ich finde es genial, dass er beim Wettbewerb mitmacht. Das ist eine super Zusatzwerbung für ihn.«

»Na, das klingt doch ganz harmonisch, oder? Warum wirkst du trotzdem so genervt?«

»Das Problem waren die Leute vom Fernsehen. Die nehmen sich so derart wichtig, dass es richtig anstrengend ist. Ständig behindern sie uns beim Arbeiten, weil sie mit der Kamera aus den verschiedensten Perspektiven filmen wollen. Rücksichtnahme scheint für die ein Fremdwort zu sein. Dabei haben wir ein Hotel mit guter Gästebelegung zu versorgen.«

Valerie war bestürzt. »Oh Gott. Wenn ich gewusst hätte, dass dieser Wettbewerb so ausartet, hätte ich nicht zugestimmt.«

Nun schaltete Viktor sich ins Gespräch ein. »Aber er ist dennoch perfektes Marketing fürs Grand Hotel, Valerie. Ich habe mir die Sache selbst angesehen und dem Aufnahmeleiter klare Ansagen gemacht. Ich hoffe, dass die nächsten Tage besser werden.

Für heute ist ohnehin Schluss. Die Linzer Torten stehen fix und fertig bei uns im Kühlraum und werden morgen an die drei Kaffeehäuser verteilt, in denen die Gäste verkosten und ihre Punkte vergeben können. Es wird schon nicht so schlimm werden, gell?«

Valeries Tochter Lea, die sich bis jetzt ruhig gehalten hatte, hakte nun ein. »Wie funktioniert denn dieses Torten-Fernseh-Dings überhaupt? Ich hab keinen Schimmer, was da genau geplant ist.«

Anton war bei dieser Frage in seinem Element und erklärte, wie alles ablaufen sollte. »Also, es ist so: Es gibt acht Konditorenteams, die gegeneinander antreten. Drei Tage lang backen sie jeweils eine berühmte österreichische Torte. Zuerst ist die Linzer Torte dran, am zweiten Tag die Esterházy-Torte und am dritten die Malakoff. Dabei müssen sie ein normales rundes Exemplar für die Fachjury backen und das Gleiche auf Blechen, damit sie kleine Häppchen schneiden können. Die werden an die teilnehmenden Kaffeehäuser geliefert. Alle Einheimischen und Gäste sind dazu aufgerufen, um einen symbolischen Euro die Tortenstückchen aller Teams zu verkosten. Im direkten Vergleich können sie Punkte dafür vergeben. Am Donnerstag werden diese zusammengezählt, und auch das Urteil der Fachjury wird eingerechnet. Die drei Teams mit den meisten Punkten ziehen ins Finale ein. Die anderen fünf scheiden aus und müssen abreisen. Und dabei wird halt ständig gefilmt. Es soll viele Interviews geben, der Ort und die Hotels werden vorgestellt, die Konditoren verraten hoffentlich ein paar fachliche Tricks. Und wenn Austria-TV Glück hat, fließen auch ein paar Tränen oder fliegen zwischen den Teams die Fetzen. Denn das steigert wohl die Einschaltquoten.« Anton grinste.

»Crazy. Eine echte Reality-TV-Show hier bei uns in Bad Gastein.« Lea strahlte begeistert. »Und wie schaut das Finale aus?«

»Das Finale findet mit großem Getue und Publikum Samstagabend im Turbinencafé statt. Dabei geht es dann um die Königsklasse der österreichischen Mehlspeisküche, die Sachertorte. Fachjury und Gäste treffen die endgültige Entscheidung, wer der beste österreichische Tortenbäcker ist.«

»Wird das live gesendet?«, fragte Jakob gespannt.

»Soweit ich weiß, war das ursprünglich geplant«, antwortete Anton, »doch sie haben sich umentschieden und wollen die Sache noch mehr ausschlachten und ein wenig in die Länge ziehen. Das Ganze soll über mehrere Wochen zur Primetime im Fernsehen laufen. Dann könnt ihr auch Herrn und Frau Thaller, die Besitzer des Grand Hotels, auf Austria-TV bewundern«, fügte er mit einem Augenzwinkern hinzu.

Während Valerie und Viktor aufstöhnten, meinte Lea: »Coole Sache.« Sie war sichtlich beeindruckt, fügte aber noch hinzu: »Wobei gegen Mamas Sachertorte auch das beste Team verlieren würde, das sag ich euch. Haben die ein Glück, dass du nicht teilnimmst, Mama.«

Allgemeines Gelächter machte sich am Tisch breit. Endlich war die Stimmung wieder etwas lockerer. Auch Valerie fühlte sich entspannter als vorher. Doch da unterbrach das Röhren eines Hirsches das fröhliche Beisammensein. Alle sahen vorwurfsvoll zu Viktor, weil jeder wusste, dass es sich bei dem unangenehmen Geräusch um seinen Klingelton am Handy handelte. Seit Jahren schon bestand er darauf, was alle in seinem Umfeld nervte. Doch er argumentierte stets damit, dass sich dieser Klingelton viel besser in die Natur einfügen würde als alle anderen. Als Mitglied der örtlichen Bergwacht war er oft in unberührtem Gelände unterwegs und wollte die Tierwelt dort möglichst wenig stören. Das war zwar ein schöner Gedanke, aber Vogelgezwitscher hätte Valerie viel mehr zugesagt.

Entschuldigend hob Viktor die Schultern und sah auf das Display. »Das ist Papa. Ich geh kurz raus.« Er schob den Stuhl nach hinten und trat in den Vorraum. Valerie hörte gerade noch, wie er seinen Vater schwungvoll begrüßte, dann schloss er die Tür.

Es dauerte jedoch nicht lange, bis er mit aschfahlem Gesicht zurückkam. Energielos ließ er sich auf seinen Stuhl sinken und starrte ins Leere. Erst als ihm bewusst wurde, dass er im Mittelpunkt der Aufmerksamkeit stand und alle gespannt warteten, was er zu berichten hätte, räusperte er sich.

»Es … geht um meinen Bruder.«

»Oh Gott, ist ihm was passiert?« Valerie stellte die Frage, die bei Viktors Miene vermutlich allen im Raum auf der Seele brannte. Üblicherweise war er wie ein Fels in der Brandung. Gerade ihn konnte nichts so schnell aus dem Gleichgewicht bringen, es musste also etwas Gravierendes sein, das er eben erfahren hatte.

»Wie man's nimmt. Körperlich geht's ihm gut. Aber die Polizei hat ihn wegen dringenden Tatverdachts mit auf die Inspektion genommen.«

»Dringender Tatverdacht? Was meinst du damit, Papa?« Jakob trommelte nervös mit den Fingern auf die Tischplatte.

»Er wird verdächtigt, was mit dem Mord an dem Deutschen unten am Wasserfall zu tun zu haben. Es war vermutlich sein Jagdgewehr, mit dem der Mann erschossen wurde.«

Lähmende Stille legte sich über die Küche. Allen am Tisch fehlten die Worte. Das konnte nur ein Missverständnis sein. Christian doch nicht. Welchen Grund hätte er denn, jemanden zu ermorden? Es musste sich um einen Irrtum handeln.

**

Eine halbe Stunde später hielt Viktor mit quietschenden Reifen vor dem Hotel, in dem er aufgewachsen war. Eigentlich hatte er nur Valerie gebeten, ihn zu begleiten, aber die Kinder waren so aufgewühlt, dass sie einfach mit ins Auto gestiegen waren. So stürmten sie nun zu fünft ins Foyer, wo die Rezeptionistin ihnen betroffen nachblickte, als sie nur mit einem kurzen Gruß zum Aufzug weitereilten.

»Sie sind alle in der Wohnung Ihrer Eltern«, rief sie ihnen noch hinterher, während sich die Lifttüren schlossen. Andi drückte auf den obersten Knopf. Mit leisem Surren rauschte die Kabine nach oben. Keiner sprach ein Wort.

Als sie ausstiegen, wurden ihre Schritte zögerlicher. Es war kein schöner Anlass, zu dem sie sich hier einfanden, aber wenn es in der Familie Probleme gab, mussten sie füreinander da sein und zusammenhalten. Und vor allem wollten die Thallers haarklein erzählt bekommen, was genau sich am Nachmittag zugetragen hatte. Die bruchstückhaften Informationen, die sie bisher kannten, wollten einfach kein sinnvolles Gesamtbild ergeben. Nach wie vor erschien ihnen die ganze Geschichte wie ein makabrer Scherz.

Instinktiv hoffte Valerie, dass es Christian selbst sein würde, der ihnen mit hämischem Grinsen im Gesicht die Tür öffnete. Doch diese Hoffnung verpuffte, als Viktors Mutter mit verweinten Augen aufmachte und sie eintreten ließ. Sie stürzte sich sofort in die starken Arme ihres Sohnes, während Valerie sich die Schuhe auszog und ins Wohnzimmer weiterging, wo sie Bärbel, Christians Frau, in eine feste Umarmung schloss.

Die Stimmung im Raum war gedrückt. Sogar Christians Söhne, die für ihre Lebhaftigkeit bekannt waren, saßen stumm da und starrten ins Leere. Sie klatschten Andis Hand ab, bevor er sich zu ihnen setzte, doch ansonsten taten sie nichts. Sie tobten weder herum, noch wischten sie auf ihren Handys, was Valerie als Zeichen größter Bestürzung wertete.

Als die beiden Frauen sich etwas beruhigt und sich alle einen Sitzplatz gesucht hatten, fragte Viktor: »Könnt ihr uns bitte noch einmal alles von vorne erzählen? Was genau ist passiert?«

Sein Vater ergriff mit belegter Stimme das Wort. »Was genau passiert ist? Das kann ich euch schon sagen, aber begreifen kann ich es nicht mal ansatzweise.« Er räusperte sich, bevor er mit ungewohnt zittriger Stimme weitersprach. »Ich war mit Christian unten im Büro, weil er mich um Rat gebeten hat. Irgendwas wegen der Fotos, die auf die neue Webseite kommen sollen. Da haben wir von der Rezeption eine laute Stimme gehört, die nach ihm gefragt hat. Wir wollten eben rausgehen, da hat es auch schon geklopft. Hereingekommen ist Erwin Steininger mit dieser Kripobeamtin, die ihr ganz gut zu kennen scheint.«

»Dorothea Oswald«, half Viktor aus.

»Ja genau, Oswald hieß sie. Sie sind dann ins Büro rein und haben Christian brühwarm ins Gesicht gesagt, dass er verdächtigt wird, einen gewissen Jens Hertlein erschossen zu haben. Heute, oben bei euch in Bad Gastein.«

»Wir wissen von dem Vorfall, Papa. Aber was soll bitte Christian damit zu tun haben?«

»So genau wissen sie das wohl noch nicht, aber Tatsache ist, dass der tödliche Schuss höchstwahrscheinlich mit einer seiner Jagdwaffen abgegeben worden ist. Das Kaliber passt zumindest. Sie wurde in der Nähe des Tatorts gefunden und lässt sich laut Registrierung eindeutig ihm zuordnen.«

»Um Himmels willen. Ich verstehe trotzdem nicht, warum sie ihn gleich mitgenommen haben.« Viktor klang verzweifelt.

»Dem Erwin Steininger war die ganze Angelegenheit eh unangenehm, das hat man gespürt. Er kennt Christian zwar nicht gut, aber schon seit sie Kinder waren. Und diese Oswald scheint sehr viel von eurer Familie zu halten, der war es auch zuwider. Aber dass die Waffe auf ihn angemeldet ist, wiegt so schwer, dass sie ihn auf jeden Fall mitnehmen und genauestens verhören müssen, haben sie gesagt. Sollte sich der Anfangsverdacht nicht bestätigen, wird er wieder freigelassen, sollte er sich jedoch erhärten, wird die Staatsanwaltschaft Untersuchungshaft über ihn verhängen. Und das kann dann dauern.« Betroffen sah Viktors Vater zu Boden. Valerie hatte ihn noch nie so erlebt. Er schien in den letzten Stunden um mehrere Jahre gealtert zu sein.

Neugierig fragte sie: »Habt ihr schon bei seinen Waffen nachgesehen? Fehlt wirklich eine, oder könnte es sich um eine Verwechslung handeln? Ich meine, vielleicht ist die Tatwaffe mit einer falschen Nummer registriert worden oder so. Ich weiß nicht, ob das möglich ist, aber es ist immerhin wahrscheinlicher, als dass Christian jemanden damit erschossen hat, oder?«

Bärbel schniefte und antwortete dann: »Daran haben wir gleich als Erstes gedacht, und nicht nur wir. Erwin und diese Oswald wollten sofort sehen, wo er seine Waffen verwahrt und ob sie vorschriftsmäßig gesichert sind. Darauf hat Christian immer penibel geachtet. Aber …« Sie verstummte und begann erneut zu schluchzen.

»Aber es fehlt tatsächlich eines seiner Gewehre«, ergänzte Viktors Vater. »Kommt mit und seht es euch an. Überzeug dich selbst, Viktor, du kennst seine Sammlung.«

Der ganze Tross machte sich auf den Weg ins Erdgeschoss. Dort, direkt neben den Toiletten, lag das sogenannte Jagdstüberl, ein Raum, der nur selten benutzt wurde. Ab und zu wurden hier Veranstaltungen abgehalten oder Kartenrunden organisiert. Die Tür war üblicherweise nicht versperrt, aber dennoch verirrte sich nur selten ein Hotelgast hinein. Heute war hingegen abgeschlossen, und Valeries Schwiegervater zerrte seinen dicken Schlüsselbund aus der Hosentasche, bevor er mit zittrigen Händen öffnete.

Valerie betrat gleich hinter Viktor das Stüberl. Es war schon einige Jahre her, dass sie dort drinnen gewesen war, denn nach Möglichkeit vermied sie Räume, in denen Jagdtrophäen standen oder an den Wänden hingen. Den Anblick von ausgestopften Tieren fand sie gruselig. Ihr Schwager war leidenschaftlicher Jäger – ganz im Gegensatz zu Viktor, der damit Gott sei Dank nichts am Hut hatte. Valerie hatte ein ethisches Problem damit, wenn jemand Tiere abknallte, selbst wenn es manchmal vielleicht sogar wichtig und notwendig war.

Schon von Weitem war erkennbar, dass hier die Spurensicherung gearbeitet hatte. Rund um Christians Waffenschrank war ein polizeiliches Absperrband gezogen und die Tür desselben versiegelt worden. Bestimmt hatte die Tatortgruppe nach verwertbaren Fingerabdrücken gesucht, die Christian entlasten könnten. Fragend sah sie Viktors Vater an. »Haben sie irgendwas Auffälliges am Schrank entdeckt?«

»Leider nein, keine Fingerabdrücke außer seinen eigenen. Das ist ja das Fatale an der Sache. Eine Reinigungsfrau hat letzten Donnerstag den Schrank sauber abgewischt, da waren noch alle Waffen drin. Das sieht man gut durch das Panzerglas. Jetzt fehlt eine.«

Viktor lugte von Weitem in den Schrank und schüttelte den Kopf. »Tatsächlich. Die Repetierbüchse fehlt. Das Modell Mauser 98, die Jubiläumsedition, auf die Christian so stolz war.«

Valeries Schwiegervater fuhr sich mit einem altmodischen Stofftaschentuch über die Augen, die verdächtig glänzten, und sagte mit heiserer Stimme: »Erst am Freitag war er damit auf der Jagd, da war er das letzte Mal im Stüberl, hat er erzählt.«

»Am Freitagmorgen hat er das Gewehr also wieder zurückgestellt, oder? Könnte ihn dabei jemand beobachtet haben?« Valerie wollte so viele Informationen wie möglich erhalten. Vielleicht fiel ihr dann eine Erklärung für die ganze Misere ein.

Ihr Schwiegervater druckste ein wenig herum. »Das wollte diese Frau Oswald von der Kripo auch wissen. Christian ist üblicherweise äußerst gewissenhaft im Umgang mit den Waffen, aber der Freitag, der hatte es in sich. Er musste früher von der Jagd zurückkommen als sonst, weil wir einen massiven Wasserschaden im Hotel hatten und er sich das persönlich anschauen wollte, bevor wir den Installateur anrufen. Deshalb hat er das Gewehr in seinem Auto gelassen und erst am Abend dran gedacht, es hereinzuholen. Kurz bevor ihr am Freitag gekommen seid, hat er es zurückgestellt und blöderweise die Munition auch in den Glasschrank gesperrt. Eigentlich darf man das nicht, aber er dachte sich wohl nichts dabei. Ist ja noch nie was passiert.«

Valerie überlegte weiter. »Am Freitagabend war richtig was los bei euch, das war der Tag, an dem der Buddhismus-Vortrag stattfand. Da könnte ihn theoretisch jemand mit der Büchse beobachtet haben. Aber das erklärt noch immer nicht, wie der- oder diejenige den Schrank öffnen konnte. War er heute vorschriftsmäßig abgesperrt? Er sieht nicht aufgebrochen aus, oder?«

»Leider. Alles war unauffällig, bis auf die Tatsache, dass die Mauser 98 und die dazugehörige Munition fehlen. Deshalb sieht es auch nicht gut aus für Christian. Nur er hat den Schlüssel zum Schrank.«

»Verdammt noch mal!« Viktor schlug mit der Faust auf den großen Eichentisch, der in der Mitte des Raumes stand, und fuhr sich durch die kurzen dunkelblonden Haare, die an den Schläfen bereits angegraut waren. So emotional kannte ihn Valerie gar nicht. Die Sache mit Christian ging ihm an die Nieren, das war offensichtlich.

Sie legte ihm beruhigend eine Hand auf den Arm. »Wenn er es nicht war, und dessen bin ich mir sicher, werden Dorothea und Erwin das auch herausfinden.«

»Hoffen wir es«, quetschte Viktor zwischen zusammengebissenen Zähnen hervor.

Valerie konnte ihn nur allzu gut verstehen. Dass sein Bruder ein Mörder sein sollte, war absolut abwegig, nur sprach im Moment leider einiges gegen ihn. Eine wahrhaft verfahrene Situation. Fieberhaft überlegte sie. »Haben die Techniker gesagt, ob es möglich ist, dieses Schloss zu knacken? Ich meine, so, dass man nichts davon bemerkt?« Diese Frage erschien ihr wichtig.

Nun hellte sich die Miene ihres Schwiegervaters ein klein wenig auf. »Das ist die einzige Hoffnung, die wir haben. Sie haben gemeint, dass es zwar schwer, aber nicht unmöglich ist, den Schrank aufzubekommen. Er ist alt, und damals waren die Schlösser noch nicht so gut wie heute. Dennoch würde das nur ein Profi schaffen. Und das ist wieder der Haken an der Geschichte. Denn …« Er verstummte.

»… es ist höchst unrealistisch, dass am Freitag hier im Hotel, in unserem idyllischen Gasteiner Tal, ein Profi zufällig beobachtet hat, wie Christian das Gewehr in den Schrank stellte.« Valerie sprach resigniert den Gedanken zu Ende, der ihrem Schwiegervater vermutlich auf den Lippen gelegen hatte. »Dass Christian dann auch noch die Munition dazugelegt hat, anstatt sie an einem anderen Ort aufzubewahren und einzuschließen, wie es Vorschrift ist, ist ja wohl das Tüpfelchen auf dem i. Blöder hätte es nicht laufen können.« Sie seufzte. »Aber trotzdem muss es eine Erklärung dafür geben. Christian würde doch nie jemanden umbringen. Warum sollte er? Und noch dazu einen völlig Fremden. Ihr kanntet den Mann doch nicht, oder?«

Bärbel antwortete nun anstelle des Schwiegervaters. »Die Polizei hat uns das Foto des Toten gezeigt. Christian hat gesagt, dass er sich nicht daran erinnern kann, ihm schon einmal begegnet zu sein. Er kennt den Mann also nicht. Und wir auch nicht.«

»Bestimmt werden sie versuchen, einen Zusammenhang zwischen den beiden herzustellen. Wenn ihn nichts mit dem Ermordeten verbindet, wovon ich ausgehe, dann hat er auch kein Motiv. Ich wette, dass sie ihn dann wieder freilassen müssen.« Valerie gab sich sicherer, als sie war.

»Schön wär's.« In Viktors Ton schwang Zweifel mit. »Aber sag mal, Papa, wo genau und wann haben sie die Waffe überhaupt gefunden?«

»Stimmt, das würde mich auch interessieren.« Valerie schien die Frage berechtigt, denn als Dorothea heute bei ihr gewesen war, hatte sie die Repetierbüchse mit keinem Wort erwähnt.

»Anscheinend hat die Tatortgruppe das Gewehr erst am späten Nachmittag entdeckt, in dem kleinen, dicht bewachsenen Waldstück, durch das der Täter geflüchtet ist, etwas oberhalb der alten Badehütte.« Ihrem Schwiegervater war der Unmut deutlich anzuhören, während er weitersprach. »Der Kerl war so dreist und hat die Waffe doch tatsächlich keine dreißig Meter von der Stelle, wo er anscheinend den Schuss abgegeben hat, vergraben. Bestimmt nur, um die ganze Sache Christian anzuhängen. Das ist so hinterhältig und gemein.« Er ballte die Fäuste und schwieg.

»Und dann war schnell klar, wem das Gewehr gehört, weil Christian seine Sammlung ordnungsgemäß registriert hat. Das heißt, Dorothea und Erwin sind vermutlich sofort losgedüst und zu euch gekommen. Da ist dann alles Schlag auf Schlag gegangen.« Valerie sprach ihre Gedanken gern laut aus, das half ihr, sie zu sortieren. »Warum bitte sollte Christian, wenn er der Täter wäre, seine Mauser so verstecken, dass sie binnen kürzester Zeit gefunden werden muss?«, fragte sie in die Runde. »Da wäre er schön blöd. Das ergibt einfach keinen Sinn.«

»Hoffentlich sieht die Polizei das genauso.« In Viktors Augen lag ein kleiner Hoffnungsschimmer. »Das wirkt, als ob der wahre Täter von sich ablenken möchte, gell?«

»Das ist so was von offensichtlich«, mischte sich nun Jakob ins Gespräch ein. »Dadurch gewinnt er Zeit. Und wenn er ein Profi ist, hat er hundertpro auch am Gewehr keine Spuren hinterlassen, genau wie am Schrank. Das bedeutet, dass sich die Kripo mit dem einzigen Verdächtigen beschäftigt und der wahre Täter inzwischen aus dem Tal verschwinden kann.«

»Meinst du echt, dass der Typ abhaut und Onkel Christian im Gefängnis versauern lässt?« Andi war blass um die Nase.

»Na, ich an seiner Stelle würde auf jeden Fall das Weite suchen. Es ist ja nicht gerade so, dass man bei uns irgendwo anonym untertauchen kann wie in der Großstadt.«

Da war etwas Wahres an Jakobs Aussage. Womöglich war

der Täter gar nicht mehr im Lande. Seit dem Mord waren einige Stunden vergangen, und Bad Gastein war so gelegen, dass man von hier aus innerhalb relativ kurzer Zeit über die Grenzen nach Italien, Slowenien oder Deutschland fahren konnte.

»Verdammt, das ist ja zum Verrücktwerden.« Wieder hieb Viktor mit der Faust auf den Tisch.

Valerie war genauso frustriert wie er. Dennoch versuchte sie, allen Mut zu machen. »Das stimmt, Viktor. Das alles ist höchst beunruhigend. Aber die Waffe allein reicht meines Wissens nicht aus, um Christian länger festzuhalten. Wenn sie keinen Bezug zwischen dem Toten und ihm eruieren können und somit auch kein Tatmotiv vorliegt, ist er bestimmt bald wieder auf freiem Fuß. Wir müssen einfach ein wenig Vertrauen haben. Dorothea und Erwin sind gut in dem, was sie tun. Die werden den Fall schon lösen. Ihr werdet sehen.«

Valerie bemerkte den Hauch von Hoffnung, der sich nun in den Mienen ihrer Lieben widerspiegelte. Doch der Optimismus, den sie für die anderen zur Schau stellte, kostete sie enorme Kraft, denn tief in ihrem Inneren war sie alles andere als überzeugt davon, dass Christian so mir nichts, dir nichts freikommen würde. Da waren sie wieder, die Geister der Vergangenheit – oder, besser gesagt, ihre ewigen Sorgen und Ängste. Gut verborgen hinter einer Fassade der Zuversicht. Sie war schon immer ein Hasenfuß gewesen, selbst wenn sie in den letzten Jahren bewusst dagegen angekämpft und sich weiterentwickelt hatte. In so manch gefährlicher Situation hatte sie einen kühleren Kopf bewahrt, als sie je für möglich gehalten hätte, und doch schlummerten ihre alten Gefühle tief in ihr drinnen und kamen in den ungünstigsten Augenblicken zum Vorschein. Warum konnte sie nicht wie Nora sein, die in jeder Hinsicht viel tougher war? Valerie sah sich zwar selbst auf einem guten Weg, aber die Situation, in der sie gerade steckten, holte die vergrabenen Emotionen wieder hoch. Somit hatte sie es nicht nur mit einem Gegner im Außen, sondern auch mit einem in ihrem Inneren zu tun. Zum Teufel damit, sie wollte nicht mehr die ängstliche Valerie von früher sein. Das hatte sie sich geschworen.

FÜNF

Die Fahrt von Hofgastein nach Hause ins Grand Hotel verlief ungewohnt ruhig. Die Stimmung im Auto war bedrückt. Valerie, Viktor und sogar die Kinder hingen ihren eigenen Gedanken nach, es gab ja auch vieles, das verarbeitet werden wollte. Für Andi war es reichlich spät geworden, er musste schließlich am nächsten Morgen fit für die Schule sein. Valerie war froh, dass er keinen Test oder gar eine Schularbeit vor sich hatte, sodass die Tatsache, dass er bestimmt zu wenig Schlaf bekommen würde, nicht gar zu schwer wog.

Als die Jungen sich in ihre Zimmer verabschiedet hatten, gesellte sich Valerie noch ins Wohnzimmer zu Viktor, der, ohne zu ihr aufzusehen, im Lehnstuhl saß und ins Leere starrte.

Behutsam stellte sie die Kanne mit dem Melissentee, den sie eben noch wegen seiner beruhigenden Wirkung aufgebrüht hatte, auf den Couchtisch, schenkte ein und schob auch ihrem Mann eine Tasse hinüber. Dann schnappte sie sich die kuschelige Decke, die ihr die Kinder zum letzten Geburtstag geschenkt hatten, weil sie doch immer so leicht fror, und machte es sich auf dem Sofa bequem.

Valerie hielt sich bewusst zurück und wollte Viktor die Zeit geben, die er brauchte, um seine Gedanken zu ordnen. Einige Minuten lang herrschte unheimliche Stille im Raum. Dann durchbrach Viktor mit einem Räuspern das Schweigen.

»Valerie, ich bin jetzt im Kopf alles zigfach durchgegangen. Ich denke, dass du mit deiner Vermutung richtigliegst, dass das Gewehr allein zu wenig ist, um Christian einer Tat zu überführen, die er nicht begangen hat. Denn dass er nicht der Täter ist, steht für mich unumstößlich fest. Ich kenne meinen Bruder, und ich würde meine Hand für ihn ins Feuer legen. Er würde nie, wirklich niemals einen Menschen töten. Dazu wäre er nicht imstande.«

»Ich weiß«, flüsterte Valerie.

Wieder breitete sich Stille zwischen ihnen aus. Valerie wusste instinktiv, dass ein großes Aber in der Luft lag, nur konnte sie sich nicht vorstellen, welcher Art es sein sollte. Was ging im Kopf ihres immer so besonnenen Mannes vor? Sie wollte ihn trotz ihrer Neugierde nicht drängen. Er musste von selbst darüber reden, wenn er bereit war.

Sie griff nach der Tasse und testete vorsichtig mit den Lippen, ob der Tee so weit heruntergekühlt war, dass sie ihn trinken konnte, ohne sich zu verbrühen. Es ging. Sie nahm ein paar kleine Schlucke und behielt Viktor dabei im Auge. Das Ticken der Wanduhr schien ihr lauter als üblich. Deutlich war ihm anzusehen, welchen inneren Kampf er mit sich ausfocht. Verschiedenste Emotionen spiegelten sich in seiner Mimik wider, bis diese einem Ausdruck von Entschlossenheit wichen und er erneut zu sprechen begann.

»Er wird freigelassen werden, dessen bin ich mir ziemlich sicher. Vielleicht schon morgen oder übermorgen, weil es da irgendeine Achtundvierzig-Stunden-Regel gibt, das glaube ich zumindest. Aber …« Er machte eine kurze Pause.

Da war es, dieses Aber, das Valerie die ganze Zeit gespürt hatte.

»Aber selbst wenn er wieder nach Hause darf, wird der Makel an ihm hängen bleiben, gell? Du weißt doch, dass Menschen, denen etwas zur Last gelegt wird, sogar wenn das überhaupt nicht bewiesen ist, immer diesen Rucksack mit sich herumschleppen. Hinter vorgehaltener Hand werden die Leute dennoch über ihn reden und sich fragen, ob er nicht doch der Mörder ist.«

Dieser Gedanke war Valerie noch gar nicht gekommen. Viktor hatte den Nagel auf den Kopf getroffen. Irgendwas blieb immer hängen, und Christian wäre nicht der Erste, der unter einem falschen Verdacht, der womöglich nie ganz verschwinden würde, zu leiden hätte.

Verdammt. Das war aber auch eine Verkettung ungünstiger Umstände. Warum nur musste der wahre Täter sich ausgerechnet an Christians Waffe vergreifen? Einen Unschuldigen so in die Bredouille zu bringen, das sprach für absolute Skrupellosigkeit. Hätte der Mörder sich nicht einfach eine Waffe im Darknet besorgen und sie hernach in die Ache werfen können? Oder was auch immer. Anscheinend gab es da genügend Möglichkeiten, vor allem für Profis, die über die richtigen Kanäle verfügten. Aber eine Waffe von jemandem, der nicht in die Angelegenheit involviert war, zu stehlen, sie dann so offensichtlich zu verstecken, dass sie noch am selben Tag gefunden werden musste, und damit einen unbeteiligten und unbescholtenen Familienvater ins Unglück zu stürzen, das war abgrundtief böse, beinahe so schlimm, wie den Mord zu verüben.

»Ich fürchte, du hast recht. Und ich nehme an, dass dem Täter das komplett egal ist. Aus seiner Sicht muss der Plan perfekt sein, weil die Polizei beinahe vom ersten Moment an abgelenkt ist. Das gibt ihm Zeit, seine Spuren zu verwischen, sollte er doch irgendwo welche hinterlassen haben.«

»Und mein Bruder ist das Bauernopfer«, meinte Viktor verbittert. Er trank einen Schluck Tee, bevor er leise weitersprach. Valerie musste sich nach vorne beugen, um zu verstehen, was er sagte, denn seine Stimme war kaum noch zu hören. Beinahe wirkte es so, als ob er nach wie vor zögerte, seine Gedanken mit ihr zu teilen. Ein schmerzhafter Ausdruck lag in seinen Gesichtszügen.

»Valerie, ich hätte nie im Leben gedacht, dass ich das einmal zu dir sagen würde, aber ich bitte dich inständig, mir zu helfen. Zu helfen, die Unschuld meines Bruders zu beweisen, denn das geht nur, wenn wir den echten Täter finden.« Viktor sah ihr nicht in die Augen, er starrte zu Boden und schwieg wieder.

Sie hatte mit vielem gerechnet, aber mit dieser Bitte niemals. Bei den beiden Mordfällen, in die Valerie in den letzten Jahren verwickelt gewesen war und bei denen sie parallel zur Polizei ihre eigenen Ermittlungen angestellt hatte, war er es nicht leid geworden, sie immer wieder zu ermahnen, nur ja die Finger von ihren Recherchen zu lassen. Er hatte Angst um sie gehabt. Zu Recht. Valeries Schutzengel waren gefordert gewesen, um das Schlimmste zu verhindern. Und nun bat er sie tatsächlich, den Täter zu suchen? Seine Verzweiflung musste enorm sein. Doch was sollte sie ihm antworten?

Am Nachmittag noch hatte sie Dorothea stolz verkündet, dass sie sich dieses Mal keine Sorgen machen müsse. Der Mord im Café sei tragisch, habe aber nichts mit ihr zu tun. Sie würde also die Hände in den Schoß legen und die Polizei in Ruhe ihre Arbeit erledigen lassen.

Aber nun hatte sich die Sachlage drastisch verändert. Jetzt betraf sie die Angelegenheit sehr wohl. Sie räusperte sich, bevor sie nach einer kurzen Pause antwortete: »Bist du dir darüber im Klaren, worum du mich gerade gebeten hast?«

Viktor nickte stumm.

»Wenn es dir wirklich ernst damit ist, dann helfe ich dir selbstverständlich. Dir muss allerdings auch bewusst sein, dass Erwin dir vermutlich am liebsten den Kopf abreißen würde, könnte er dich hören.«

Mit diesen etwas drastischen Worten hatte Valerie es geschafft, die Stimmung ansatzweise aufzulockern. Viktor grinste schief bei dem Gedanken an seinen alten Schulkollegen.

»Das mit Sicherheit«, antwortete er. Doch schnell wurde er wieder ernst. »Ich weiß nicht, warum die Serie an Todesfällen in Bad Gastein nicht abreißt, und noch viel weniger kann ich mir erklären, warum immer du es bist, die auf irgendeine Art und Weise damit zu tun hat, aber langsam gewöhne ich mich dran. Beim letzten Mal durfte ich bereits eine kleine Rolle in deinem Plan spielen. Dieses Mal möchte ich von Anfang an dabei sein. Wir sollten Christian helfen. Ich kann gar nicht anders. Ich muss das tun. Und du, na ja, du hast schon zweimal bewiesen, dass du ein gutes Gespür für Verbrecherjagden hast.«

Valerie hob den Zeigefinger. »Du darfst nicht vergessen, dass ich nicht allein war. Ohne Noras logischen Verstand wäre ich aufgeschmissen gewesen. Deshalb habe ich eine Bedingung: Wir weihen Nora in die Geschichte ein. Sie kann dann selbst entscheiden, ob sie mit im Boot ist oder nicht, aber sie muss wissen, was wir vorhaben. Ich kann das nicht hinter ihrem Rücken machen.«

»Das war mir klar, Valerie. Und auch ich habe eine Bedingung.« Viktor sah ihr tief in die Augen. »Wir achten auf unsere Sicherheit. Keine Alleingänge wie früher, haben wir uns verstanden? Ich will informiert sein, wenn du etwas unternimmst. Wir stimmen uns ab und machen alles mindestens zu zweit, gell?«

»Einverstanden. Das mit den Alleingängen ist mir schon beim ersten Todesfall vergangen. Du kannst dir sicher sein, dass ich vorsichtig bin. Wenn du möchtest, lege ich sogar wieder diesen doofen Hundetracker in meine Handtasche, der mir damals das Leben gerettet hat. Vielleicht ist dir dann wohler.« Bei dem Gedanken an Nellys Ortungsgerät, das schon einmal für Aufregung gesorgt hatte, musste sie schmunzeln.

»Ich denke, das werden wir nicht brauchen. Es gibt viel bessere Methoden. Wenn du damit einverstanden bist, dann lade ich auf unsere Handys eine App, mit der man sehen kann, wo der jeweils andere sich herumtreibt. Das gibt uns ein wenig Sicherheit.«

»Aber dann installiere die bitte auch bei Nora, falls sie sich uns anschließt.«

»Klar, mach ich ... sofern sie damit einverstanden ist. Aber eine Frage bleibt noch offen.«

Neugierig blickte Valerie Viktor an.

»Sollte Nora mit von der Partie sein, was machen wir dann mit Anton? Er hat jedes Mal gespürt, dass ihr beide hinter dem Mörder her wart, auch wenn ihr uns immer vorgegaukelt habt, es nicht zu sein. Und er ist jedes Mal vor Angst um Nora halb wahnsinnig geworden. Wir können doch nicht alle drei so tun, als ob nichts wäre, und ihn somit ausbooten. Er ist immerhin mein bester Freund und Noras Lebensgefährte.«

»Stimmt, das würde er uns nur schwer verzeihen.« Valerie überlegte. »Dann möchte ich vorschlagen, dass wir uns morgen nach Antons Mittagsschicht hier bei uns zum Kaffee treffen und mit ihnen beiden reden. Entweder helfen sie uns oder nicht. Wir spielen mit offenen Karten. Was hältst du davon?«

»Das hört sich nach einer passablen Idee an. Und ich gehe vorher noch ins Café Elisabeth rüber und organisiere uns was Süßes. Die bieten doch die Torten für den Wettbewerb an. Ich hole für uns alle Kostproben und Bewertungszettel. Dann können wir das weniger Schöne mit dem Angenehmen verbinden. Ich hab ohnehin schon lang keine Linzer Torte mehr gegessen und bin neugierig, ob es einen klaren Favoriten unter den teilnehmenden Teams gibt.«

Nun strahlte Valerie ihn an. Die Aussicht auf einen gemeinsamen Kaffee mit Nora und Anton, gepaart mit den Kostproben vom Wettbewerb, hob ihre Stimmung deutlich. Doch plötzlich wurde ihr heiß und kalt zugleich.

Viktor musste ihren Stimmungsumschwung gespürt haben. Mit unsicherer Stimme fragte er: »Was ist los, Valerie? Hast du es dir anders überlegt?«

»Nein, nein, keine Sorge. Aber mir ist gerade etwas eingefallen. Wir können uns nicht gemütlich zurücklehnen, bis wir die Antwort der beiden haben. Wenn wir mit unseren eigenen Recherchen Erfolg haben wollen, müssen wir zumindest eine Sache gleich morgen früh erledigen. Nora ist in der Schule, die kann uns dabei sowieso nicht helfen. Das müssen wir demnach zu zweit schaffen.«

»Worum geht's denn? Was hast du in der Kürze ausgeheckt?«

»Ausgeheckt ist zu viel gesagt. Aber ich weiß, wo der Tote gewohnt hat, und ...«

Viktor fiel ihr ins Wort. »Ich dachte, du kanntest den Mann nicht, warum weißt du dann etwas über ihn?«

Valerie verdrehte die Augen. »Es ist doch nichts Neues, dass die Leute mir immer alles Mögliche erzählen. Keine Ahnung, warum. Ich sehe wohl so vertrauenerweckend aus. Auf jeden Fall hat uns das gestern Milán – du weißt schon, der ungarische Kellner im Turbinencafé – verraten. Der Tote ist einige Tage hintereinander bei ihm gewesen und hat jeden Tag Sachertorte bestellt. Und er hat ihm erzählt, dass er in der Pension Graukogel wohnt. Also sehen wir uns die am besten mal an, würde ich sagen.«

»Aber wir kommen doch niemals in sein Zimmer rein.«

»Sag niemals nie, Viktor. Ein bisschen Glück gehört bei Mordermittlungen immer dazu. Davon kann ich dir ein Liedchen singen. Versuchen müssen wir es auf jeden Fall. Vielleicht erfahren wir etwas, das uns mehr über ihn verrät. Denn die Frage ist doch: Was hat er hier in Bad Gastein gemacht? Und vor allem: Warum wurde er ermordet? Wenn wir das herausgefunden haben, dann sind wir unserem Täter wahrscheinlich schon sehr nahe.«

»Und warum können wir das nicht auf später verschieben, also nachdem wir mit Nora und Anton gesprochen haben?«

»Na, du bist vielleicht gut. Sofern die Polizei heute noch nicht in seinem Quartier war, wird sie spätestens morgen Vormittag dort anrücken. Da bin ich mir sicher. Sobald die Tatortgruppe alles durchsucht hat, gibt es für uns nichts mehr zu finden. Und ich hab so meine Zweifel, ob wir von Dorothea dieses Mal Informationen zur laufenden Ermittlung bekommen werden, weil wir ganz klar befangen sind. Ich wette, nicht einmal meine Pralinen werden uns in diesem Fall helfen, obwohl sie bei denen üblicherweise gern gesprächig wird.«

Viktor biss sich auf die Unterlippe und meinte schließlich: »Da ist was Wahres dran. Einen Versuch ist es tatsächlich wert, gell? Obwohl ich nicht glaube, dass wir es auch nur in die Nähe seines Zimmers schaffen, ohne aufzufliegen. Was hältst du davon, wenn wir Andi morgen zur Schule bringen und dann gleich weiterfahren? Wir parken ein Stück entfernt und schauen, ob wir ungesehen ins Haus kommen. Wenn das nicht klappt, horchen wir ganz unverschämt die Christl, die Pensionswirtin, aus. Sie wundert sich bestimmt nicht, dass wir uns nach dem Toten erkundigen, wo doch mein Bruder unter Verdacht steht.«

Valerie runzelte die Stirn. »Offen gestanden, wäre mir die verdeckte Variante erheblich lieber, weil es sich sonst bestimmt bis zu Dorothea und Erwin herumspricht, dass wir auf eigene Faust ermitteln. Das würde alles verkomplizieren. Aber das können wir ja immer noch spontan entscheiden, wenn wir vor Ort sind. Wie gesagt, vielleicht ist uns das Glück hold und wir schaffen es, uns heimlich umzusehen.« Sie gähnte herzhaft. Offenbar entfaltete der Melissentee nun seine Wirkung. »So machen wir es«, meinte sie abschließend und fügte hinzu: »Aber jetzt muss ich mir eine Mütze Schlaf holen. Heute können wir ohnehin nichts mehr ausrichten. Und wenn wir Christian helfen wollen, müssen wir halbwegs fit sein. Wer weiß, was uns erwartet.«

***

Als am nächsten Morgen der Wecker pünktlich um sechs Uhr klingelte, überkam Valerie das große Bedürfnis, ihn abzuschalten, sich die Decke bis zur Nase zu ziehen und noch eine Weile liegen zu bleiben. Es war am Vorabend nicht nur spät geworden, sondern sie hatte auch trotz bleierner Müdigkeit lange nicht einschlafen können. Die wenigen Stunden, die ihr geblieben waren, hatten schließlich keine Erholung gebracht. Wirre Träume über mehrere Schützen, die im Gebüsch beim Wasserfall hockten und abwechselnd auf die Besucher des Turbinencafés schossen, hatten sie geplagt. Dabei wurden Punkte verteilt, je nachdem, aus welchem Land die Erschossenen stammten. Einheimische brachten keine Punkte ein, weshalb Nora und Valerie, die wie gestern an der Hausmauer des Kraftwerks saßen, eilig in ihren Handtaschen kramten, um einen rot-weiß-roten Schal zu suchen, der bezeugen sollte, dass sie es nicht wert waren, getroffen zu werden. Gerade als Valerie ihren Schal gefunden, ihn aber noch nicht umgelegt hatte, hörte sie erneut den Knall einer Langwaffe, was ihre Angst ins Unermessliche steigerte. Just in diesem Moment wachte sie mit pochendem Herzen auf. Der Traum wiederholte sich mindestens drei Mal. Es war zum Verzweifeln.

Seufzend schlug sie nun die Tuchent zurück und schwang die Beine über die Kante des Zirbenbettes, das sich Viktor und sie vor einigen Monaten geleistet hatten. Das Holz der in den Bergen beheimateten Zirbelkiefer sollte nachweislich positive Effekte auf die Gesundheit haben und einen erholsamen Schlaf unterstützen. Eine Aussage, die Valerie bestätigen würde. In dieser Nacht war ihre innere Unruhe jedoch so groß gewesen, dass nicht einmal der aromatische Zirbenduft ihr Erholung verschafft hatte. Zwischen den Alpträumen hatte sie stets die Frage gequält, ob es klug war, sich erneut in die Ermittlungen der Polizei einzumischen. Sie hatte sich in der Vergangenheit mit ihrer Schnüffelei schon mehrfach in große Gefahr begeben. Wollte sie das ernsthaft erneut riskieren?

Während sie sich hin und her gewälzt hatte, war sie jedoch zu dem Schluss gekommen, dass sie Viktor zuliebe an ihrem Versprechen festhalten musste. Familienangelegenheiten waren schon immer das Wichtigste für sie gewesen. Und was sollte ihr schon passieren mit ihm an ihrer Seite? Dieser Gedanke hatte sie ein wenig beruhigt.

Verschlafen quälte Valerie sich hoch und schlurfte ins Bad. Hoffentlich würde eine Dusche ihre Lebensgeister wieder wecken. Sie würde in den nächsten Tagen all ihre Energie brauchen.

**

»So, da wären wir.« Viktor zog die Handbremse an. Er hatte den Hotelbus etwa hundert Meter von der Pension Graukogel entfernt am Straßenrand geparkt, nachdem sie Andi zur Schule gebracht hatten. Das Wetter passte perfekt zu Valeries Stimmung. Nebel hatte sich im Ort breitgemacht – nichts Ungewöhnliches in Bad Gastein, gerade im Oktober. Der Vorhersage nach sollte es ein wunderbarer Herbsttag werden, doch bis die Sonne sich nach unten ins Tal gekämpft hatte, dauerte es oft ein wenig. Meist war es hoch oben auf den umliegenden Bergen dann schon lange klar, sodass man auf ein Wolkenmeer hinunterblicken konnte.

Valerie streckte entschlossen ihre Hand nach dem Griff der Beifahrertür aus. Sie öffnete und stieg aus, bevor sie es sich anders überlegen konnte. Das, was sie vorhatten, war bestimmt nicht gefährlich, aber es war der erste Schritt ihrer privaten Ermittlungen und somit durchaus bedeutungsvoll, vor allem, weil sie dabei nicht erwischt werden sollten.

Gemeinsam machten sie sich auf den Weg. Sie hatten vereinbart, unauffällig an der Vordertür der Pension vorüberzuschlendern, um die Lage zu sondieren, und dann, wenn möglich, über den Parkplatz zum Hintereingang zu schleichen und von dort aus ihr Glück zu versuchen. Als sie jedoch am Gebäude vorbeigehen wollten, bemerkten sie, dass die Eingangstür sperrangelweit offen stand. Eine Fügung des Schicksals? Oder einfach nur Routine, um morgens das Haus gut durchzulüften? Valerie wusste es nicht, auf jeden Fall zupfte sie Viktor am Ärmel und flüsterte: »Kleine Planänderung. Was hältst du davon, wenn wir doch gleich vorne reingehen? An der Rezeption ist keiner. Eine bessere Gelegenheit wird sich uns nicht bieten.« Eindringlich musterte sie ihn und wartete auf seine Reaktion.

Viktor brummelte vor sich hin, legte dann den Arm um ihre Taille und schob sie sanft, aber unmissverständlich zur Tür. Valerie hielt die Luft an, als sie das Foyer betraten. Verstohlen sah sie sich um. Alles wirkte sauber und einladend, aber etwas aus der Mode gekommen. Mit der Lobby im Grand Hotel war der Raum nicht zu vergleichen, und dennoch konnte sie sich vorstellen, dass die Gäste sich hier wohlfühlten.

Zu ihrer Erleichterung war weit und breit niemand zu sehen. Aus einem Raum weiter hinten im Gebäude hörte man das Klappern von Geschirr, und der unverkennbare Duft nach Kaffee, frischem Gebäck und Spiegelei zog durch das Haus. Frühstückszeit. Als sie den Empfangsbereich in Augenschein nahm, stellte Valerie fest, dass in der Pension Graukogel die Türen zu den Zimmern noch nicht mit Karte geöffnet wurden. Hinter dem schmalen Tresen hing nämlich ein Brett mit Nummern und Haken, wo die Gäste ihre Schlüssel samt Anhänger beim Verlassen des Hauses abgeben konnten.

Leise meinte sie: »Jetzt müssten wir halt wissen, wo genau unser Toter gewohnt hat.« Verzweifelt hob sie die Schultern.

»Nichts leichter als das.« Viktor grinste und trat hinter den Tresen. Valerie blieb die Luft weg. Das war schon sehr gewagt, was er da tat. Denn er stand mit wenigen Schritten direkt vor dem Pensions-PC. »Die haben sogar das Programm, das wir früher auch hatten. Das kenne ich wie meine Westentasche«, sagte er erfreut.

Flugs fuhr er mit der Maus herum und tippte dann den Namen Hertlein ein, woraufhin er triumphierend lächelte. »Na, wer sagt's denn? Frechheit siegt, gell?« Offenbar erwartete er keine Antwort, denn schon sprach er weiter: »Unsere Leiche hat in Zimmer vierzehn gewohnt, ich nehme an, das ist im ersten Stock.« Er drehte sich zur Wand. »Wir müssen nur ...« Nun brach Viktor seinen Satz ab.

Valerie folgte seinem Blick und stellte frustriert fest, dass der Haken unter der entsprechenden Nummer am Schlüsselbrett leer war. Verdammt, dachte sie. Jetzt waren sie schon so nah dran gewesen, das Zimmer heimlich durchsuchen zu können, und nun das.

Enttäuscht hob sie die Augenbrauen. »Dann ist uns wahrscheinlich doch die Polizei zuvorgekommen«, flüsterte sie. »Ich hatte gehofft, dass Dorothea und Erwin vor lauter Leute-Befragen, Tatwaffen-Finden und Christian-Verhören noch nicht dazu gekommen sind, das Zimmer zu durchsuchen. Schauen wir trotzdem rauf.« Sie deutete Viktor, ihr zu folgen, und strebte auf die nahe gelegene Treppe zu. Als ihnen dort ein junges Paar entgegenkam, improvisierte sie schnell und sagte mit zuckersüßer Stimme: »Ein herrliches Frühstück, nicht wahr, mein Schatz?«

»Ganz ausgezeichnet«, lautete seine prompte Antwort, und schon waren sie an den Pensionsgästen vorbei. »Nun aber schnell, bevor noch jemand kommt«, zischte Valerie und nahm zwei Stufen auf einmal.

Kaum standen sie am Treppenabsatz, blickte sie auf die Schilder an den Türen und wandte sich nach rechts. Der alte blaue Teppichboden mit dem Blümchenmuster schwächte das Geräusch ihrer Schritte so ab, dass sie beinahe lautlos bis zur Nummer dreizehn gehen konnte. Dort blieb sie abrupt stehen und machte Viktor, der ihr dicht auf den Fersen war, energische Handzeichen.

Die Tür zu Raum vierzehn war nur angelehnt. Was das wohl zu bedeuten hatte? War das Zimmermädchen gerade mit Saubermachen beschäftigt? Das war die wahrscheinlichste Erklärung, doch Valerie war skeptisch. Instinktiv spürte sie, dass hier etwas nicht stimmte. Vorsichtig pirschten sie sich an und drückten sich dann an die Wand.

Die Stimmen aus dem Frühstücksraum waren nur mehr gedämpft zu hören, und Valerie lauschte angespannt, ob verdächtige Geräusche aus Hertleins Zimmer drangen. Sie glaubte, leise Schritte wahrzunehmen, doch konnte das auch Einbildung sein, schließlich schluckte der dicke Flor die Tritte fast vollständig. Angestrengt horchte sie. Da, plötzlich war sie sich sicher. Irgendjemand befand sich dort drinnen. Sie hatte das eilige Öffnen und Schließen einer Schublade gehört, und zwar ganz eindeutig.

Aufgeregt suchte sie Augenkontakt zu Viktor, der ihren Verdacht mit Gesten bestätigte. Während sie noch überlegten, wie sie weiter vorgehen sollten, wurde die Tür plötzlich geöffnet, und ein Gesicht kam zum Vorschein, das zu Valeries Leidwesen hinter einer schwarzen Skimaske verborgen war. Ein kleiner Schrei entschlüpfte ihr, und sie zuckte automatisch zurück, sodass sie Viktor dabei auf die Zehen trat.

Valerie konnte nicht sagen, wer von ihnen dreien den größeren Schrecken davontrug: Viktor, der aufgrund des überraschenden Schmerzes sein Gesicht verzog, sie selbst, die hier mit ihm vor der Tür lauschte und zuvor weder gewusst hatte, ob es sich bei der Person im Zimmer um das Zimmermädchen, einen Kripobeamten oder einen gänzlich Fremden handelte, oder derjenige, der nun schnell wie ein geölter Blitz den Gang entlang und nach unten rannte.

Aufgrund seiner auffallenden Größe war Valerie davon überzeugt, dass es ein Mann war, der hier die Bleibe des Mordopfers unter die Lupe genommen hatte. Leider hatte sie nicht viel von ihm erkennen können. Wie in den besten Gangsterfilmen war er komplett in Schwarz gekleidet gewesen, hatte Jeans, Turnschuhe und Kapuzenpullover getragen, dazu noch einen unauffälligen dunklen Rucksack, der schwer wirkte.

Instinktiv griff Valerie nach Viktors Arm, um ihn festzuhalten, als er dem Mann nachjagen wollte. »Nicht, lass ihn. Wir haben gesagt, dass Sicherheit immer vorgeht. Wer weiß, wozu der Typ fähig ist. Ist doch gut möglich, dass es sich um den Täter handelt.«

»So ein verdammter Mist«, entfuhr es Viktor, während er dem Fliehenden hinterherschaute. »Jetzt ist er uns zuvorgekommen. Da werden wir in Hertleins Zimmer wohl nichts Interessantes mehr finden. Aber du hast natürlich recht. Wir sollten kein Risiko eingehen.« Bedauernd hob er die Schultern.

»Ich möchte trotzdem einen Blick auf Hertleins Sachen werfen«, flüsterte Valerie. »Wer weiß, vielleicht hat der Kerl ja etwas übersehen, was auch immer er gesucht haben mag.«

Nachdem sie sich vergewissert hatten, dass niemand sie beobachtete, schlüpften sie rasch in den Raum. Die Luft war stickig, was nicht ungewöhnlich war, da Hertlein schließlich seit mindestens zwanzig Stunden nicht mehr da gewesen sein konnte. Das in die Jahre gekommene Mobiliar und der alte Teppichboden verströmten einen leichten Geruch, der Valerie unangenehm in die Nase stieg. Doch von solchen Kleinigkeiten wollte sie sich nicht aufhalten lassen. In Windeseile zogen sie Latexhandschuhe über, die sie extra mitgebracht hatten, und inspizierten alles. Die Spurensicherung sollte hier nicht ihre Fingerabdrücke vorfinden, denn dadurch kämen sie in deutliche Erklärungsnot. Sie öffneten alle Schranktüren und die Schreibtischschubladen, doch außer leicht abgetragener Alltagskleidung und Toilettenartikeln entdeckten sie nichts von Bedeutung. Kein Handy, keinen Laptop. Den Zimmerschlüssel hatte der Mann mit der Skimaske einfach am Tisch liegen lassen. Valerie überlegte, ob es klug wäre, ihn nach ihrer Visite wieder unten an den Haken zu hängen, damit nicht auffiel, dass das Zimmer durchsucht worden war.

Sie war enttäuscht. Wären sie doch nur eher losgefahren, dann wären sie vermutlich die Ersten gewesen. Ob der Mann mit dem Kapuzenpullover etwas Wichtiges gefunden hatte? War sein Rucksack mit persönlichen Dingen aus Hertleins Zimmer gefüllt? Valerie hätte es zu gern gewusst. Frustriert schloss sie die letzte Schreibtischschublade.

So ein Mist. Ein klein wenig zu spät war dennoch zu spät. Wer auch immer das war, er war ihnen zuvorgekommen. Valerie schnappte sich das Feuerzeug, das neben einer Schachtel Zigaretten am Nachtkästchen lag, und entzündete es gedankenverloren. Immer wenn sie nervös war, suchten ihre Hände Beschäftigung.

Sie beobachtete Viktor niedergeschlagen dabei, wie er zu guter Letzt die Matratze des alten Holzbettes in die Höhe hob und anschließend den Kopf schüttelte. Auch dort war nichts. Behutsam, wie Valerie erleichtert feststellte, ließ er sie wieder auf den Lattenrost sinken. Doch im nächsten Moment zuckte sie zusammen und schlug die Hand vor den Mund. Von draußen waren Stimmen zu hören. Ohne nachzudenken, steckte sie das Feuerzeug in die Hosentasche und schlich Richtung Eingang.

Nahezu tonlos flüsterte sie Viktor zu: »Wir müssen weg.« Sie blickten sich schuldbewusst an, während sie vor der angelehnten Tür Posten bezogen, um besser lauschen zu können. Ohne Zweifel waren Dorothea und Erwin eben eingetroffen und sprachen unten im Eingangsbereich mit der Pensionswirtin, die sie über Hertlein ausfragten. Da hatten sich Viktor und sie in eine unangenehme Situation manövriert. Es würde nicht lange dauern, bis das Fehlen des Zimmerschlüssels auffiel. Zudem war Valerie überzeugt, dass auch ein Team der Tatortgruppe vorbeikommen würde, spätestens wenn klar war, dass sich jemand ungefragt Zutritt zum Zimmer des Toten verschafft hatte. Höchste Zeit, von hier zu verschwinden. So viel stand fest.

Vorsichtig zog Valerie die Tür auf und steckte den Kopf nach draußen, um die Lage zu peilen. Der Gang war leer. Gott sei Dank. Sie schlüpfte durch den Spalt und überlegte fieberhaft, was sie nun tun sollten. Die Treppe hinunter konnten sie nicht nehmen, dabei würden sie der Polizei direkt in die Arme laufen. Dieser Weg schied also aus. Die Stiege nach oben in das zweite Stockwerk wäre eine Lösung, jedoch befürchtete Valerie, dass sie dann in der Falle saßen.

Schließlich ergriff Viktor die Initiative und huschte bis zum Ende des Flurs, wo ein Fenster offen stand, das gepaart mit der geöffneten Eingangstür unten für Durchzug sorgte. Er beugte sich nach draußen und winkte Valerie energisch zu sich. Auweia, diese Option gefiel ihr ganz und gar nicht. Er wollte doch nicht allen Ernstes aus dem Fenster springen? Selbst wenn es nicht lebensgefährlich sein würde, schätzte sie die Chance, unversehrt unten anzukommen, nicht gerade hoch ein. Die Jüngsten waren sie auch nicht mehr. Nur zaghaft näherte sie sich ihm.

»Warum schleichst du denn so?«, zischte Viktor.

»Du bist gut. Es ist nicht gerade so, dass das Springen aus dem ersten Stock zu meinen liebsten Hobbys gehört.«

Ihr Mann verdrehte die Augen gen Himmel. »Schau doch mal raus, Valerie. Das bekommen sogar wir hin. Dazu muss man kein Stuntman sein.«

Sie beugte sich nach draußen und stellte erleichtert fest, dass direkt unter ihnen ein Müllcontainer stand, dessen Deckel geöffnet war. Ein ganzer Berg an Säcken lag darin, sodass er gar nicht mehr geschlossen werden konnte. Viktor hatte recht, das war zu schaffen.

»Geh du zuerst, dann kann ich dir noch helfen«, ermunterte er sie. Nach einem raschen Blick den Gang entlang kniete Valerie sich zähneknirschend aufs Fensterbrett und drehte sich um, sodass sie sich daran festhalten und vorsichtig die Beine nach draußen baumeln lassen konnte. Die Kante des Granitsteins bohrte sich hart in ihren Magen, was unangenehm schmerzte, doch zum Jammern blieb keine Zeit. Sie musste da runter, koste es, was es wolle. Allzu weit konnte es wohl nicht mehr sein. Viktor hielt ihre Handgelenke fest, bis sie ihm mit einem Nicken zu verstehen gab, loszulassen. Angestrengt drückte sie die Augen zu und ließ sich fallen. Dabei spürte sie, wie ihre Ellenbogen über die raue Mauer schabten. Tapfer biss sie die Zähne zusammen, damit ihr kein Angstschrei entkam, doch die Landung war überraschend unspektakulär. Die raschelnden Säcke hatten ihr Gewicht gut abgefangen. Etwas hilflos lag sie im Container und überlegte gerade, wie sie es am besten aus dem großen Behälter hinausschaffte, da hörte sie von oben ein Zischen.

Mit einem Blick hinauf stellte sie fest, dass Viktor bereits rücklings auf der Fensterbank hockte und gestresst wirkte. »Die Stimmen werden lauter. Sie können jeden Moment heroben sein. Schnell! Mach Platz!«

Ungelenk drehte Valerie sich um und griff nach dem Rand. Ihre Füße fanden nur schwer Halt, rutschten ständig an den Säcken ab, doch irgendwie gelang es ihr, die Beine hinüberzuschwingen, nach unten zu gleiten und sich so aus ihrer misslichen Lage zu befreien. Erleichtert seufzte sie und beobachtete, wie Viktor losließ und gleich darauf im Abfall versank.

Das Erste, was Valerie sah, war sein Daumen, den er nach oben streckte, um zu signalisieren, dass es ihm gut ging. Dann hörte Valerie lautes Rascheln und einen Fluch, bevor sein Gesicht aus dem Müllberg auftauchte.

Er überraschte Valerie mit einem Grinsen und den Worten:

»Ich fühl mich wie James Bond. Ich wusste gar nicht, dass Ermitteln so aufregend ist.«

Vorsichtig hievte er ein Bein über den Containerrand und zog dann das zweite nach. Mit einem Sprung landete er neben ihr und fuhr sich mit den Händen durch die Haare, die ungewohnt verstrubbelt aussahen. Als er gerade den Mund aufmachen wollte, legte Valerie den Zeigefinger an die Lippen und schob ihn zur Hauswand. Durch das geöffnete Fenster waren nun deutlich Dorothea und Erwin zu hören. Wer wusste schon, ob sie nicht vielleicht das Rascheln vernommen hatten und nun einen Kontrollblick aus dem Fenster warfen? Sicherheitshalber drückten sich die Thallers gegen die Mauer und warteten, bis es oben wieder ruhig wurde. Vermutlich waren die Polizisten inzwischen im Zimmer des Toten angelangt und wussten bereits, dass es durchsucht worden war. Schließlich konnte der Schlüssel, der offen dalag, nicht von allein dorthin geflogen sein.

Als die Gefahr, entdeckt zu werden, gebannt war, krauste Valerie die Nase. Vorsichtig roch sie an ihrer Jacke, die sie am Morgen übergezogen hatte und die nun einen Riss am linken Ellenbogen aufwies. Eindeutig. Ihre Kleidung müffelte, was auch kein Wunder war.

»Igitt, ich fühl mich eklig«, meinte sie leise.

Viktor hingegen strahlte noch immer. Offenbar fand er tatsächlich Gefallen an der Sache.

Gedankenverloren fischte Valerie einen Pizzakarton aus dem Container, der ihr vorher schon ins Auge gestochen war. Als Verfechterin strikter Mülltrennung konnte sie nicht aus ihrer Haut. Sie klappte den Deckel des Papiermüllbehälters auf und wollte eben den Karton obenauf legen, als sie zurückzuckte.

»Was ist?«, wollte Viktor wissen, der hinter ihr stand.

»Na, schau doch selbst.« Sie machte einen Schritt zur Seite.

Unzählige Papierschnipsel lagen zuoberst. Dazu zerknüllte Zeitungsreste, in denen deutliche Lücken zu erkennen waren.

Viktor hob unberührt die Schultern. »Alte Zeitungen, Papiermüll eben. Was ist daran so besonders?«

»Was daran so besonders ist?« Valerie schüttelte ungläubig den

Kopf. »Das sieht mir nicht nach normalem Abfall aus. Das wirkt viel eher so, als ob jemand einen Text aus Zeitungsbuchstaben oder -wörtern zusammengestellt hätte.«

Nun wurde Viktors Miene ernst. »Du meinst einen Erpresserbrief?«

»Genau das meine ich. Einen richtig altmodischen Erpresserbrief. Und das wirft einen Haufen Fragen auf, oder etwa nicht? Kannst du bitte schnell ein Foto für Nora und Anton schießen? Damit sie sich ein eigenes Bild von der Sache machen können. Ich bin dafür, dass wir alles so lassen, wie es ist, denn ich denke, die Tatortgruppe wird den Müll akribisch durchforsten. Da mischen wir uns am besten nicht ein. Die sollen ruhig zum selben Schluss wie wir kommen.«

Valerie schloss den Deckel und warf den Pizzakarton schweren Herzens wieder in den Restmüll, damit die Spuren in der Papiertonne leichter gefunden werden konnten. Anschließend machten sie sich – vorsichtig darauf achtend, dass sie nicht entdeckt wurden – auf den Rückweg zum Auto, während sie sich die Handschuhe von den Fingern zogen. Eines war klar: Sie hatten keine Antworten gefunden, dafür waren einige neue Fragen dazugekommen. Valerie war einerseits enttäuscht, andererseits aber auch aufgeregt. Der Fall wurde immer spannender.

SECHS

»Mmh, ein Traum, die Linzer vom Landmann.« Viktor legte mit zufriedenem Gesichtsausdruck die Dessertgabel zur Seite und schnappte sich einen Bewertungsbogen vom Tisch. »Er bekommt von mir die höchste Punktzahl. Für mich ist er jetzt schon der klare Favorit in diesem Wettbewerb«, ließ er Valerie, Nora und Anton wissen, die seine Aussage amüsiert zur Kenntnis nahmen.

Es stimmte schon, dass sich die Linzer Torte des Erlanger Teams geschmacklich von den anderen abhob. Sie war unbestritten die beste, doch Landmann und seine Leute mussten auch an den anderen beiden Tagen noch punkten, wenn sie ins Finale kommen wollten. Die Konkurrenz war hart, und alle Teams wollten mit ihrem Können glänzen und waren dementsprechend motiviert.

Viktors Idee, vor dem Treffen mit Nora und Anton aus dem Café Elisabeth die Kostproben für den Wettbewerb samt Bewertungsbögen zu holen, war gut angekommen. Ihre Freunde hatten sich riesig darüber gefreut, aber zu dem Zeitpunkt auch noch nicht gewusst, welche Neuigkeiten danach auf sie warteten.

»Ihr wollt was?« Anton ließ sich nur wenige Minuten später völlig perplex nach hinten sinken. Seine stattliche Größe von rund einem Meter neunzig war ihm in diesem Moment nicht anzumerken. Nervös fuhr er sich durch seine Lockenmähne und sah fragend in die Runde.

In leicht unsicherem Ton antwortete Viktor: »Wir wollen Christian helfen, wie wir eben schon erklärt haben. Solange der wahre Täter nicht gefasst ist, wird mein Bruder kritisch beäugt werden.« Viktor räusperte sich zwischendurch, sodass sein Adamsapfel hüpfte. »Du weißt, wie das in einem Tal ist, in dem jeder jeden kennt. So ein Verdacht, der bleibt an dir kleben wie Kaugummi auf der Schuhsohle, da kannst du gar nichts dagegen tun, auch wenn er jeder Grundlage entbehrt, gell?« Hilfesuchend schaute er zu Valerie.

»Das sehe ich leider auch so. Die Leute werden immer daran zweifeln, ob nicht doch vielleicht er es war, der auf den Deutschen geschossen hat. Das wird er sein Lebtag lang nicht mehr los. Und obendrein kann es sich auch auf das Geschäft auswirken. Klatsch und Tratsch gibt es überall. Stell dir vor, das spricht sich unter den Stammgästen des Hotels rum. Was glaubst du, was dann passiert?«

»Bei einem Mörder will niemand seinen Urlaub verbringen. Das kann den Betrieb ruinieren.« Viktor führte Valeries Gedanken zu Ende.

»Aber was ist mit der Kripo? Die ist doch an dem Fall dran.« Anton klang nach wie vor alles andere als überzeugt von Viktors und Valeries Idee.

»Sicher ermittelt die Kripo. Das sieht man, schließlich hat sie Christian im Visier. Es ist gut möglich, dass sie den Fall lösen wird, aber der Verdacht muss möglichst schnell aus der Welt geräumt werden. Wer weiß, wie lange die Polizei dafür braucht.« Valerie kam jetzt richtig in Fahrt. »Wenn wir selbst etwas beitragen und Dorothea und Erwin entscheidende Informationen weitergeben können, dann beschleunigt das die Sache. Jeder Tag zählt. Was glaubst du, wie Christian sich jetzt fühlt? Und seine Familie? Bärbel war gestern total durch den Wind.« Valerie traten bei dem Gedanken an Christians Angehörige Tränen in die Augen. »Und die Jungs, die haben den Ernst der Lage meiner Meinung nach noch gar nicht richtig erfasst. Ich mag gar nicht daran denken, was die sich in der Schule über ihren Vater anhören müssen. Du weißt doch, wie fies Jugendliche untereinander sein können.«

Anton rieb sich mit beiden Händen übers Gesicht, dann hob er den Kopf. Valerie hätte jede Wette abgeschlossen, dass jetzt ein italienischer Vulgärausdruck folgen würde. Immer wieder mal, vor allem in emotionalen Momenten, kam das südländische Erbe seines Vaters durch. So auch heute. »*Merda!*« Er blickte verzweifelt in die Runde. »Damit eines klar ist: Ich finde diese Aktion alles andere als richtig, aber ihr seid meine besten Freunde, mehr noch, *famiglia*, und deshalb lasse ich euch nicht hängen. Unter anderem, weil ich weiß, dass die gute Nora« – dabei klopfte er ihr sacht auf den Oberschenkel – »niemals Nein sagen würde und ich somit zumindest die Chance habe, auf sie aufzupassen.«

Erleichterung überkam Valerie. Nora stieß die Luft aus, was Valerie darauf schließen ließ, dass sie sie bei den letzten Sätzen vor Anspannung angehalten hatte.

Anton fuhr nun etwas ruhiger fort: »Ich fürchte aber, dass ich nicht viel beitragen kann, das muss ich gleich klarstellen. Ich helfe gern beim Überlegen und bin in Notfällen abrufbereit, aber prinzipiell kann ich diese Woche nur schlecht aus der Küche weg. Ich muss meinem Team den Rücken freihalten, sonst machen die Fernsehfuzzis mit meinen Leuten, was sie wollen. Das Grand Hotel ist gut belegt, und ich möchte bei der Verpflegung der Gäste keine Abstriche machen. Wettbewerb und Mordfall hin oder her.«

Viktor klopfte ihm auf die Schulter. »Danke, Anton. Ich weiß sehr zu schätzen, dass wir auf dich zählen können. Und dass du nicht viel Zeit hast, das war uns von vornherein klar. Aber wir wollten so etwas nicht hinter deinem Rücken beschließen, denn dass Nora nur schwer zu bremsen sein wird, damit haben wir gerechnet.«

Valerie sah, wie Noras Augen blitzten. »Da liegt ihr vollkommen richtig«, meinte diese. »Ich möchte auf jeden Fall mithelfen, weil ich es einfach unfair finde, dass jemand einem Unschuldigen einen Mord anhängen will. Ich hasse Ungerechtigkeiten und werde gern meinen Teil dazu beitragen, um Christian von diesem irrwitzigen Verdacht reinzuwaschen.«

Valerie griff über den Tisch und drückte Noras Hand. »Danke, ich hab fest mit dir gerechnet. Du bist die Beste.«

Diese grinste sie spitzbübisch an. »So, nun aber genug der Gefühlsduselei. Die Fronten sind geklärt, am besten legen wir los. Hat jemand einen konkreten Vorschlag, wie wir beginnen könnten?«

»Begonnen haben wir offen gestanden schon«, sagte Valerie mit Stolz in der Stimme. Und dann erzählte sie bis ins Detail von ihrem morgendlichen Besuch in der Pension Graukogel.

»Da hattet ihr aber ordentliches Glück, dass ihr nicht schon bei der ersten Aktion aufgeflogen seid.« Nora hatte während der Erzählung an Valeries Lippen gehangen.

»Und ihr seid euch sicher, dass die Papierreste in der Tonne auf einen Erpresserbrief hindeuten?« Anton knetete mit Zeigefinger und Daumen sein Kinn.

»Sicher können wir nicht sein, aber es war ziemlich eindeutig, würde ich sagen.« Viktor war mit der Antwort schneller gewesen als Valerie. »Seht selbst.« Er streckte ihnen sein Handy entgegen, auf dem der Inhalt der Papiertonne klar und deutlich erkennbar war.

Inzwischen hatte sich Nora zu ihrer Handtasche gebeugt, die unter dem Tisch stand, und kramte darin herum. Zum Vorschein kamen ein kleines Notizbuch und ein Stift.

Valerie lächelte still in sich hinein, weil das so typisch für ihre Freundin war. Sie konnte ihre Gedanken besser ordnen, wenn sie alles Wichtige aufschrieb. Eindeutiges Lehrerverhalten, mutmaßte sie.

»Dann schauen wir mal.« Nora dachte laut, während sie einen dicken Punkt malte. »Die Ereignisse von gestern und heute Morgen werfen gleich mehrere Fragen auf. Die sollten wir sammeln.«

Eine Liste. Valerie hatte es doch gewusst. Nora liebte Listen. In diesem Fall machte ihre Methode aber durchaus Sinn. Deshalb sagte sie spontan: »Eine Frage ist auf jeden Fall, wer der Mann mit dem Kapuzenpullover und der Skimaske war. Und natürlich auch, was er in Hertleins Zimmer gesucht hat und ob er es gefunden und mitgenommen hat.«

»Stopp. Ich kann nicht so schnell schreiben. Etwas langsamer bitte.«

Valerie wiederholte ihre Fragen. Dann hängte Viktor eine an. »Ist der Mann, der an uns vorbeigestürmt ist, der Mörder? Wenn nicht, was weiß er von der ganzen Sache?«

Valerie gruselte bei dem Gedanken, dass nur wenige Zentimeter sie von diesem Typen getrennt hatten. Viktor konnte richtigliegen. Die Möglichkeit, dass es sich bei dem Kerl um den Mörder handelte und dass er irgendwelche Beweise verschwinden lassen wollte, die ihn entlarven würden, war durchaus gegeben.

Ganz in Gedanken versunken beobachtete sie Nora, die noch immer eifrig schrieb. Das leise Kratzen des Bleistifts war das einzige Geräusch in der Küche. Als es verstummte und Nora auffordernd in die Runde sah, blieben alle stumm.

Nach kurzer Pause meinte sie: »Ich gehe davon aus, dass euch nichts mehr einfällt. Mir schon. Mich würde noch interessieren, wie es möglich ist, dass ein Wildfremder – denn davon gehe ich aus – sich an Christians Waffenschrank bedienen konnte. Vor allem möchte ich wissen, ob irgendjemand etwas Auffälliges gesehen hat.« Nora beugte den Kopf über den Tisch und schrieb erneut, bis sie schließlich den Stift aus der Hand legte.

»Was haltet ihr davon, wenn wir damit beginnen, uns in Christians Hotel und in der direkten Nachbarschaft umzuhören?«, fragte sie anschließend.

»Gute Idee. Das machen wir gleich morgen«, freute sich Valerie über Noras Vorschlag. »Heute bekomme ich das zeitlich nicht mehr unter. Ich hab versprochen, die Abendschicht an der Rezeption zu übernehmen.«

»Dann eben morgen. Aber erst am späten Nachmittag«, war Viktors Kommentar dazu. »Ich hab meinen monatlichen Mittwochstermin mit den Leuten vom Fremdenverkehrsverband. Der beginnt um fünfzehn Uhr, so gegen fünf könnte ich mich unauffällig verabschieden, sollten sie noch länger diskutieren wollen.«

Valerie war enttäuscht. »Das heißt, wir können bis morgen um fünf nichts weiter tun, als abzuwarten? Das fängt ja gut an. Bei Ermittlungen zählt jede Stunde, und der Mord ist bereits gestern passiert. Nora und ich könnten ja gleich nach der Schule schon mal …«

»Auf keinen Fall«, schallte es ihr unisono von Viktor und Anton entgegen. Dabei waren sich die Männer einig. »Dieses Mal lassen wir nicht zu, dass ihr ein Risiko eingeht. Im Fall Christian agiert ihr nicht allein. *Avete capito?*«

»Jaja, schon gut. Wir haben es verstanden.« Bedauernd willigte Valerie ein. Nora verdrehte die Augen und meinte in genervtem Ton: »Das kann ja heiter werden.«

Alle am Tisch ignorierten ihren Kommentar. In diesem Fall war eben alles anders. Schließlich ging es um Christian. Dass Viktor dabei sein wollte, war nur allzu verständlich.

»Dann schlage ich vor, ich kümmere mich mit Anton mal darum, dass wir auf unseren Handys diese App installieren, mit der wir uns gegenseitig orten können, sofern ihr einverstanden seid. Mit Valerie habe ich bereits darüber gesprochen.« Viktors fragender Blick ruhte auf Nora und Anton, die zögerlich nickten. »Und ihr beide«, dabei sah er Valerie und Nora an, »überlegt euch für morgen einfach eine Alternative. Macht irgendwas Schönes, um euch abzulenken. Der Vormittag ist ohnehin mit Schule beziehungsweise Rezeptionsdienst verplant. Und für den Nachmittag lasst ihr euch was einfallen. Geht in die Dampfsauna oder macht Yoga. Was auch immer. Ihr werdet sehen, die Zeit bis fünf vergeht wie im Flug, und dann legen wir los.«

Valerie fand es ernüchternd, dass ihnen bis dahin die Hände gebunden waren. Für Yoga hatte sie momentan keinen Kopf. Privat zu ermitteln konnte wahrlich frustrierend sein. Die Kriminalpolizisten hatten einen riesigen Vorteil ihnen gegenüber. Es war ihr Job, nach dem Mörder zu suchen. Aber bei ihnen musste alles nebenher passieren. Sie hatten anderweitige Verpflichtungen, denen sie nachkommen mussten. Schließlich drehten sich die Räder des Alltags weiter, selbst wenn so etwas Unglaubliches wie ein Mord im Ort passiert war.

Träge erhob Valerie sich und holte ihr Handy aus dem Vorraum, während Nora ihres aus der Handtasche fischte. Die Männer beugten sich bereits über ihre eigenen Geräte, als das Haustelefon klingelte.

Da sie gerade direkt danebenstand, hob Valerie ab. Carla war in der Leitung. »Entschuldige, Valerie, aber der Herr Steininger von der Polizei und Viktors Bruder sind da. Soll ich sie zu euch hochschicken?« Etwas leiser fügte sie hinzu: »Die Gäste gucken schon so komisch.«

Das konnte sich Valerie nur allzu gut vorstellen. Sobald ein Polizist in Uniform im Hotel auftauchte, gab es Leute, die wilde Thesen über mögliche Gründe für den Besuch aufstellten. Bevor noch Gerüchte ohne Gehalt in Umlauf gebracht wurden, wäre es wohl am besten, die beiden kämen umgehend ins Apartment.

»Danke für die Info, Carla«, sagte sie freundlich. »Sie sollen gleich raufkommen. Je weniger die Gäste von der ganzen Sache mitkriegen, desto besser.«

✳✳✳

Viktor eilte sofort zur Wohnungstür, nachdem Valerie ihm von Carlas Anruf erzählt hatte. Die anderen drei folgten ihm auf dem Fuß. Ungeduldig warteten sie darauf, dass sich die Lifttüren im obersten Stock öffneten.

Das Erste, was Valerie zu sehen bekam, war Erwins ernste Miene. Es war nicht schwer zu erraten, dass er sich in seiner Haut unwohl fühlte. Förmlich streckte er Viktor die Hand entgegen und begrüßte ihn als Ersten. »Hallo, Vik, ich bringe dir Christian. Er ist nach Absprache mit der Staatsanwaltschaft wieder auf freiem Fuß, vorerst zumindest … Das Tal darf er aber nicht verlassen«, setzte er sichtlich peinlich berührt hinterher. »Und da ich sowieso noch einmal runter an den Tatort muss, dachte ich, ich setze ihn hier ab. Liegt ja am Weg. Bist du so lieb und fährst ihn nach Hause?«

»Klar, mach ich. Danke, Erwin.« Viktor wendete sich nun seinem Bruder zu, der zwei Jahre jünger und einige Zentimeter kleiner war als er, und schloss ihn fest in die Arme. Für einen Moment schwiegen alle, bis Viktor Christian losließ, sich kurz über die Augen wischte, ihm etwas ungelenk auf die Schulter klopfte und fragte: »Was machst du denn für Sachen, Kleiner? Kaum lässt man dich allein, steht die Polizei vor deiner Tür.« Sein liebevoller Blick strafte seine harschen Worte Lügen.

Valerie wusste, wie wichtig ihm Christian war und dass er felsenfest davon überzeugt war, dass der Verdacht gegen ihn jeder Grundlage entbehrte. Mit einem schiefen Grinsen, das seine Augen nicht erreichte, zuckte der »Kleine« mit den Schultern. Da er offenbar nicht wusste, was er antworten sollte, ging Valerie dazwischen und begrüßte ihren Schwager, indem sie ihn ebenfalls in eine Umarmung zog. »Schön, dass du wieder da bist«, meinte sie und trat dann einen Schritt zurück. Nachdem Christian Nora und Anton die Hand geschüttelt hatte, schob Valerie ihn in die Wohnung.

Sie war beim Anblick ihres Schwagers erschrocken. Wahrscheinlich hatte er in der Nacht kaum geschlafen, was in seiner Situation auch kein Wunder war. Tiefe Schatten lagen unter seinen Augen, die auch nicht sprühten, wie sie es sonst so oft taten. Bartstoppeln, schon leicht angegraut, zierten seine Wangen, und seine Körperhaltung hatte sich von einem Tag auf den anderen vollkommen verändert. Er wirkte wie ein geschlagener Hund, dabei war Valerie sicher, dass er in der Polizeiinspektion mit Respekt behandelt worden war. Dennoch hatten allein der Verdacht und die Tatsache, dass er völlig überraschend mitgenommen worden war, ihren Tribut gefordert. Bestimmt war auch ihm klar, dass er diesen Makel nur schwer wieder loswerden würde, selbst wenn sie ihm nichts nachweisen konnten. Welch bedrückende Zukunftsperspektive.

Valerie schluckte. Sein Anblick rührte sie. Entschlossen hakte sie sich bei ihm ein, als er den Vorraum betrat, und flüsterte ihm ins Ohr: »Wir werden dir helfen, deine Unschuld zu beweisen. Keine Sorge, das bekommen wir hin.« Als sie sich von ihm löste, vergewisserte sie sich rasch, dass Erwin nichts davon gehört hatte, aber der war mit Viktor im Gespräch. Aus Höflichkeit rief sie nach draußen: »Erwin, magst du auf einen Sprung hereinkommen? Wir haben noch Linzer Torte vom Wettbewerb.«

Für den Bruchteil einer Sekunde konnte Valerie erkennen, dass er gern Ja gesagt hätte, doch dann schüttelte er vehement den Kopf. »Danke, Valerie. Aber ich muss weiter. Außerdem … ist es wohl besser, wenn ich mich von euch fernhalte, also privat, meine ich. Das könnte mir sonst als Befangenheit ausgelegt werden. Tut mir aufrichtig leid, diese vermaledeite Sache.« Ungelenk drehte er die Dienstkappe in den Händen. »Übrigens habe ich keinen Moment lang geglaubt, dass Christian was mit dem Mord zu tun hat. Aber wir müssen leider alle gleich behandeln. Und das mit der Waffe ist einfach wirklich blöd gelaufen. Ich versprech euch, wenn ich den in die Finger krieg, der ihm das anhängen will, werd ich ihn bestimmt nicht mit Samthandschuhen anfassen. So wahr ich hier stehe.«

Er setzte die Kappe auf, legte zum Gruß die Finger an deren Schild und wollte eben gehen, da hielt Valerie ihn zurück. »Du, Erwin, habt ihr schon irgendwas rausgefunden, das Christian helfen könnte?«

Erwin sog scharf die Luft ein. »Ich hatte schon befürchtet, dass du versuchst, mich auszuhorchen. Du weißt, dass ich eigentlich nichts …«

Valerie unterbrach ihn. »Ich weiß, aber schließlich geht es hier um Viktors Bruder. Und wir würden einfach gern wissen, ob ihr schon einen anderen Verdächtigen habt oder nicht.«

Mit ernstem Gesichtsausdruck zuckte Erwin die Schultern. »Leider nicht. Bis jetzt ist er der einzige. Das Gute ist, dass wir keinerlei Motiv für die Tat finden können, weil nichts darauf hindeutet, dass er das Mordopfer kannte. Aber sonst … Wir hoffen halt auf die Auswertung der Spuren. Heute Morgen waren wir im Zimmer des Toten. Das ist offensichtlich durchsucht worden. Vielleicht landen wir mit den Fingerabdrücken einen Treffer in unserer Datenbank, aber das kann dauern. Ihr könnt euch nicht vorstellen, wie viele Abdrücke die Tatortgruppe in so einem Pensionszimmer sicherstellt.«

Valerie fing Viktors warnenden Blick auf. Es war wohl der falsche Zeitpunkt, Erwin zu gestehen, dass sie beide ebenfalls in Hertleins Zimmer herumgeschnüffelt hatten. Dem Himmel sei Dank, dass sie Handschuhe getragen hatten. Innerlich schlug Valerie drei Kreuze. Äußerlich ließ sie sich nichts anmerken und blieb möglichst cool, obwohl sie ein auffälliges Husten aus Noras Richtung vernahm.

»Und was ist mit dem Opfer? Wisst ihr schon was über den Mann? Vielleicht ergibt sich ja daraus eine Fährte.« Instinktiv drückte Valerie sich selbst die Daumen und hoffte, Erwin würde die Antwort nicht verweigern.

Zu ihrer Überraschung tat er es nicht und antwortete bereitwillig: »Dorothea will die deutschen Kollegen um Hilfe bitten.

Mit Bayern gibt es ein Kooperationsabkommen, das macht es etwas einfacher. Ein Glück, dass dieser Hertlein aus Nürnberg stammt. Das könnte uns weiterhelfen. Ansonsten kann es nämlich ewig dauern, bis wir an Informationen kommen. Für die anderen deutschen Bundesländer bräuchten wir ein Rechtshilfeersuchen, und die bürokratischen Mühlen mahlen erfahrungsgemäß langsam.« Er machte einen tiefen Atemzug und meinte dann: »So, jetzt muss ich aber wirklich los. Pfiat euch und alles Gute!«

Viktor schloss die Tür, und Valerie sah in die Runde. »Was glaubt ihr, wie er das gemeint hat? Alles Gute. Gut ist hieran wohl gar nichts.«

Während sie alle wieder in die Küche gingen, gab Nora ihr Antwort. »Schau mal, Valerie, der kennt uns doch gut. Er kann sich ausrechnen, dass wir die Füße nicht stillhalten werden und alles daransetzen, um Christians Ruf wiederherzustellen.«

»Du meinst, er ahnt, dass wir uns auf eigene Faust umsehen? Die letzten Male hat er mich inständig darum gebeten, mich nur ja nicht einzumischen. Da wird er uns wohl dieses Mal nicht extra noch alles Gute dafür wünschen.«

Nun gab Viktor seinen Kommentar dazu ab. »Du darfst Erwin nicht unterschätzen, gell? Der hat das Herz am rechten Fleck. Bis jetzt wollte er dich immer davor bewahren, dass du dich in Gefahr begibst. Aber nun geht es darum, einen von uns von einem Mordverdacht reinzuwaschen. Er hatte schon früher in der Schule einen ausgeprägten Gerechtigkeitssinn. Er kennt Christian, und er kennt vor allem mich. Somit kann er sich ausrechnen, dass dieses Mal nicht nur Nora und du auf Mörderjagd geht, sondern dass auch Anton und ich dabei sind. Das macht die Sache wohl aus seiner Sicht ungefährlicher. Offenbar tappen Dorothea und er im Dunkeln. Ich denke, sie können jede Hilfe gebrauchen.«

»Und ich vor allem.« Christian ließ sich auf einen Stuhl plumpsen. »Hab ich das richtig verstanden, dass ihr vier mir wirklich helfen wollt?« Hoffnung sprach aus seinen Augen.

Alle nickten bestätigend. »Was glaubst du denn, kleiner Bruder? Das ist doch Ehrensache. Natürlich helfen wir dir.« Etwas leiser fügte Viktor hinzu: »Zumindest versuchen wir es.«

Christians Miene hellte sich leicht auf. »Das ist die erste gute Nachricht seit gestern Nachmittag. Da fällt mir ein Stein vom Herzen. Ich habe schon befürchtet, dass mich jetzt alle wie einen Aussätzigen behandeln und nichts mehr mit mir zu tun haben wollen. Ich kann euch gar nicht sagen, wie viel mir das bedeutet.«

Spätestens jetzt war für Valerie jeder Zweifel ausgeräumt. Christian brauchte dringend ihre Unterstützung, und deshalb würden sie nicht kneifen, sondern ihr Bestes geben. Doch hoffentlich war das Beste gut genug.

SIEBEN

Den nächsten Morgen verbrachte Valerie an der Rezeption. Die unangenehmen Fragen der Gäste nach dem Mordfall umschiffte sie galant. Sie hatte sich eine Antwort zurechtgelegt, die ihnen mögliche Unsicherheiten und Ängste nehmen sollte. Auf keinen Fall durfte der Eindruck entstehen, dass ein Irrer es auf Urlauber abgesehen hatte oder – ebenso schlimm – dass die Thallers familiär involviert waren. Deshalb verdrehte sie die Tatsachen ein wenig und stellte das Ganze so dar, als ob das Motiv für den Mord in Deutschland läge. Die deutsche Polizei sei bereits mit im Boot. Das war zumindest sehr nahe an der Wahrheit. Schnell lenkte sie jedes Mal vom Thema ab und fragte die Gäste nach ihren Plänen für den Tag, gab Ausflugs- und Wandertipps und versuchte, gute Stimmung zu verbreiten, was sie aufgrund der angespannten Situation unglaublich viel Kraft kostete. Mit dem Ergebnis war sie aber durchaus zufrieden. Alle waren fürs Erste beruhigt und gingen gut gelaunt ihrer Wege.

Sobald der erste Ansturm nach dem Frühstück vorüber war, begann Valerie, sich mit anderweitiger Arbeit abzulenken. Sie ging die Buchungen für die nächste Woche durch und musste einige Mails an Lieferanten verfassen. Das Konzentrieren fiel ihr an diesem Vormittag reichlich schwer.

Eine nette Ablenkung zwischendurch war das Konditorenteam, das auf dem Weg zur Küche einen Halt bei ihr einlegte. Bis jetzt waren Thomas Landmann und seine Mitarbeiter zufrieden mit dem Verlauf des Wettbewerbs. Ihre Version der Linzer Torte war gut angekommen, das konnte auch Valerie bestätigen, und die Esterházy-Torte war bereits an die Kaffeehäuser geliefert worden. Das Exemplar für die Jury würde Landmann jetzt gleich fertigstellen, während die anderen sich an die Arbeit für die berühmte Malakofftorte machen wollten.

Valerie versprach, die Esterházy auf jeden Fall zu verkosten, und wünschte ihnen weiterhin viel Glück. Thomas Landmann war als Chef bei seinen Leuten allem Anschein nach beliebt. Andauernd wurde gescherzt, und alle waren mit Freude bei der Sache. Das gefiel Valerie und lenkte sie ein wenig von ihren Sorgen ab.

Ein Stück Esterházy am Nachmittag würde ihr bestimmt guttun. Diese inzwischen typisch österreichische Cremetorte stammte ursprünglich aus Budapest. Erfunden worden war sie in der Zeit, als Österreich und Ungarn in der Monarchie unter den Habsburgern vereint waren. Gewidmet war sie einem großen Kunstmäzen des ungarischen Adels, dem Diplomaten Paul III. Anton Esterházy, der seinen Lebensabend auf dem berühmten Schloss Esterházy im heutigen Burgenland verbrachte.

Die Torte war eine einzigartige Komposition aus fünf hauchdünnen Haselnuss- oder Mandelbiskuitböden und hellgelber Buttercreme. Obenauf kam Zuckerguss, in den ein wunderschönes Muster aus Schokoladenglasur gezogen wurde. Eine wahre Augenweide, wie Valerie fand.

Sie war in Gedanken noch beim Wettbewerb, als plötzlich Dorothea Oswald durch die Tür trat. Die Kripobeamtin war wie üblich in Zivil gekleidet. Valerie kannte sie bereits seit zwei Jahren, als ein Hotelgast auf unnatürliche Weise ums Leben gekommen war. Eine traurige Geschichte. Aus den damals sehr unglücklichen Umständen hatte sich mittlerweile eine Art lockere Freundschaft zwischen ihnen entwickelt. Da Dorothea sich in den Ort Bad Gastein verliebt hatte, alleinstehend war und oft ein wenig Abstand zu ihrem stressigen Beruf nötig hatte, kam sie seither regelmäßig über ein verlängertes Wochenende ins Grand Hotel, um auszuspannen. Bei dieser Gelegenheit traf sie sich gern mit Valerie und Nora zum Wandern oder zum Yoga. Die drei verstanden sich gut. Etwas heikler war die Angelegenheit natürlich, wenn Dorothea beruflich im Ort war. Valeries und Noras Hang zum Detektivspielen konnte sie nichts Gutes abgewinnen, das war nun schon in zwei Fällen so gewesen.

Deshalb überkam Valerie sofort ein schlechtes Gewissen, als sie sie zur Tür hereinspazieren sah. Trotzdem lächelte sie die sympathische Mittvierzigerin freundlich an, begrüßte sie mit einer Umarmung und führte sie ins Büro, das direkt hinter der

Rezeption lag. Sie ließ die Tür nur so weit offen, dass sie von ihrem Schreibtisch aus sehen konnte, wenn ein Gast ein Anliegen hatte.

Während sie mit Dorothea Belangloses quatschte, ging sie zu ihrer Miniküche, die hinter einer Schranktür verborgen war. Sie kannte die Polizistin und ihre Vorlieben. Zu einem starken Kaffee und ein paar von Valeries berühmten Pralinen konnte sie nie Nein sagen. Genau wie Valerie selbst war sie der Meinung, dass Schokolade das beste Mittel zur Nervenberuhigung war.

Erst als jede von ihnen eine dampfende Tasse vor sich stehen hatte und in der Mitte die wunderschön anzusehenden, feinen Köstlichkeiten prangten, setzte sich Valerie Dorothea gegenüber. »Bitte, bedien dich. Und dann erzähl mir, was dich zu mir führt. Vorgestern habe ich bereits gesagt, was ich gesehen habe. Leider ging bei dem Attentat alles so schnell, dass ich kaum was erkennen konnte.«

»Keine Sorge, das weiß ich, Valerie. Und dein Hinweis, dass der Täter dort oben im Gebüsch versteckt war, war Gold wert. Schließlich haben wir ganz in der Nähe die Waffe entdeckt.«

Eine peinliche Stille trat ein. Die Waffe, Christians Waffe, war gefunden worden. Darauf war Valerie alles andere als stolz. Ob sie sie auch gefunden hätten, wenn sie den entscheidenden Tipp nicht gegeben hätte? Bestimmt, denn schließlich gab es Experten, die anhand der Wunde den Schusswinkel ziemlich genau angeben konnten. Vielleicht hätte es ein wenig länger gedauert, aber gefunden hätten sie Christians Gewehr allemal.

»Schon gut.« Valerie winkte ab. »Ich weiß, dass das eine komische Situation ist, weil es mein Schwager ist, der des Mordes verdächtigt wird.«

Dorothea räusperte sich, blieb aber stumm. Die Angelegenheit war ihr sichtlich unangenehm.

Valerie kam ihr zu Hilfe. »Ich vertraue darauf, dass der wahre Mörder geschnappt wird. Du kannst dir denken, dass ich völlig überzeugt von Christians Unschuld bin. Über kurz oder lang wird sich der Fall lösen und mein Schwager rehabilitiert sein. Du wirst schon sehen. Falls du also etwas von mir brauchst, ist es selbstverständlich, dass ich dir helfe. Das ist schließlich auch in meinem Interesse.«

Erleichterung zeichnete sich in Dorotheas Miene ab, die zuvor angespannt gewirkt hatte. »Schön, dass du das so siehst. Und ich kann dir verraten: Ich glaube auch nicht daran, dass er es war, der diesen Deutschen erschossen hat. Aber leider muss ich ihn genauso behandeln, wie ich es mit allen anderen tun müsste.«

»Schon klar. Dafür habe ich Verständnis, auch wenn es mir anders lieber wäre.« Valerie stockte kurz, um sich zu sammeln, fuhr dann jedoch fort: »Aber nun sag endlich, weshalb du gekommen bist. Grundlos bestimmt nicht. Was möchtest du wissen?«

Dorothea kramte aus ihrer Tasche zwei Fotos hervor. »Da wir momentan auf die Ergebnisse der Tatortgruppe und der deutschen Kollegen warten, sind wir in den Ermittlungen ein wenig eingeschränkt. Deshalb horchen wir uns nun überall um, ob jemand den Toten kannte. Ich möchte dich bitten, dir die Bilder von ihm anzusehen. Es ist zwar nicht sehr wahrscheinlich, aber auch nicht unmöglich, dass er jemandem aus dem Ort erzählt hat, warum er in Bad Gastein ist. Da er nirgends Kuranwendungen gebucht hat und wir keine Wander- oder Badesachen in seinem Zimmer gefunden haben, gehen wir davon aus, dass sein Aufenthalt einen anderen Beweggrund hatte. Kurgast oder Wandertourist war er auf keinen Fall. Die Frage ist also: Warum war er hier?«

Valerie jubelte innerlich. Jetzt hatte sie unverhofft schon wieder ein paar Informationen erhalten, die auch für ihre eigenen Recherchen durchaus interessant waren.

Sie streckte die Hand nach den Bildern aus. Das erste war harmlos, es sah aus, als ob es aus dem Reisepass des Opfers stammte. Die Qualität war jedoch so schlecht, dass sie nicht viel erkennen konnte. Valerie überlegte, ob der Ausweis im Safe der Pension Graukogel gelegen war. Im Zimmer hatten Viktor und sie ihn nämlich nicht entdeckt. Doch sie hütete sich davor, Dorothea danach zu fragen, und griff wortlos nach der zweiten Aufnahme, was ihr sofort aufsteigende Übelkeit bescherte. Diese zeigte den Mann bereits als Toten. Das Foto war wohl in der Gerichtsmedizin aufgenommen worden. Die Baseballmütze fehlte, und Blut konnte sie auch keines entdecken. Dafür prangte überdeutlich das Loch in der Stirn und hob sich von der blassen Farbe der Haut ab. Valerie war heilfroh, dass sie nicht den Hinterkopf betrachten musste. Der würde wohl furchtbar entstellt sein. Austrittswunden waren immer viel größer als das Einschussloch. Das wusste sie von Christians Erzählungen, der sich mit Jagdwaffen schließlich auskannte.

Sie zwang sich, den oberen Teil des Kopfes auszublenden und sich auf das Gesicht zu konzentrieren. Im Turbinencafé hatte sie den Mann nur von der Seite betrachtet, als er seine Sachertorte serviert bekam. Sie hatte wenig auf sein Aussehen geachtet, aber nun schien es ihr, als ob ihr sein Antlitz nicht ganz unbekannt wäre. Sie war ihm schon mal begegnet. Die Frage war nur, wo.

Offenbar merkte Dorothea, dass Valerie den Mann erkannte. Bevor sie jedoch etwas sagen konnte, das Valeries Gedankenfluss störte, schob diese ihr schnell den Teller mit den Pralinen hinüber und machte »Pst«.

Folgsam griff die Kripobeamtin nach einem der kleinen, köstlich duftenden Kunstwerke und steckte es sich in den Mund.

Valerie war froh, dass sie verstanden hatte und sie in Ruhe nachdenken ließ. Die Erinnerung wollte einfach nicht wiederkommen, aber sie spürte, dass sie den Mann erst kürzlich gesehen hatte. Ein Hotelgast war er nicht gewesen, so viel stand fest. Im Geiste ging sie die Tage vor dem Mord durch, überlegte, wohin sie gegangen war, was sie außerhalb des Grand Hotels gemacht hatte. Doch da war nichts. Und trotzdem sagte ihr ihr Instinkt, dass sie sich das nicht einbildete.

Vielleicht war er in einem Lokal gesessen, oder er hatte mit jemandem gesprochen, den sie kannte ... Das war es. Das war der entscheidende Gedanke, der ihr weiterhalf. Sie hatte ihn bei einer Unterhaltung beobachtet.

»Jetzt weiß ich es!«, rief sie triumphierend aus. »Er hat mit einem unserer Gäste diskutiert, und zwar hier am Straubingerplatz.«

Dorothea schluckte schnell den letzten Rest Schokolade hinunter – sie hatte den Teller beinahe leer geräumt – und fragte mit alarmierter Stimme: »Bist du ganz sicher? Er ist dir hier am Straubingerplatz aufgefallen? Mit wem hat er geredet? Kannst du dich auch daran erinnern?«

»Na klar. Es war nämlich kein normales Gespräch, es klang sehr aufgeregt, mehr wie ein Streit. Deshalb habe ich bewusst darauf geachtet.«

Das Wort »Streit« bewirkte, dass Dorothea sich nun pfeilgerade hinsetzte. Sie hing an Valeries Lippen. »›Streit‹ hört sich schon mal sehr interessant an. Aber mit wem? Das hast du mir noch immer nicht verraten.«

»Mit einem Mitglied des deutschen Teams. Du hast doch bestimmt schon gehört, dass in Bad Gastein gerade ein Tortenwettbewerb stattfindet.«

»Ja, ich habe es am Rande mitbekommen, weil es groß plakatiert ist, mich bisher jedoch nicht näher dafür interessiert.«

»Das solltest du aber. Erstens sind es die Torten wert, und zweitens ist einer der Konditoren der Mann, mit dem Hertlein zwei Tage vor seinem Tod gestritten hat.«

»Du meinst also am Samstag, richtig?«

»Genau, am Samstag. Das weiß ich sicher, weil das Team um die Mittagszeit angereist ist und ich mich über den Typen geärgert habe.«

»Warum das denn?«

Valerie winkte ab. »Ach, nur so. Er hat halt die ganze Zeit seine Kollegen blöd angemacht und sich bei mir taub gestellt.«

Nun schmunzelte Dorothea. »Du meinst, er ist nicht auf deinen Hotelchefinnen-Charme angesprungen, oder? Das muss wehtun.«

»Werd bloß nicht frech, meine Liebe, sonst gibt es beim nächsten Mal keine Pralinen mehr.« Gespielt verärgert drohte Valerie mit dem Zeigefinger. Gleich darauf wurde sie aber wieder ernst. »Nein, Spaß beiseite. Ich weiß nicht viel über ihn, außer dass er in einem österreichischen Kaffeehaus mit angeschlossener Konditorei in Erlangen arbeitet. Der Chef ist ein Wiener, deshalb darf er mit seinem Team teilnehmen. Bis auf diesen einen scheinen mir alle sehr nett und umgänglich zu sein. Gerade eben sind sie bei mir auf einen kleinen Plausch stehen geblieben, wobei ...« Sie zog die Stirn kraus.

»Wobei? Was ist los? Sag schon, Valerie.«

»Das Geplauder war viel entspannter als bei ihrer Ankunft. Und weißt du, was der Unterschied war?« Sie machte eine Pause und wartete, bis Dorothea ihr die volle Aufmerksamkeit schenkte. »Dieser unsympathische Typ, ich glaube, Georg Baier heißt er, also der, den ich mit Hertlein beobachtet habe, der war gar nicht dabei. Deshalb waren alle so gelöst.«

»Noch einmal von vorne: Du hast am Samstag mitbekommen, wie dieser Baier mit unserem Mordopfer mitten am Straubingerplatz gestritten hat. Gerade eben hast du mit seinen Kollegen gesprochen, aber er war nicht dabei. Da stellt sich doch die Frage, warum.«

»Korrekt. Aber es wird wohl nichts mit dem Mordfall zu tun haben.« Valerie griff gedankenverloren nach ihrer Tasse, um einen Schluck zu trinken, bevor sie weitersprach. »Eigenartig ist es trotzdem. Immerhin waren sie auf dem Weg zur Küche, als sie an mir vorbeikamen. Sie müssten jetzt gerade an den Malakofftorten für morgen arbeiten. Da sollte er doch wohl mithelfen, oder?«

»Malakofftorten? Mmh, da läuft mir ja das Wasser im Mund zusammen. Ich sehe schon, gesund wird der Aufenthalt in Bad Gastein dieses Mal nicht. Überall Süßes, da kann ich nur schwer widerstehen. Die Malakofftorten muss ich mir auf jeden Fall gönnen.«

»Tu dir keinen Zwang an, aber vielleicht möchtest du einstweilen mal einen Blick in unsere Küche werfen und schauen, ob dieser Georg Baier dort ist. Nun bin ich selbst neugierig, ob wir ihn antreffen und, wenn ja, was er zu sagen hat. Ich hatte den Eindruck, als würde er den Hertlein gut kennen. Die beiden haben recht vertraut miteinander gewirkt, und trotzdem sind sie sich beinahe an die Gurgel gegangen. Der Baier hat den Hertlein gewaltig gerempelt. Ein Wunder, dass der nicht gestürzt ist.«

»Soso, sieh einer an. Ich hatte gar nicht damit gerechnet, dass dir etwas Interessantes zum Toten einfällt, weil er ja nicht von hier stammt, aber das sieht mir nach einer heißen Spur aus, Valerie. Du bist einfach die Beste. Lass uns bitte wirklich gleich nachsehen … also falls du hier wegkannst.« Dabei deutete sie auf die Rezeption.

»Momentan ist sowieso nicht viel los. Ich geb an der Bar drüben Bescheid, die sollen ein Auge darauf haben, ob ein Gast mich braucht. Ich bin ja telefonisch erreichbar.«

Mit diesen Worten ging sie voraus, durchquerte die Lobby, um kurz darauf wieder zurückzukehren. »Alles klar, wir können gehen.«

Ob Baier wohl in der Küche bei den anderen war? Valerie nahm es an. Vermutlich war er einfach zu spät gekommen, das würde sie bei seiner unangepassten Art nicht wundern. Sie war äußerst gespannt, was er ihnen erzählen würde.

* * *

Die ungewohnt heiße Luft, die ihr beim Betreten der Küche entgegenschlug, ließ sie im ersten Moment zurückzucken. Das war ja wie im Tropenhaus hier drinnen. Instinktiv zog sie ihre taillierte Trachtenstrickjacke aus, die sie über ihr hellblaues Dirndlkleid angezogen hatte, und bemerkte, dass auch Dorothea sich aus ihrem Blazer schälte.

Nach einem raschen Rundumblick überraschte Valerie die Hitze im Raum nicht mehr. Geschuldet war sie wohl der Tatsache, dass zum üblichen Küchenbetrieb für das Hotel alle Backöfen auf Hochtouren liefen. Schließlich musste Thomas Landmanns Team eine riesige Tortenmenge produzieren, um alle Testesser verwöhnen und überzeugen zu können. Die Biskotten – von den Erlangern wohl eher Löffelbiskuits genannt –, die für die Malakofftorten benötigt wurden, buken Landmanns Leute allem Anschein nach selbst. Valerie lief das Wasser im Mund zusammen.

Missmutig inspizierte sie die riesigen Scheinwerfer, die die Küche wohl noch deutlich stärker aufheizten als die laufenden Öfen. Sie waren im Raum verteilt aufgebaut worden. Valerie hatte bereits gehört, dass es in Fernsehstudios aufgrund der Beleuchtung oft unerträglich heiß war. Davon bekam sie nun eine Ahnung.

Außerdem stellte sie fest, dass der Aufnahmeleiter von Austria-TV erneut mehr Platz beanspruchte, als vereinbart worden war. Er nahm sein Projekt äußerst wichtig und deshalb wenig Rücksicht auf die Grand-Hotel-Mannschaft. In Valeries Magen begann es unangenehm zu brodeln, eine häufige Reaktion auf Stress oder Ärger. Die Tatsache, dass dieses neue TV-Format in der Primetime laufen sollte, gab diesem Typen noch lange nicht das Recht, sich über alle Abmachungen hinwegzusetzen, selbst wenn er verständlicherweise unter Strom stand. Schließlich sollte die Werbung für die Sendung bereits in der folgenden Woche im Fernsehen gebracht werden. Lautstark rief er Anweisungen an seine Mitarbeiter durch die Küche, schickte die Maskenbildnerin mit ihrem Köfferchen los, um Thomas Landmann die Nase zu pudern, erteilte dem Kameramann Befehle und kommandierte die deutschen Konditoren herum.

Valerie verspürte Mitleid mit ihnen, hängte ihr Jäckchen an einen Haken neben der Tür und beobachtete das Treiben. Dabei versuchte sie, Georg Baier ausfindig zu machen. Gar nicht so leicht bei den vielen Leuten, die in der Küche herumwuselten.

»Siehst du ihn irgendwo?« Dorothea stellte sich neben Valerie und blickte sie gespannt an.

»Bis jetzt noch nicht«, meinte sie, während sie Anton freundlich zuwinkte. »Fragen wir einfach seinen Chef, der steht dort drüben.«

Als sie an Thomas Landmann herantraten, war er eben dabei, mit hauchdünnen Strichen aus Schokolade das typische Muster auf die bereits mit Zuckerglasur vorbereitete Torte zu zeichnen. Valerie gab Dorothea ein Zeichen, ihn nicht zu unterbrechen, und rückte wieder etwas von ihm ab. Er schien ihre Anwesenheit noch gar nicht wahrgenommen zu haben, so konzentriert arbeitete er. Flüsternd erklärte sie Dorothea: »Es wäre nicht gut, ihn zu stören. Damit das Esterházy-Muster so wird, wie es sein soll, muss die Temperatur der beiden Glasuren stimmen. Am besten warten wir einen Moment und sehen ihm zu. Ich mag das, wenn ein Profi am Werk ist. Und diese Torte ist für die heutige Wertung der Fachjury, sie muss also perfekt werden.«

Dorothea sah gebannt auf Thomas Landmanns Hände. Auch sie schien fasziniert von seinem Können. Dennoch bemerkte Valerie, dass ein Hauch von Erleichterung über ihr Gesicht huschte, als der Konditor wenig später seine Utensilien beiseitelegte und sich den beiden Frauen zuwandte.

»Frau Thaller, was verschafft mir die Ehre? Kann ich Ihnen irgendwie helfen? Ich nehme an, dass Sie nicht umsonst hier stehen und mir bei der Arbeit zusehen. Danke übrigens, dass Sie kurz gewartet haben.« Lächelnd blickte er ihr entgegen, wischte sich die Hände an der Schürze sauber und reichte ihr seine Rechte.

»Herr Landmann, die Torte sieht phantastisch aus. Ich hoffe, Sie können die Juroren damit überzeugen.« Lächelnd schüttelte sie seine Hand und stellte dann Dorothea vor. »Leider sind wir aus einem unangenehmen Grund hier. Das«, sie deutete auf Dorothea, »ist Chefinspektorin Oswald, Beamtin der Kripo. Sie ermittelt in dem Mordfall, der sich vor zwei Tagen unten am Wasserfall ereignet hat. Sie haben bestimmt davon gehört.«

Landmann strich sich über den Dreitagebart. »Ja, natürlich. Eine unschöne Sache. Aber wie kann ich Ihnen da helfen? Ich kenne hier niemanden und war auch nicht dort, als es passiert ist.«

»Das haben wir uns schon gedacht. Darum geht es auch gar nicht«, erklärte Dorothea. »Vielmehr sind wir auf der Suche nach einem Ihrer Mitarbeiter. Georg Baier. Wir hätten ein paar Fragen an ihn.«

»An Georg?« Der Konditor wirkte überrascht, und Valerie spürte, dass er sich unwohl fühlte.

»Ja genau. Können Sie uns sagen, wo er sich gerade aufhält? In der Küche hat ihn Frau Thaller nämlich nicht entdecken können.«

»Das glaube ich gern«, antwortete Thomas Landmann frustriert. »Sie sind nicht die Einzigen, die nach ihm suchen. Wir probieren seit gestern Morgen, ihn zu erreichen. Ohne Erfolg. Er ist wie vom Erdboden verschluckt.«

»Er ist was?« Valerie sah ihn entgeistert an.

»Na, verschwunden ist er, der Hallodri. Sang- und klanglos

verschwunden. Dabei weiß er, wie viel mir an diesem Wettbewerb liegt. Und er weiß auch, dass wir alle Hände brauchen, um gut abzuschneiden. Jeder im Team hat seine Aufgabe. Dass wir nun ohne ihn arbeiten müssen, ist eine unvorhergesehene Erschwernis. Beim Verzieren ist er nämlich unser bester Mann.«

»Ich denke mal, Sie schaffen das auch ohne ihn ganz gut.« Dorothea deutete auf die fertige Torte. »Aber dass er verschwunden ist, wirft natürlich ein neues Licht auf die Sache. Wann genau haben Sie Georg Baier denn zum letzten Mal gesehen?«

Thomas Landmann zog die Stirn in Falten, schließlich antwortete er: »Das muss am Montag gewesen sein. Wir haben bis dreizehn Uhr gebacken und dann die Torten kühl gestellt. Danach war für diesen Tag Schluss. Ein paar von uns sind noch hinauf in die Felsentherme gegangen, damit wir auch was von der Urlaubsatmosphäre hier im Ort mitbekommen. Aber Georg ist wortlos auf sein Zimmer gestürmt.«

»Arbeitet er schon lange für Sie?« Dorothea machte sich inzwischen Notizen.

»Ungefähr ein Jahr, schätze ich. Er hat schon in urvielen Konditoreien gearbeitet, bleibt nirgends lang, was ich auch verstehen kann. Ist ein bisschen arrogant, kein Teamplayer, wie man so schön sagt. Aber er ist gut in dem, was er macht. Er hat's wirklich drauf, hat auch alle österreichischen Rezepte, auf die ich so viel Wert lege, innerhalb kürzester Zeit beherrscht. Echt leiwand, wie schnell der lernt. Nur seine Launen sind gewöhnungsbedürftig. Ich überlege schon länger, ob es weiter Sinn macht, mit ihm zusammenzuarbeiten. Jetzt hat er sich selbst ins Knie geschossen. Nach dieser Aktion kann er schauen, wo er bleibt. Ich will ihn nicht mehr im Team. Der braucht gar nicht mehr hier aufzukreuzen.«

»Dass er dennoch hier aufkreuzt, hoffe ich stark. Wir müssen unbedingt mit ihm sprechen. Sein Verschwinden macht die Sache nur noch dringender. Vielen Dank, Herr Landmann, Sie haben mir sehr geholfen. Und bitte melden Sie sich, falls jemand von Ihnen etwas von Herrn Baier hört.« Damit reichte sie ihm eine ihrer Visitenkarten.

Landmann wischte sich noch einmal die Hände an der Schürze ab und nahm sie entgegen. »Mach ich gern, Frau Inspektor. Und meinem Team geb ich freilich Bescheid. Aber darf ich wissen, was Sie von Georg wollen?«

Dorothea schüttelte den Kopf. »Tut mir leid, das kann ich nur mit Herrn Baier persönlich besprechen.« Mit einem Blick auf die Uhr hängte sie noch an: »Jetzt muss ich aber los. Danke für Ihre Mithilfe. Und viel Erfolg beim Wettbewerb. Meine Punkte bekommen Sie auf jeden Fall, wenn ich mir das hier so ansehe.« Sie ließ den Blick durch die Küche schweifen und bemerkte in diesem Moment, dass die Kamera auf sie gerichtet war und der Aufnahmeleiter heftig mit dem Kameramann diskutierte.

Mit einem Gesichtsausdruck, den Valerie noch nie an ihr gesehen hatte, machte sie drei große Schritte auf die beiden Männer zu. »Wenn Ihnen Ihr Job lieb ist, meine Herren«, zischte sie, »dann löschen und vergessen Sie am besten ganz schnell wieder, was Sie hier gerade gehört und offenbar mitgefilmt haben. Ich befinde mich mitten in den Ermittlungen zu einem Mordfall, da kann jedes falsche Wort, das nach außen dringt, eine Katastrophe auslösen. Und seien Sie versichert, wenn Sie irgendwas von diesem Gespräch senden oder auch nur weitererzählen, dann können Sie sich auf etwas gefasst machen, so wahr ich hier stehe.«

Mit grimmiger Miene rauschte sie an ihnen vorbei und ließ die beiden verdattert zurück. Valerie freute sich insgeheim über diesen Anpfiff von Polizeiseite. Schließlich trieb es dieser Aufnahmeleiter etwas gar zu bunt in ihrer Hotelküche. Da schadete es gar nicht, wenn ihm jemand offiziell die Flügel stutzte.

＊

Nachdem Valerie sich in der Lobby von Dorothea verabschiedet hatte, kehrte sie ins Büro zurück. An der Rezeption hatte sie offenbar nichts verpasst. Alles war ruhig.

Sie zog ihr Handy aus der versteckten Tasche ihres Kleides, öffnete den Messengerdienst und begann damit, eine neue Gruppe zu erstellen. Nach und nach füge sie Nora, Viktor und

schließlich Anton hinzu. Als Gruppenname hatte sie sich für
»Christians Helfer« entschieden. Kurz überlegte sie, ob sie eine
Sprachnachricht verfassen sollte, weil es viel zu berichten gab,
doch dann entschied sie sich dagegen. Aus eigener Erfahrung
wusste sie, dass es oft schwierig war, solch eine Aufnahme anzuhören, wenn man gerade unterwegs und nicht ungestört war. Da
schien ein Text eindeutig die bessere Option. Gottergeben fing
sie zu tippen an und versuchte, sich dabei auf das Wesentliche zu
konzentrieren. Sie erzählte von Dorotheas Besuch, den Fotos des
Opfers, dem Streit mit Georg Baier und von dessen Verschwinden. Am Schluss bat sie Viktor, das Bild von den Schnipseln in
der Tonne in die Gruppe zu schicken, damit alle gleicherma-
ßen Zugriff darauf hatten, und stellte die Frage, die sie so sehr
beschäftigte: *Wie sollen wir nun weiter vorgehen? Hat jemand
einen Vorschlag? Verändert das unsere Pläne?* Sie drückte auf
»Senden«. Sie selbst war im Moment ratlos. Hoffentlich hatte
einer der anderen eine Idee.

Viktor schickte kurz darauf das Gewünschte und schrieb: *Das
sind ja gute Neuigkeiten, zumindest für Christian. Wie wäre es,
wenn wir nach Baier googeln? Kannst du das übernehmen, Valerie? Ich bin noch mit unseren Gästen beim Bauernkrapfenba-
cken auf der Alm und muss dann gleich weiter zum Fremdenverkehrsverband. Vielleicht gibt es im Internet Aufnahmen von ihm.
Dann können wir alle nach ihm Ausschau halten und ein wenig
herumfragen, ob ihn jemand gesehen hat. Das klingt nach heißer
Spur. Ich denke, die Polizei wird ihn zur Fahndung ausschreiben
und hat die Sache wahrscheinlich auch ohne uns im Griff. Nach
Hofgastein würde ich trotzdem fahren. Was meint ihr?*

Kurz darauf kam ein Daumen-hoch-Zeichen von Anton, und
Nora schrieb: *Klingt vernünftig. Ich bin noch in der Schule. Falls
du ein Foto findest, Valerie, dann schick es uns bitte.*

Valerie antwortete: *Mach ich gleich. Bis später.*

Obwohl sie sich auf den Social-Media-Plattformen nur wenig
herumtrieb, hatte sie da und dort einen Account. Relativ schnell
entdeckte sie Baiers Profile. Nicht gerade sympathisch, wie er
sich im Internet präsentierte. Alles in allem passte sein Auftritt

zu dem Eindruck, den Valerie selbst von ihm gewonnen hatte. Massenhaft hatte er neben Aufnahmen eines aufgemotzten Autos deutscher Marke auch Selfies gepostet. Gut aussehend war er ja, das war Valerie schon am ersten Tag aufgefallen, aber solch ein Gockelgehabe widerstrebte ihr. Die Bilder, auf denen er mit nacktem Oberkörper posierte, wischte sie schnell weiter. Sie entschied sich für ein Ganzkörperfoto mit Sonnenbrille, das ihn vor einem See zeigte – so bekamen die anderen eine ungefähre Vorstellung von Baiers Größe und Körperbau –, und suchte dann nach einer Nahaufnahme des Gesichts. Schließlich wurde sie fündig. Georg Baier im Großformat. Schnell machte sie Screenshots von beiden Bildern und schickte sie in die Gruppe.

Dann schrieb sie noch rasch eine Nachricht an Nora, in der sie sie fragte, ob sie am Nachmittag Lust auf eine Nordic-Walking-Runde hätte. Bis Viktor Zeit hatte, mit ihnen nach Bad Hofgastein zu fahren, war es wohl sinnvoll, das Beste aus dem Tag zu machen. *Dabei könnten wir auch nach Baier Ausschau halten und ein wenig herumfragen*, fügte sie noch an.

Nora willigte spontan ein und schlug vor, sich oben an der Elisabeth-Promenade zu treffen. Das klang perfekt, und Valerie sah der Ablenkung freudig entgegen. Den Rezeptionsdienst am Nachmittag übernahm Carla, somit ging sich das zeitlich schön aus.

Sie hatte ein gutes Gefühl, was die Sache mit Christian anging. Dass Georg Baier genau am Tag des Mordes abgetaucht war, deutete doch darauf hin, dass er etwas mit der Sache zu tun hatte. Natürlich war das nur eine Vermutung, aber der Streit, der Mord und sein Untertauchen ergaben ein rundes Gesamtbild. Das Einzige, was nicht so recht passte, war die Frage, wie er an Christians Waffe gekommen war. Was hatte er unten in Bad Hofgastein im Hotel zu suchen gehabt, und warum wusste er von den Gewehren, die Christian im Stüberl verwahrte? Diese Fragen hakte Valerie schnell ab, sollten sich doch Dorothea und Erwin damit auseinandersetzen, sobald sie Baier gefunden hatten. Auch dafür würde es wohl eine logische Erklärung geben.

ACHT

Es waren schon einige Minuten vergangen, bis Nora in Sichtweite kam. Zügig schritt sie mit ihren Nordic-Walking-Stöcken auf Valerie zu, die bereits am Treffpunkt auf sie wartete. Entschuldigend hob sie die Hände. »Tut mir echt leid, dass ich zu spät bin. Ich hab mich mit Felix beim Mittagessen verquatscht und die Zeit übersehen.«

»Ist schon gut. Es ist ja schön, wenn die Kinder mit am Tisch sitzen. So groß können sie gar nicht werden. Dafür habe ich volles Verständnis. Außerdem gibt es Schlimmeres, als bei traumhaftem Herbstwetter hier zu stehen und die Umgebung zu genießen.« Valerie deutete auf die Berghänge rundherum. Die Blätter im unteren Drittel schillerten momentan in den unterschiedlichsten Gelb- und Rottönen. Weiter oben war das Grün der Latschenkiefern zu erkennen, und über der Baumgrenze blitzten die Felsen hervor. Eine Kulisse, an der sie sich nicht sattsehen konnte. Schade nur, dass diese Farbenvielfalt im Oktober nie lange anhielt. Sie liebte diese Zeit des Jahres. Und sie mochte die Strecke, die sie sich für diesen Nachmittag vorgenommen hatten.

Die Elisabeth-Promenade – nach der berühmten Kaiserin Sisi benannt, die hier gern zur Kur weilte und die Berge liebte – war ein bekannter Spazierweg in Bad Gastein, der oben in der Nähe der Stubnerkogelbahn startete und an der Ache entlang zum Ortsteil Böckstein führte, der letzten Siedlung vor dem Talende. Es war ein breiter Schotterweg, der an Weideflächen angrenzte und kaum Steigungen aufwies. Sehr idyllisch mit dem Blick auf das glasklare Bergwasser der Ache und die umliegenden Gipfel. Das ständige Plätschern im Hintergrund war angenehm und entspannte Valerie stets, wenn sie dort ging. Dieses Mal hatte sie sogar Nelly zu Hause gelassen, damit sie zügig ausschreiten konnten, ohne bei jedem fünften Grasbüschel stehen bleiben zu müssen.

Insgesamt waren es zwischen sechs und sieben Kilometer,

die man auf der Elisabeth-Promenade zurücklegte. Für Menschen, die nicht ganz so gut zu Fuß waren, gab es zwischendurch eine urige Holzbrücke, über die man den Spazierweg abkürzen konnte.

Valerie und Nora machten sich auf den Weg. Schon nach wenigen Metern passierten sie das Denkmal, dessen großes Bronzemedaillon auf einer Steinplatte am Felsen an die Namensgeberin erinnerte. Das sorgfältig gepflegte und in Naturstein eingefasste Blumenbeet direkt darunter war ein Blickfang. Da sie als Einheimische diese kleine Sehenswürdigkeit jedoch kannten, gingen sie daran vorüber.

Zu sprechen begannen sie erst, als sie beim Walken einen gemeinsamen Rhythmus gefunden hatten. Doch dann überraschte Nora Valerie mit einer Frage. »Sag mal, bist du eigentlich auch in dieser ›I love Gastein‹-Gruppe? Du weißt schon, die Gruppe, in der alle möglichen Leute schöne Aufnahmen aus dem Tal posten.«

Valerie sah sie verständnislos an. »›I love Gastein‹? Noch nie davon gehört. Ich muss dich wohl kaum daran erinnern, dass ich nicht so der Social-Media-Typ bin. Ich kann von Glück sagen, dass ich heute unseren Verdächtigen aufgespürt habe. Die Accounts hab ich nur, weil Jakob und Lea sie mir einmal angelegt haben. Anscheinend ist das heutzutage ein Muss.«

Nora setzte ihren strengen Lehrerinnenblick auf. »Da liegen die beiden schon richtig, obwohl ich – offen gesagt – im Netz auch nicht gerade aktiv bin. Aber ich schau mir gern die Fotos in dieser Gruppe an. Oft sind so geniale Aufnahmen dabei, dass ich richtig stolz darauf bin, Bad Gasteinerin zu sein. Bei uns im Tal ist es einfach am schönsten.«

»Das stimmt, aber mir liegt dieses ganze Social-Media-Zeugs überhaupt nicht. Ich bin heilfroh, dass Carla das fürs Hotel übernimmt. Dafür brauchen wir es definitiv, und sie macht das echt professionell. Aus Geschäftssicht finde ich das wichtig. Aber privat? Ich weiß nicht. Mir ist leid um die Zeit, die ich da am Handy herumsitze.« Sie blickte ihre Freundin von der Seite an. »Warum fragst du mich nach dieser Gruppe?«

»Ja, das möchtest du jetzt wissen, stimmt's?« Nora liebte es, Valerie auf die Folter zu spannen. Das hatte sie schon während der Schulzeit gern gemacht. Sie freute sich jedes Mal diebisch, wenn Valerie vor Neugierde fast platzte.

»Jetzt schieß schon los. Wenn es wichtig ist, sag es, wenn nicht, dann lass es bleiben.« Valerie mimte die Coole, obwohl sie innerlich ganz hibbelig war.

»Also gut. Ich habe vorhin zufällig ein paar Fotos auf ›I love Gastein‹ entdeckt, die von einem gewissen Georg Baier hochgeladen wurden. Laut Profilbild ist es der deutsche Konditor. Er ist wohl Mitglied.«

»Aufnahmen von Baier? Warum sagst du das nicht gleich? Was hat er denn fotografiert?«

»Wart mal. Du wirst staunen.« Nora blieb stehen, kramte ihr Smartphone hervor, wackelte vielsagend mit den Augenbrauen und wischte darauf herum, ehe sie es Valerie in die Hand drückte.

Tatsächlich waren da eine Reihe Aufnahmen, die von Baier gepostet worden waren. Allesamt vom Wasserfall, was an sich nichts Ungewöhnliches war, weil dieser aufgrund der Wucht, mit der er mitten durch das Zentrum Bad Gasteins donnerte, die meisten Leute faszinierte. Ein gutes Fotomotiv gab er allemal ab.

Nur musste Baier wohl ganz besonders beeindruckt gewesen sein. Er hatte sich offensichtlich die Mühe gemacht, das Naturschauspiel gleich aus mehreren Perspektiven festzuhalten, unter anderem aus einer ganz speziellen, die Valerie kurz den Atem raubte. »Aber … das sieht ja aus, als hätte er das letzte Foto ziemlich genau dort geschossen, wo der Täter gestanden haben muss, als er den Hertlein auf der Terrasse des Cafés erschossen hat. Da hält sich sonst nie jemand auf, weil die Stelle direkt am Wasser nicht ungefährlich und der Weg dorthin komplett von Pflanzen überwuchert ist.«

»Eben«, meinte Nora triumphierend. »Das Gleiche habe ich mir auch gedacht. Das ist doch bestimmt kein Zufall, dass er genau von dort aus fotografiert hat. Ich wette, er ist der Täter und hat oben nach der besten Schussposition gesucht.«

Während Valerie Nora ihr Handy zurückgab, um wieder in

die Schlaufen ihrer Walking-Stöcke zu schlüpfen, schob sie die neue Information in ihrem Kopf hin und her. »Sag mal, von wann sind denn die Fotos? Hat er sie heute eingestellt?«

Nora verneinte. »Schon am Sonntag. Seither habe ich auf Social Media kein Lebenszeichen mehr von ihm gefunden. Ich hab extra danach gesucht. Er scheint wie vom Erdboden verschluckt zu sein, genau wie sein Chef es dir erzählt hat.«

»Am Sonntag.« Valerie grübelte, während sie sich wieder in Bewegung setzte und die Stöcke schwang. »Das war am Tag vor dem Mord und einen Tag nach seinem Streit mit Hertlein. Das könnte passen«, meinte sie laut. Doch dann blieb sie abrupt stehen.

»Hoppala, jetzt hätte ich dich fast über den Haufen gerannt. Erst gehst du so schnell los, dass ich fast nicht hinterherkomme, weil ich mein Handy noch verstauen muss, und dann bremst du gleich wieder ab. Was ist los? Kannst du nicht denken und marschieren gleichzeitig? Ich dachte, wir Frauen wären multitaskingfähig.« Nora grinste schelmisch.

Valerie stieg nur halbherzig darauf ein. Sie hatte Wichtigeres im Kopf. »Das bin ich auch. Was glaubst du, was man als Dreifachmutter, Ehefrau und Hotelbesitzerin alles gleichzeitig tun muss? Das ist nicht das Problem. Aber mir ist da gerade was eingefallen, und dafür müsste ich noch einmal das letzte Foto sehen.«

»Ach so, sag das doch gleich.« Nora kramte aus der kleinen Hüfttasche, die sie stets zum Walken mitnahm, erneut ihr Telefon hervor, entsperrte es und suchte die entsprechende Aufnahme. »Soll ich einen Screenshot davon machen und ihn dir senden? Dann können wir parallel schauen, ob wir darauf entdecken, wonach auch immer du suchst.«

»Gute Idee, mach das bitte. Ich möchte mir auf dem Bild die Terrasse unten am Turbinencafé genauer ansehen. Möglicherweise hat Baier nicht nur den Tatort ausspioniert, sondern auch sein Opfer. Milán hat uns doch erzählt, dass Hertlein schon einige Tage lang zu ihm auf Torte und Kaffee gekommen ist. Vielleicht sieht man ihn ja dort sitzen.«

»Kluges Kind, darauf wäre ich jetzt nicht gekommen. Warte, ich schick dir den Screenshot.« Sie wischte in Windeseile auf ihrem Smartphone herum, und kurz darauf war aus Valeries Tasche der Ton zu hören, der den Eingang einer Nachricht anzeigte. Suchend blickte sie sich um.

»Was hältst du davon, wenn wir uns dort vorne auf die Bank setzen? Hier sind wir den übrigen Spaziergängern im Weg. Dann können wir ganz in Ruhe schauen.«

»Gern, aber es gibt ein Problem. Ich kenne im Gegensatz zu dir Dorotheas Foto aus der Gerichtsmedizin nicht und weiß somit auch nicht, wie der Tote aussieht.« Nora verzog missmutig das Gesicht.

»Dann suchst du einfach nach einem Typen mit heller Baseballkappe. Wenn wir Glück haben, hatte er die auch am Sonntag auf. Wenn nicht, kannst du nach einem Mann Ausschau halten, der allein an einem Tisch sitzt. Dunkelblonde Haare, um die vierzig.«

»So genau werden wir das auf dem Foto wohl ohnehin nicht erkennen, aber versuchen können wir's.« Nora stöckelte zur nächsten Bank. Valerie folgte ihr etwas langsamer, setzte sich neben sie, streckte die Beine aus, lauschte kurz dem Rauschen der Ache und öffnete dann den Reißverschluss ihrer Tasche.

Flugs war sie in ihrem Messengerdienst und klickte das Foto an, das Nora ihr übermittelt hatte. Mit Daumen und Zeigefinger zoomte sie die Stelle, die sie interessierte, näher heran. Vergrößert lag nun die Terrasse des Cafés vor ihr. Obwohl das Wetter an diesem Tag eher trüb gewesen war, hatten sich einige Gäste eingefunden. Ungefähr die Hälfte der Tische war besetzt gewesen. Konzentriert betrachtete sie jeden einzelnen Besucher. Plötzlich rief sie euphorisch: »Da! Das ist er! Am selben Tisch wie am Tag des Mordes. Er trägt sogar die Baseballmütze. Jetzt ist der Zufall aber wirklich zu groß, meinst du nicht auch?«

»Wow! Ich bin von den Socken und ganz deiner Meinung. Dass dieser Baier am Tag vor dem Mord genau dort oben steht und Hertlein fotografiert, deutet doch klar darauf hin, dass er der Täter ist.«

»Vorsicht! Zu voreilige Schlüsse sollten wir dennoch nicht ziehen. Das war auch mein erster Gedanke, aber genau genommen wäre es doch doof von ihm, vom Tatort aus eine Aufnahme zu machen, die er dann wie jeder x-beliebige Tourist in die ›I love Gastein‹-Gruppe stellt. Dass ihn das verdächtig macht, damit müsste er doch rechnen.«

»Hm.« Nora zog ein sauertöpfisches Gesicht. »So habe ich das noch nicht betrachtet. Andererseits könnte er auch annehmen, dass er sich gerade deshalb unverdächtig macht. Denn welcher Täter wäre tatsächlich so blöd, dieses Foto zu posten? Ein Mörder würde das niemals tun. Und genau darauf könnte er spekulieren. Die faktische Macht des Unerwarteten. Kein Ermittler würde ernsthaft glauben, dass jemand, der einen Mord begeht, sich selbst auf Social Media verrät. Ich fürchte, dieser Baier ist noch viel klüger, als wir denken.«

»Stopp, stopp, Nora. Du verwirrst mich. Habe ich das richtig verstanden? Du meinst, dass er der Mörder ist, obwohl er das verdächtige Foto gepostet hat, weil jeder davon ausgehen muss, dass der Täter sich dadurch nicht selbst verraten würde?«

»So wie du das sagst, klingt es kompliziert. Aber ich glaube, du hast verstanden, was ich meine. Quasi eine umgekehrte Logik.« Sie schnippte mit dem Fuß ein Steinchen auf den Weg, bevor sie weitersprach. »Tatsache ist, dass er für mich der Hauptverdächtige beziehungsweise der einzige Verdächtige ist. Denn dass Christian als Täter ausscheidet, darin sind wir uns schließlich einig.«

»Zu hundert Prozent. Zu dumm, dass dieser Baier verschwunden ist.« Valerie schaute noch einmal auf die Ache hinab, erhob sich dann, zog ihre Sporthose zurecht, schlüpfte in die Schlaufen ihrer Stöcke und sah Nora erwartungsvoll an. »Lass uns weitergehen. Im Endeffekt müssen wir einfach hoffen, dass die Polizei ihn findet und ihm ein Geständnis entlockt. Denn Beweis ist dieses Foto noch lang keiner. Es ist nur ein Puzzleteil, das den Kerl noch verdächtiger macht, als er ohnehin schon ist.«

***

Als Valerie rund zwanzig Minuten später auf die Uhr blickte, hatte die Promenade gerade den Flusslauf der Ache verlassen. Sie führte nun vorbei am Friedhof, der unter der malerisch auf einem Hügel gelegenen Kirche Maria, Mutter vom guten Rat lag und auf traurige Weise die Geschichte Böcksteins widerspiegelte, da dort auch der Arbeiter gedacht wurde, die beim Bau der Eisenbahnstrecke oder im Berg- und Tunnelbau hinten im Tal ihr Leben gelassen hatten. Valerie war schon oft über die Wege dieser letzten Ruhestätte spaziert, hatte die Tafeln gelesen, mit einem Kloß im Hals die Soldatengräber betrachtet, die im südlichen Teil untergebracht waren, und sich Gedanken über den Sinn des Lebens gemacht. Es war so unvorhersehbar, wann und aus welchem Grund Menschen starben. Wenn jemand zu früh aus dem Leben gerissen wurde, war das bedrückend.

Schweigend ging sie neben Nora her. Wie das wohl mit Hertlein war, dem deutschen Gast, der hier bei ihnen in Bad Gastein auf so furchtbare Weise ums Leben gekommen war? Hatte er geahnt, dass er in Gefahr schwebte? Gut möglich, schließlich deuteten die Papierschnitzel in der Tonne seiner Pension auf Erpressung hin. Eine gefährliche Angelegenheit, die er womöglich unterschätzt hatte. Aber selbst wenn er nicht integer gewesen war, hatte niemand das Recht, ihn zu ermorden.

Valeries Gedanken wanderten wieder zu Georg Baier. Ob er das Erpressungsopfer war? Vermutlich. Warum hätte er Hertlein sonst umbringen sollen? Zu blöd aber auch, dass Valerie bei dem Streit der beiden am Straubingerplatz nicht verstanden hatte, worum es ging. Sie war zu weit entfernt gewesen. Zu gern hätte sie gewusst, worüber sie sich gezankt hatten.

Valerie erschrak, als Nora neben ihr plötzlich eine Frage stellte. »Können wir einen kleinen Umweg machen? Ich würde mir gern vorn beim Brunnen die Hände abkühlen, ehe wir auf der anderen Flussseite zurückgehen.«

»Aber sicher, kein Problem.« Valerie steuerte den Karl-Imhof-Ring an, in dessen Mitte der älteste Gusseisenbrunnen Europas stand. Kaiser Franz Joseph I. hatte ihn 1878 bei der Weltausstellung in Paris erworben, wo er als Sensation gefeiert worden war, und anschließend der Gemeinde Badgastein – damals noch zusammengeschrieben – zum Geschenk gemacht.

Nora hatte genau wie Valerie die Angewohnheit, bei jedem Brunnen ihre Hände ins fließende Nass zu strecken. Aufgrund der vielen Quellen im Ort gab es unzählige Möglichkeiten dazu. Manche, wie der gusseiserne Brunnen in Böckstein, waren kalt, viele andere hingegen boten angenehm warmes Thermalwasser, und das sogar im Hochwinter. Eine Besonderheit in dem kleinen Kurort.

Erfrischt wollten sie sich eben auf den Weg zurück machen, als Nora Valerie anstupste. »Du, sag mal, ist das nicht eines eurer Leihräder?«

Überrascht folgte Valerie mit den Augen Noras Zeigefinger. Dort in der Wiese am Straßenrand, ganz in der Nähe des bekannten Montanmuseums und direkt vor der alten Grubenlokomotive, die an die Zwischenkriegszeit erinnerte, in der der Bergbau im Tal wieder aufleben sollte, lag tatsächlich ein Rad, das verdächtig nach Grand Hotel aussah. Als sie näher kamen, musste Valerie an sich halten, um ihren Ärger nicht an Nora auszulassen. Da hatte doch wahrhaftig jemand eines der neuen, sündteuren E-Bikes aus der Hotelflotte achtlos zu Boden geworfen. Es war leicht an der Plakette mit ihrem Logo zu erkennen. Eine bodenlose Frechheit, wie Valerie empört und lautstark feststellte.

Gerade wollte sie verärgert nach dem Rad greifen und bückte sich bereits, als Nora einen Schrei ausstieß: »Stopp! Liegen lassen!«

Verwirrt richtete Valerie sich wieder auf und drehte sich zu ihrer Freundin um. »Warum darf ich denn unser Bike nicht aufstellen? Am besten wäre es wohl, ich würde es gleich mit nach Hause nehmen. Einem Gast, der so mit den Leihrädern umgeht, sag ich gern meine Meinung, wenn er sich später aufregt, weil es nicht mehr da war. Der soll seine Lektion ruhig lernen.«

Nora sah sie perplex an. »Es geht mir doch nicht darum, was der Gast, der es ausgeliehen hat, denken könnte.« Kopfschüttelnd fuhr sie fort: »Es geht um etwas viel Wichtigeres. Schau doch selbst.« Sie winkte Valerie zu sich an die Straße, wo sie nur wenige Meter weiter kniete.

»Hast du was Interessantes entdeckt?«, fragte diese alarmiert.

»Gut möglich. Kommt dir die Brille, die da am Kanalgitter hängt, nicht bekannt vor?«

Valerie ging neben Nora in die Hocke. Tatsächlich baumelte da eine Sonnenbrille an einer der Querstreben. Es war ein auffälliges Modell mit schmaler Passform, breitem dunkelblauen Rand und hellblauen Gläsern. Am Bügel stand der Name einer bekannten Marke. Es dauerte einen Moment, bis sie gedanklich die Verbindung hergestellt hatte, doch dann lief ihr eine Gänsehaut über den Rücken. »Aber so eine hat doch …« Sie kam vor Aufregung ins Stottern.

»Genau. So eine trägt Georg Baier auf einem der Fotos, die du uns von ihm geschickt hast. Das mag Zufall sein, ich vermute aber eher, dass es keiner ist. Das Modell ist schließlich ziemlich ausgefallen.«

»Komm, wir lassen die Brille erst mal da hängen und sehen uns weiter um. Vielleicht finden wir noch was.« Valerie zog Nora hoch und begann damit, langsam den Boden abzusuchen. Während Nora sich die Wiese vornahm, blieb sie selbst auf der Straße. Konzentriert musterte sie den Asphalt um sich herum. Als sie den Blick über den Bordstein zwischen Brille und Fahrrad gleiten ließ, erstarrte sie und schnappte nach Luft. Mit zittriger Stimme rief sie Nora herbei, die sofort zur Stelle war und ebenfalls auf den dunklen Fleck starrte, der vom Randstein nach unten auf die Straße führte und dort eine deutliche Pfütze hinterlassen hatte, die inzwischen eingetrocknet war, aber mehr als verdächtig wirkte.

»Meinst du, das ist Blut?« Valerie musste sich Mühe geben, die Frage über die Lippen zu bringen. Ein ungutes Gefühl beschlich sie.

»Sieht danach aus.« Auch Noras Antwort kam ungewöhnlich leise. »Höchste Zeit, Dorothea und Erwin zu verständigen. Die können dann entscheiden, ob das ein Fall für die Tatortgruppe ist. Wenn es sich tatsächlich um Blut handelt, dann ist das hier

Sache der Polizei. Ich gehe stark davon aus, dass der Fleck, die Sonnenbrille und das Fahrrad in Zusammenhang stehen, obwohl ich keinen blassen Schimmer habe, was hier passiert sein könnte.«

Valerie schluckte den dicken Kloß hinunter, der sich in ihrer Kehle gebildet hatte. Dann straffte sie die Schultern. »Weißt du, was? Wir sind doch keine Neulinge, was Mordfälle angeht. Wir werden wohl jetzt nicht an einem braunen Fleck auf der Straße verzweifeln. Ich würde Folgendes vorschlagen: Du machst mit dem Handy von allem, was es hier zu begutachten gibt, Fotos. Die sind für Viktor und Anton, damit sie sehen, was wir entdeckt haben. Und ich telefoniere als Allererstes mit Carla. Sie soll am Computer nachsehen, wer dieses E-Bike ausgeborgt hat. Am Rahmen müsste eine Nummer stehen, die kann ich ihr durchgeben. Wenn es tatsächlich Georg Baier war, der es verwendet hat, dann kontaktiere ich auf jeden Fall Dorothea. Die ist wegen der Ermittlungen ja bestimmt noch im Ort.«

»Das hört sich gut an. Dann lege ich gleich mal los.«

Valerie hatte den Eindruck, als dauerte es eine Ewigkeit, bis ihre Rezeptionistin am Computer die Liste der Leihräder geöffnet hatte. Wie befürchtet, war es wahrhaftig Baiers Bike, das vor ihnen lag. Was hatte ihn hierher ins Zentrum von Böckstein geführt? Und was war hier passiert?

Üblicherweise genoss sie die Ruhe in diesem Ortsteil. Außer wenn Adventmarkt war, ging es im Zentrum von Böckstein sehr beschaulich zu. Aber dieses Mal war sie frustriert, dass sich am Karl-Imhof-Ring so wenig tat. Offenbar hatte niemand gesehen, was dort auf offener Straße vorgefallen war, sonst wäre wohl eine Meldung bei Erwin in der Polizeiinspektion eingegangen. Eine solche hatte er bestimmt nicht bekommen, sonst läge das Rad nicht mehr in der Wiese.

Sie scrollte durch ihre Kontaktliste, bis sie Dorotheas Nummer gefunden hatte, und berichtete kurz darauf, welche Entdeckung Nora und sie zufällig gemacht hatten.

Nun hieß es warten. Das war wichtig, damit nicht unabsichtlich jemand, der des Weges kam, mögliche Spuren vernichtete. Auf ihre Stöcke gestützt, verharrten die beiden Freundinnen, bis das Martinshorn von Erwins Einsatzwagen die Ankunft der Polizisten ankündigte und das Auto in rasantem Tempo um die Kurve bog. Gott sei Dank würden Dorothea und er ab jetzt übernehmen. Valerie erzählte noch einmal, wie sie die Sachen gefunden hatten, war dann aber heilfroh, gehen zu dürfen. Sie konnte es kaum erwarten, zu Hause mit Viktor über die Angelegenheit zu sprechen. Vielleicht hatte er eine Idee dazu, was in Böckstein geschehen war.

Auf die ursprünglich geplante Fahrt nach Bad Hofgastein, wo sie sich im Hotel umhören wollten, ob jemand zwischen Freitagabend und Montagmittag etwas Verdächtiges in Zusammenhang mit Christians Repetierbüchse beobachtet hatte, hatte sie keine Lust mehr. Reichlich spät war es obendrein, schließlich lagen noch einige Kilometer vor ihnen. Doch die Bewegung an der frischen Luft, die nun, da die Berge schon ihre Schatten über die Ache warfen, merklich abgekühlt hatte, war eine Wohltat. Forschen Schrittes legten sie den Weg nach Bad Gastein über die Elisabeth-Promenade zurück, verabschiedeten sich an der Apotheke und walkten nach Hause. Der flotte Spaziergang hatte Valeries Nerven zumindest ein wenig beruhigt.

NEUN

»Euch kann man aber auch wirklich keine Minute aus den Augen lassen, gell? Wie es aussieht, zieht ihr alles, was mit Verbrechen zu tun hat, magisch an. Ich dachte, ihr wolltet einfach walken.« Viktor hatte die Arme um Valeries Hüfte gelegt und sah ihr kopfschüttelnd, aber gleichzeitig liebevoll in die Augen. Seine Nähe tat ihr gut. In seiner warmen Umarmung fühlte sie sich wie immer geborgen.

»Ja, das war auch der Plan.« Sie zuckte hilflos mit den Schultern. Manchmal wünschte sie sich, nicht in alles, was mit Mord und Totschlag zu tun hatte, per Zufall hineinzustolpern. Zerknirscht fuhr sie fort: »Hätte Nora nicht darauf bestanden, sich am Brunnen die Hände zu kühlen, wären wir gar nicht bis zum Montanmuseum gekommen und hätten das Fahrrad nicht entdeckt. Es war reiner Zufall. Ich schwöre.« Ihre rechte Hand, die sie nun mit ausgestreckten Daumen, Zeige- und Mittelfinger in die Höhe hob, sollte ihrem Schwur Glaubhaftigkeit verleihen. »Außerdem war es ungefährlich, da das, was dort passiert ist, schon länger her sein muss. Ich vermute mal stark, es war am Tag des Mordes, aber Näheres wird hoffentlich die Gerichtsmedizin herausfinden, wenn der Fleck am Boden untersucht worden ist.«

»Was meint denn Dorothea dazu?«

»Sie ist sicher, dass es sich um Blut handelt. Aber was den Rest angeht, will sie keine voreiligen Schlüsse ziehen und hält sich bedeckt.«

»Und wie soll's jetzt weitergehen?«

»Ich weiß nur, dass sie nachher noch mit der Tatortgruppe vorbeikommt, weil sie Baiers Zimmer untersuchen müssen. Vielleicht gibt es dort irgendeinen Hinweis. Außerdem braucht sie zu Vergleichszwecken Fingerabdrücke und auch eine Haarprobe, damit seine DNA mit der des Blutes abgeglichen werden kann. Leider dauern solche DNA-Analysen ein paar Tage. Bis dahin können wir nur raten, ob in Böckstein Baier selbst zum Opfer

geworden ist oder ob im Gegenzug er jemanden attackiert hat.«
Valerie verstummte nachdenklich.

»Die Frage ist nur, wo die verletzte Person, egal, ob es sich
dabei um Baier oder jemand anders handelt, nun ist«, meinte
Viktor daraufhin. »Ist sie noch am Leben oder nicht?«

»Viel zu viele Fragen ohne Antworten. Und der Polizei rennt
die Zeit davon.« Frustriert stieß Valerie die Luft aus.

»Das einzig Gute an der Sache ist, dass sich die Ermittlungen
nicht mehr allein auf Christian konzentrieren.« Viktor schien
erleichtert ob dieser Tatsache und fuhr fort: »Ich hoffe so sehr,
dass der wahre Mörder bald gefasst wird. Leider fehlt mir der
Plan, was Nora, Anton, du und ich zur Lösung noch beitragen
könnten. Spuren auszuwerten ist halt nicht unser Metier, gell?«

»Na, sieh es mal so: Unser Ziel war es, Christian vom Verdacht
zu befreien. Ich weiß natürlich, dass das erst hundertprozentig ist, wenn der wahre Mörder hinter Schloss und Riegel sitzt,
aber zumindest sind die polizeilichen Ermittlungen – und das
mit unserer Hilfe – so weit vorangeschritten, dass Baier nun im
Fokus steht, nicht er. Das ist schon mal die halbe Miete.« Valerie
versuchte, möglichst viel Zuversicht in ihre Worte zu legen.

»Das stimmt, Gott sei Dank. Und dennoch habe ich das Gefühl, dass ich an der Sache dranbleiben muss. Er ist schließlich
mein Bruder.«

»Selbstverständlich bleiben wir dran. Aber du solltest dir auch
im Klaren darüber sein, dass dieser Mordfall dadurch erschwert
wird, dass sowohl Hertlein als auch Baier nicht von hier sind.
Dass wir sie nicht kennen und somit keinen Tau haben, welches
Motiv hinter der ganzen Sache stecken könnte. Womit könnte
Hertlein Baier erpresst haben? Wir haben keine Ahnung, es sei
denn …«

Ein Gedankenblitz durchzuckte Valerie, und sie wand sich aus
Viktors Umarmung. Flugs schlüpfte sie aus ihren Hausschuhen
und zog ihre Sportschuhe an.

Viktor beobachtete sie perplex. »Was hast du nun schon wieder
vor? Was auch immer es ist, kann es nicht bis nach dem Abendessen warten?«

Das war wieder typisch Mann. Sobald sich Hunger im Verdauungstrakt meldete, wurde alles andere hintangestellt. Demonstrativ schob sie ihm seine Schuhe entgegen und meinte: »Nein, das kann nicht warten. Nachher ist es vielleicht zu spät. Dorothea kommt doch bald vorbei.«

»Willst du etwa …?«

Valerie unterbrach Viktor. »Ja genau. Ich will mich in Baiers Zimmer umsehen. Nenn es gern schnüffeln, wenn du willst. Aber ich muss wissen, ob dort irgendwo ein Erpresserbrief versteckt ist. Ich fürchte nämlich, dass Dorothea uns nicht davon erzählen würde, wenn sie einen fände. Schließlich hat sie auch nicht erwähnt, dass die Schnipsel in der Mülltonne ein mögliches Tatmotiv sein könnten. Die haben sie mit Sicherheit entdeckt.«

»Aber wir wissen ja gar nicht, ob der Brief, falls es überhaupt je einen gegeben hat, für Baier bestimmt war. Und machen wir uns da nicht strafbar?« Viktor wirkte unentschlossen.

»Strafbar? Du bist gut. Strafbar haben wir uns gemacht, als wir in das Pensionszimmer eingebrochen sind. Das Hotel hier gehört uns. Da kann niemand was sagen. Komm schon. Wer weiß, wann Dorothea hier auftaucht. Ich hol nur noch schnell Handschuhe.«

***

Enttäuscht zog Valerie wenig später Baiers Zimmertür hinter sich zu. Die Untersuchung hatte rein gar nichts Interessantes ergeben. Sie hatten weder das ominöse Schreiben entdeckt noch irgendwelche anderen Hinweise gefunden, die eine Verbindung zwischen Hertlein und ihm hergestellt oder ein Motiv offenbart hätten.

Gerade als sie auf dem Weg zurück ins Apartment waren, fing Valeries Smartphone in der Hand zu vibrieren an. Gleich darauf ertönte »Don't Worry, Be Happy« von Bobby McFerrin. Diesen Klingelton hatte ihr Jakob im Jahr zuvor eingestellt, um nach dem Tod eines Freundes ihre Laune ein wenig zu heben. Da sie jedes Mal lächeln musste, sobald sie die ersten Klänge hörte, hatte sie es dabei belassen. Dennoch beeilte sie sich, das Gespräch anzunehmen.

»Hallo, Dorothea, ist die Spurensicherung in Böckstein fertig?«

Sie horchte einen Moment und beendete dann mit wenigen Sätzen das Telefonat. Zu Viktor gewandt sagte sie: »Sie sind gleich da. Könntest du dich bitte um sie kümmern? Ich muss endlich unter die Dusche. Und danach richte ich uns eine zünftige Jause her. Das geht schneller, als zu kochen. Nicht dass du mir noch vom Fleisch fällst.« Sie zwinkerte ihm zu, stellte sich auf die Zehenspitzen, strich ihm über die Haare und drückte ihm einen flüchtigen Kuss auf den Mund.

✳✳✳

»Wen fragen wir denn am besten? Jetzt im Oktober hat nicht einmal das Museum offen. Die Gebäude direkt neben dem Fundort fallen somit weg.« Viktor war eben aus dem Auto gestiegen und sah Valerie planlos an. Sie waren gleich am nächsten Vormittag zum Karl-Imhof-Ring gefahren, wo Valerie und Nora das E-Bike entdeckt hatten.

»Na, viele Möglichkeiten gibt es nicht, also schlage ich das Naheliegendste vor. Wir gehen ins Hotel Bader«, meinte Valerie. »Von dort hat man freie Sicht auf den Fundort. Die alten historischen Gebäude, die zum Museum gehören, helfen uns nicht weiter, wie du richtig gesagt hast. Das Ferienhaus dort drüben ist diese Woche nicht belegt, das konnte ich gestern Abend noch recherchieren. Und vom Gasthof weiter vorne sieht man nicht hierher, da bleibt eigentlich nur das Bader übrig.«

Valerie hakte sich bei Viktor unter, und gemeinsam schlenderten sie die wenigen Schritte vom Parkplatz zu besagtem Hotel. Zum Glück lief ihnen gleich beim Betreten des Eingangsbereichs der Chef persönlich über den Weg, den sie als Kollegen kannten und schätzten. Sie begrüßten sich, und Viktor bat ihn um ein kurzes Gespräch unter sechs Augen.

»Aber freilich, Viktor. Kommts mit in mei Büro. Reserl,

bringst uns an Kaffee?«, rief er einer seiner Angestellten zu und ging voraus in einen Raum mit traumhafter Aussicht auf die umliegenden Berge.

»Ein schönes Platzerl hast du da zum Arbeiten, gell?« Viktor sah sich um.

»Jo mei, wenn i scho olleweil orbeiten muaß, donn mog i zumindest wos vo meine Berg sehen. Aber wega da Aussicht seids sicha ned kumma. Wos is los?«

Valerie überließ bewusst Viktor das Wort. Schließlich ging es bei der ganzen Angelegenheit um seinen Bruder. Nach einem längeren Räuspern fing er an zu sprechen. »Du hast ja vielleicht gehört, was mit dem Christian los ist … also, dass er verdächtigt wird, etwas mit dem Mord an dem Deutschen unten im Turbinencafé zu tun zu haben.«

»Jo, des hob i g'hert. A schlimme Soch is des. Ober ans sog i eich, da Christian, der wor des ned.«

»Genau deshalb sind wir hier. Weißt, Johann, wir möchten meinem Bruder aus der Patsche helfen. Ich hab zwar keine Ahnung, wie der Täter an sein Gewehr gekommen ist, aber dass der Christian nichts mit der Sache zu tun hat, das ist fix. Jetzt horchen wir uns halt selber ein bisserl um und wollten dich fragen, ob du den Typen da schon einmal gesehen hast.«

Noch während Viktor sprach, zog er sein Handy aus der Hosentasche und suchte nach den Fotos von Georg Baier.

»Jo, sakra, natürlich hob i den scho g'sehen.« Ein Klopfen ließ Johann innehalten. Das Reserl, wie er seine Mitarbeiterin vorhin genannt hatte, öffnete die Tür und stellte ein Tablett mit drei Verlängerten, einem Kännchen Milch, Zuckersäckchen mit dem Hotellogo und einer Wasserkaraffe samt Gläsern auf den runden Tisch, an dem sie zuvor Platz genommen hatten. Auf jeder Untertasse lagen zwei einzeln verpackte Schokomandeln. Valerie jubelte innerlich, Kaffee ohne eine süße Kleinigkeit mochte sie nämlich gar nicht.

Als das Reserl die Tür hinter sich geschlossen hatte, sprach Johann weiter. »Der Kerl, der is am Montag spätobends über die Terrass'n von hinten in die Gaststube rein, hot si in der finstersten

Eck'n zum Tisch g'hockt und woit a Bier von mir hom. Ober es wor scho Sperrstund, und deswegen hob i ihn wieder vor d' Tür g'setzt.«

»Ist dir bei ihm irgendwas komisch vorgekommen?«, wollte Valerie wissen.

»Eigentlich scho. Der wor total durch 'n Wind. Erstens wor der b'soffen, und zweitens hot der so g'wirkt, als ob er auf da Flucht warad und si verstecken mecht.«

»Auf der Flucht?« Damit hatte Valerie nicht gerechnet.

»Mir is des hoit so vorkumma. Richtig verzweifelt wor der, wie er wieda auf sei Radl g'stiegen is.«

»Hast du sonst noch irgendwas beobachtet? War draußen auf der Terrasse vielleicht jemand, der auf ihn gewartet hat?« Valerie zappelte nervös mit den Füßen unter dem Tisch.

»Na, i hob leider nix g'sehen. Aber warum woits denn des so genau wissen?«

»Weil die Polizei nach dem Mann sucht und er verschwunden ist«, antwortete sie. »Es könnte gut sein, dass er was mit dem Mord zu tun hat. Und weit ist er mit dem Radl nicht mehr gekommen.«

»Wie moanst denn des jetzt?«

Daraufhin erzählte Valerie, was sie mit Nora entdeckt hatte, ließ dabei aber offen, was dort draußen in Sichtweite des Hotels passiert sein könnte. Sie wusste es ja selbst nicht. Zu blöd, dass Johann nach dem Rauswurf noch in der Gaststube, die an der Rückseite des Hotels lag, aufgeräumt hatte. So hatte er nicht sehen können, was vor dem Hotel geschehen war.

Zu ihrem Bedauern betonte er auch noch, dass um diese Uhrzeit, es musste so gegen elf gewesen sein, üblicherweise niemand mehr auf der Straße war. Zeugen für den Vorfall würde es bestimmt nicht geben.

Viktor und Valerie tranken in Ruhe ihren Kaffee aus, sie plauderten ein wenig über die vergangene Sommersaison und verabschiedeten sich dann von Johann.

Sobald sie wieder im Auto saßen, fiel Valerie auf, dass Viktor ungewöhnlich ruhig war. »Was geht dir denn durch den Kopf?«

»Ich überleg nur, wo der Baier seinen Rausch hergehabt haben könnt. Ich hab schon im Computer nachgeschaut. Zum Abendessen war er nicht im Grand Hotel, auf sein Zimmer wurden auch keine Drinks gebucht. Und seine Kollegen haben ihn kurz vor dem Mord zum letzten Mal gesehen. Bei uns war er also nicht, das vermute ich zumindest. Aber irgendwo muss er ja die Stunden zwischen Arbeitsschluss und elf Uhr abends verbracht haben.«

»Hast du eine Idee, wie wir das rausfinden könnten?« Valerie stimmte Viktor innerlich zu. Es wäre sinnvoll zu eruieren, wo dieser Baier die Zeit bis zu seinem Auftritt im Bader verbracht hatte. Vielleicht würde ihnen diese Information weiterhelfen. Denn mysteriös war es schon, dass er nun seit Tagen wie vom Erdboden verschluckt war, vor allem, weil ein mehr als deutlicher Blutfleck dort gefunden wurde, wo sich seine Spur verlor. Die Rekonstruktion des Mordtages würde ihnen womöglich weitere Anhaltspunkte liefern. Valerie überkamen immer mehr Zweifel, dass Georg Baier der Täter war. Die Böckstein-Geschichte wollte nicht so recht zu dieser Theorie passen.

Viktor kratzte sich am Hinterkopf, ehe er antwortete. »Ich denke, unsere einzige Chance ist, sein Foto im Ort herumzuzeigen.«

»Wahrscheinlich. Aber lass uns doch als Erstes noch einmal alles in Ruhe durchdenken. Der Mord hat am frühen Nachmittag stattgefunden. Ich gehe jede Wette ein, dass Baier auf irgendeine Weise damit zu tun hat. Dass er genau an diesem Tag verschwunden ist, wäre meines Erachtens ein zu großer Zufall. Da gibt es bestimmt einen Zusammenhang.« Sie rieb sich das Kinn, während sie angestrengt nachdachte und dann fortfuhr: »Angenommen, er war zur Tatzeit beim Wasserfall, dann könnte er sowohl der Mörder als auch ein Zeuge sein. Wie würdest du in diesem Fall reagieren? Was hättest du an seiner Stelle gemacht?«

Viktor hüstelte. »Schwer zu sagen. Als Mörder würde ich versuchen, die Waffe loszuwerden und unauffällig vom Tatort zu verschwinden. Es war klar, dass bei so vielen Gästen im Café die Polizei schnell vor Ort sein würde.«

»Und wenn du Zeuge der Tat geworden wärst und dich der Täter womöglich entdeckt hätte?« Valerie sah zur Fahrerseite hinüber, gespannt auf Viktors Reaktion.

»Na, dann würde ich die Beine in die Hand nehmen und mich so schnell wie möglich irgendwo verstecken. Und ich würde darauf achten, dass immer Leute um mich herum sind. Außerdem würde ich nicht nach Hause, in Baiers Fall ins Grand Hotel, laufen, damit der Täter nicht weiß, wo ich mich aufhalte.«

»Siehst du? An dir ist tatsächlich ein Privatdetektiv verloren gegangen. Ich hätte genauso geantwortet. Der Baier ist bestimmt in ein Lokal geflohen. Warum er in der Nacht nach Böckstein geradelt ist, kann ich mir zwar nicht erklären, aber je länger ich darüber nachdenke, desto mehr glaube ich, dass er nicht unser Täter ist. Ich hab eher die Sorge, dass ihm etwas Schlimmes zugestoßen sein könnte.«

»Womöglich ist dann doch der Mann mit der Kapuze, den wir in Hertleins Zimmer erwischt haben, der Mörder. Zu diesem Zeitpunkt war Georg Baier ja schon verschwunden.«

Valerie fluchte undamenhaft, was sonst gar nicht ihre Art war. Dann fügte sie hinzu: »An den Kerl in der Pension habe ich seit der Sache mit dem Fahrrad gar nicht mehr gedacht. Den habe ich wohl in den hintersten Winkel meines Gehirns verbannt, weil ich mir überhaupt keinen Reim auf ihn machen kann. Oder glaubst du, dass es Baier gewesen sein könnte?« Das war eine rein rhetorische Frage gewesen, denn Valerie setzte ihre Gedanken gleich fort, ohne auf eine mögliche Antwort Viktors zu warten. »Aber das glaube ich nicht. Der Statur nach zu urteilen können Baier und der Unbekannte mit dem Hoody nicht ein und dieselbe Person sein. Es ist aber auch wirklich zum Aus-der-Haut-Fahren. Eine Leiche, ein Verschwundener, der eine große Blutlache hinterlassen hat, ein Unbekannter und ein Unschuldiger, dem die Waffe entwendet worden ist. Wer soll da noch durchblicken?« Sie seufzte frustriert auf.

∗

Nachdem Viktor und Valerie die dringendsten Arbeiten im Grand Hotel erledigt hatten – Gott sei Dank konnten sie sich auf ihr Team immer verlassen –, überlegten sie bei einer Tasse Tee im Büro weiter.

»Wir haben doch vorhin spekuliert, wo der Baier sich nach dem Mord verkrochen haben könnte«, eröffnete Viktor erneut das Gespräch über den Fall. »Wie wär's, wenn ich mal ein bisschen herumfrage, während du oben für uns Mittagessen machst? Ich schätze, Andi bringt nach der Schule einen Bärenhunger mit. Der wächst gerade so, dass man ihm gar nicht genug hinstellen kann, und Lea und Jakob sind bestimmt auch froh, wenn sie in ihrer Lernpause was Selbstgekochtes kriegen. Ich bekomm sie diese Woche kaum zu Gesicht. Den Fleiß müssen sie von dir haben. Ich hab nie so viel gebüffelt.« Schelmisch grinste er.

»Freu dich einfach still und leise, dass sie so zielstrebig sind. Es könnte auch anders sein. Unsere drei sind auf einem guten Weg, darüber bin ich echt froh, aber man soll den Tag nicht vor dem Abend loben.« Sie nippte an ihrem Tee. »Und jetzt zu deiner Frage. So machen wir's. Ich gehe gleich hoch ins Apartment, und du schaust, ob du was rausfindest. Mein Tipp wäre, dass Georg Baier nicht weit gekommen ist. Wenn er wirklich vom Wasserfall fliehen musste, hat er wohl den Weg hinter dem Kongresszentrum genommen. Da er halbwegs sportlich wirkt, schätze ich, dass er dort hochgeklettert ist und direkt neben dem Hotel Carolina auf die Kaiser-Franz-Joseph-Straße gelangte. Von dieser Stelle aus, würde ich sagen, ist das Café Elisabeth am naheliegendsten. Versuch es doch dort einmal. Wenn du kein Glück hast, kannst du der Reihe nach die anderen Lokale abklappern.«

»Ich hab so eine kluge Frau.« Viktor musterte sie mit einem frechen Lächeln, erhob sich und zog auch Valerie von ihrem Stuhl. »Jetzt, wo wir zum ersten Mal gemeinsam ermitteln, lerne ich ganz neue Seiten an dir kennen. Miss Marple lässt grüßen, kann ich da nur sagen.«

»Na, ob es ein Kompliment ist, mit Miss Marple verglichen zu werden, weiß ich nicht so recht. Sie war zwar schlau und mutig, aber in den Filmen mit Margaret Rutherford wohl eine

Frau zwischen siebzig und achtzig. Pass lieber auf, was du sagst, bevor ich beleidigt davonrausche.«

Sie alberten noch ein wenig herum, was bei all der Anspannung der letzten Tage guttat, dann machte sich Viktor auf den Weg, nur um ein paar Minuten später eine Textnachricht zu schicken: *Bingo. Du hattest recht. Baier ist ungefähr zu dem Zeitpunkt, als der Einsatzwagen der Polizei vorbeigefahren ist, ins Café Elisabeth gestürzt, hat sich ein Bier bestellt und die erste halbe Stunde am Klo verbracht. Dann hat er sich stundenlang in der Ecke hinter einer Zeitung verschanzt und sich nur blicken lassen, wenn er ein weiteres Bier wollte.*

Valerie antwortete mit einem Daumen-hoch-Zeichen. Es stimmte also. Georg Baier hatte sich versteckt. Ob vor dem Täter oder vor der Polizei, das galt es noch herauszufinden. Doch nach wie vor war unklar, warum er nicht, als die Luft rein war, ins Grand Hotel zurückgekehrt, sondern nach Böckstein geradelt war. Und warum um Himmels willen hatte er dort erneut versucht, sich zu verkriechen? War ihm tatsächlich jemand gefolgt?

ZEHN

Der nächste Vormittag, es war bereits Freitag, stand ganz im Zeichen des Wettbewerbs. Am Abend zuvor waren die drei Finalisten gekürt worden, alles natürlich mit TV-Begleitung für die Ausstrahlung im Nachhinein. Valerie wusste, dass die fünf Teams, die es nicht weitergeschafft hatten, abreisen würden. Das Grand Hotel war davon nicht betroffen, denn Thomas Landmann war mit seiner Mannschaft ins Finale eingezogen, was Valerie ihm gönnte. Seine Tortenrezepte waren einmalig gut, Familie Thaller hatte jeden Nachmittag ungeachtet der widrigen Umstände verkostet und für ihn abgestimmt. Man schmeckte und sah, dass viel Liebe in seinen Mehlspeisen steckte.

Um neun Uhr hatten Valerie und Viktor nun ihren ganz persönlichen Interviewtermin, bei dem sie ihr Hotel präsentieren und über ihre Erfahrungen mit dem Wettbewerb und vor allem mit dem deutschen Team plaudern durften, bevor sie im Anschluss samt Kamera eine Runde durchs Haus drehten, wo alles festgehalten wurde, was sehenswert war. Zu ihrem Glück hatte das Austria-TV-Team die Außenaufnahmen schon am Vortag gemacht, denn in der Nacht hatte es geregnet. Nach wie vor hingen dichte Wolken im Tal. Erst für die Mittagszeit war Auflockerung zu erwarten.

Das Treffen mit den Fernsehleuten verlief zu Valeries großer Erleichterung gut. Viktor und sie hatten sich in Schale geworfen und beide eines ihrer schönsten Trachtenensembles aus dem Schrank geholt. Genau wie ihre Eltern hatten sie sich dafür entschieden, in ihrer Rolle als Hoteliers nach Möglichkeit in landestypischer Kleidung aufzutreten. Vor allem in den Alpen passte das perfekt zum Ambiente, und sie merkten, dass es den ausländischen Gästen gefiel. Schließlich wollten diese nicht nur Ski fahren, wandern oder Thermalbäder nehmen, sondern auch Land und Leute samt Kultur kennenlernen.

Der Aufnahmeleiter klatschte begeistert in die Hände, als er

Valeries Festtagsdirndl und Viktors knielange Lederhose sah. Tracht machte sich im Fernsehen immer gut. Außerdem war er angetan vom Charme des historischen, perfekt erhaltenen Gebäudes. Das Besondere an ihrem Haus war die lange Tradition, die dahintersteckte. Natürlich kramte Valerie die Geschichte heraus, dass schon Kaiser Franz Joseph I. hier regelmäßig zu Gast gewesen war. Er hatte sich den Erzählungen nach über einen Zeitraum von ungefähr zwanzig Jahren in Bad Gastein zu Gesprächen mit dem deutschen Kaiser Wilhelm getroffen. Der Ort war somit auch als politische Bühne in die Geschichte eingegangen. Valerie kannte einige Anekdoten über ihn, die über Generationen weitergetragen worden waren, bis hin zu seinen Lieblingsspeisen im Hotel. Solche Details kamen bei den Gästen immer gut an, also passten sie auch für den Fernsehbeitrag perfekt. Der Aufnahmeleiter wirkte tatsächlich vollkommen zufrieden. Ausnahmsweise war er entspannt und äußerst bemüht – vielleicht hatte ihn Dorotheas Anpfiff zur Räson gebracht.

Während die Thallers vollauf beschäftigt waren, arbeitete das deutsche Team an den Sachertorten für den nächsten Tag, an dem das Finale unten in der einmaligen Kulisse des Turbinencafés stattfinden sollte. Anton gab zwischendurch Bescheid, dass in der Küche alles glattlief und er froh war, die Fernsehfuzzis, wie er sie nannte, endlich einmal nicht um sich zu haben.

Valerie trug ihm auf, genau darauf zu achten, ob Landmann Marmelade in die Mitte strich und ob er diese mit einem Schuss Rum verfeinerte. *Ich gebe mein Bestes*, kam prompt die Antwort mit einem Zwinkersmiley.

Der halbe Freitag war im Nu vorüber. Es war keine Zeit gewesen, über den Mordfall nachzudenken, aber immerhin hatte Valerie Dorothea in der Früh noch telefonisch mitgeteilt, was sie in Erfahrung gebracht hatten. Dass sie die letzten Stunden vor Baiers endgültigem Verschwinden rekonstruiert hatten, war eine willkommene Information. Dennoch warnte die Kripobeamtin sie davor, sich in Gefahr zu begeben. Valerie beruhigte sie. Bis jetzt war keine Situation auch nur annähernd brenzlig gewesen. Denn entweder hatten Nora und sie eine zufällige Entdeckung gemacht, oder sie war mit Viktor unterwegs gewesen, und das in ganz harmloser Mission. Bewusst hatte Valerie sich dafür entschieden, ab nun mit offenen Karten zu spielen. Um Christian wirklich helfen zu können, war es bestimmt am sinnvollsten, alle Neuigkeiten den Fall betreffend mit der Polizei zu teilen, auch wenn das umgekehrt nur bedingt der Fall war.

Um auf andere Gedanken zu kommen, beschloss sie, erneut mit Nora eine große Runde zu gehen. Sie schlüpfte in eine Sporthose und griff nach ihrer Softshelljacke, bevor sie sich tief in Gedanken auf den Weg machte.

Die Herbstwochen wollte sie unbedingt ausnutzen, um fit zu werden, denn sobald die Skisaison begann, würde kaum mehr Zeit für private Aktivitäten bleiben. Im Winter herrschte stets Hochbetrieb im Grand Hotel. Die nächsten Wochen waren quasi die Ruhe vor dem Sturm. Ein Bild, das Valerie gut gefiel und das mehr als passend war.

Sie freute sich auf ihre Runde. Bereits vor Tagen hatten Nora und sie sich vorgenommen, dem künftigen Zen-Kloster einen Besuch abzustatten, um zu sehen, ob mit dem Umbau schon begonnen worden war. Doch der Trubel rund um den Wettbewerb und den Mord unten am Wasserfall samt Christians Verhaftung hatte alles andere in den Schatten gestellt. Nun wurde es Zeit, endlich wieder einmal ein paar positive Vibes zuzulassen. Und was war da besser geeignet als die Aussicht auf ein spirituelles Zentrum hier bei ihnen im Gasteiner Tal.

Die beiden Gebäude, die dafür adaptiert werden sollten, lagen ein gutes Stück hinter dem Zentrum von Böckstein, unterhalb der Straße zum Heilstollen und nach Sportgastein. Sie hatten lange Zeit leer gestanden und waren nach der dortigen Quelle benannt worden, der Evianquelle. Laut einer alten Steintafel am Brunnen sollte dieses Wasser speziell bei Magen- und Nierenleiden helfen. Auch bei Blasenschwäche, aber dessen war Valerie sich nicht ganz sicher, da die Inschrift schon stark verblasst war und man sie kaum mehr entziffern konnte. Die Aussage stammte von dem zu früheren Zeiten offenbar »berühmten Badearzt Dr. Pröll«, wer auch immer das gewesen sein mochte.

Er hatte anhand der Analysen herausgefunden, dass die Qualität des dortigen Wassers der bekannten Evianquelle am Genfer See ebenbürtig war, weshalb sie bis heute diesen Namen trug. Viele kamen noch immer hierher, um Flaschen zu befüllen und von der Heilwirkung zu profitieren. Dass der Brunnen direkt auf dem Gelände lag, das nun durch Schenkung an den Klosterverein gegangen war, passte perfekt, wie Valerie meinte. Ein reiner Geist konnte vom Gasteiner Bergwasser mit Heilwirkung nur profitieren. Sie wurde richtig euphorisch bei der Aussicht, dass das leer stehende Areal wieder mit Leben erfüllt werden sollte. Außerdem mochte sie spirituelle Menschen, die meist angenehm im Umgang waren.

Valerie, die Nora inzwischen mit dem Hotelbus zu Hause abgeholt hatte, setzte den Blinker und zweigte auf die kleine Zufahrtsstraße ab. Ein riesiges Schild prangte an der Weggabelung, auf dem das »Haus der Stille«, wie das Kloster heißen sollte, vorgestellt wurde. Eine Grafik zeigte die geplanten Renovierungen. Daneben standen die Kontaktdaten des Vereins, dessen Obmann Karsten Schmidt war. Auch er war werbeträchtig in seiner Robe zu sehen, meditierend auf einer hölzernen Plattform am hauseigenen Teich, der durch das glasklare Wasser der Ache gespeist wurde. Ein wunderbarer Ort, um zur Ruhe zu kommen. Valerie verspürte ein Gefühl des Friedens, wenn sie nur daran dachte, hier in Zukunft ihre innere Mitte zu finden, und sie empfand Freude darüber, dass zumindest Teile der Grünanlage dem Foto nach schon reaktiviert worden waren. Erst vor wenigen Wochen war sie mit Andi einmal hier hinten beim Goldwaschplatz gewesen, der zum Montanmuseum gehörte und direkt neben dem Hotelgelände lag. Dabei hatte sie mit Schrecken festgestellt, wie stark sich die Natur den ehemals wunderschön angelegten Garten zurückerobert hatte. Bäume waren umgeknickt, die Teichanlage und die Terrasse waren beinahe überwuchert und die ehemaligen Blumenbeete nicht mehr als solche erkennbar gewesen.

Auch die beiden Gebäude litten unter dem Leerstand. Da hatte man den deutlichen Beweis, dass Immobilien, die nicht gepflegt wurden, schnell verfielen, vor allem, wenn sie von Natur umgeben waren. Umso besser, dass dem Verfall hier Einhalt geboten wurde. Der Gartenbereich war ein symbolischer Anfang und machte sich gut auf dem Plakat.

Valerie ließ ihr Auto langsam am alten Pulverturm vorbeirollen, einem Gebäude aus Naturstein, das mit Holzschindeln gedeckt war und im 18. Jahrhundert der Bergwerksverwaltung gehört hatte. Dieses Relikt aus längst vergangenen Zeiten erinnerte daran, dass hier früher Gold- und Silberabbau betrieben wurde.

Sie lenkte den Bus bis zum Wanderparkplatz, der sich hinter dem Grundstück des alten Hotels befand, stellte den Motor ab, öffnete schwungvoll die Tür und ließ sich nach unten auf den Schotterboden gleiten. Aus dem Kofferraum holte sie die Nordic-Walking-Stöcke und wartete ungeduldig auf Nora, die länger brauchte, weil sie auf ihrem Smartphone herumtippte und dabei verträumt lächelte.

»Turtelst du schon wieder mit Anton?«, fragte Valerie provokant.

»Was heißt da bitte turteln? Wir tauschen uns halt gern aus. Und das, was er gerade mit einem Zwinker-Emoji geschrieben hat, betrifft dich genauso wie mich.«

»Warum das denn? Lass mal sehen.«

Ich wünsch euch beiden viel Spaß. Aber stolpert nicht gleich wieder über eine Leiche oder irgendwelche Beweisstücke! Baci, stand da.

Valerie lachte. »Also die *baci*, die Küsschen, sind wohl nur für dich gedacht. Aber der Rest ist wieder typisch. Unsere Männer sind immer besorgt um uns. Ganz schön anstrengend, oder?«

Nora verdrehte die Augen. »Wem sagst du das! Dabei ist es dieses Mal ein wenig besser, weil die Aktion Viktors Idee war und wir unsere Infos und Fotos immer gleich in die Gruppe stellen. Das gibt ihnen das Gefühl, alles im Griff zu haben. Schade eigentlich, dass Anton keine Zeit hat, dein Viktor hängt sich dafür ganz schön rein.« Sie setzte ein breites Grinsen auf. »Na ja, ein ›Magnum‹ wird wohl trotzdem nicht aus ihm. Ohne es böse zu meinen, aber der war schon ein anderes Kaliber, oder? Erinnerst du dich an diese Serie aus den achtziger Jahren? Ich glaube, sie hat auf Hawaii gespielt.«

»Klar, die fanden wir damals richtig cool. Deshalb haben wir uns die Serie ja so oft gemeinsam angesehen. Und schon da haben wir versucht, lang vor Ende die Lösung zu erraten. Wir haben uns von Jugend an mit unzähligen Krimiserien und Büchern ausführlich auf unsere heutige Rolle vorbereitet.« Valerie gluckste.

Nora tat es ihr gleich. »Das stimmt, aber in Wahrheit haben wir ebenso wenig Schimmer von echten Ermittlungen wie Viktor und Anton. Das Besondere an uns beiden ist, dass uns vieles zufällig in den Schoß fällt – warum auch immer. Den Rest schaffen wir dann mehr schlecht als recht. Etwas stümperhaft und chaotisch. Einen Krimi könntest du aus unseren Geschichten nicht machen, zumindest nicht so, dass wir dabei so glanzvoll rüberkommen wie Miss Marple oder Hercule Poirot.«

»Lustig, dass du das sagst. Von Miss Marple hat Viktor auch gesprochen. Außerdem gibt er genau wie wir sein Bestes. Du darfst ihm nicht unrecht tun. Und er kann ja nichts dafür, dass ausgerechnet wir es sind, die immer über Leichen oder Beweise stolpern, wie Anton es nennt. Wir scheinen das tatsächlich auf magische Weise anzuziehen. Heute kann Anton aber ganz beruhigt sein. Wir werfen nur kurz einen Blick auf die Baustelle und spazieren dann zu den Astenalmen. Der Weg bietet ausschließlich Natur pur und garantiert keinerlei Gefahren. Dahin verirren sich weder Mörder noch Erpresser. Die haben hundertprozentig keine Muße, um gemütlich wandern zu gehen.«

»Dein Wort in Gottes Ohr, Valerie. Aber jetzt komm. Schauen wir mal, ob man schon was vom Umbau sehen kann.« Nora schnappte sich ihre Stöcke und eilte los.

Das kleinere der beiden Gebäude grenzte direkt an den Parkplatz. Dort war alles ruhig. Von Arbeiten war nichts zu sehen. Moos überwucherte das Garagendach, und der vordere Eingangsbereich war nur durch hohes Gras erreichbar. Valerie und Nora gingen ein Stück weiter und landeten kurz darauf auf einem gepflasterten Weg, der zum Hauptgebäude führte. Hier sah es schon anders aus. Dieser Teil der Anlage war frisch gemäht worden, und sie konnten erkennen, dass jemand versucht hatte, den Garten in seinen ursprünglichen Zustand zurückzuversetzen. Es gab noch viel zu tun, aber Valerie malte sich schon jetzt aus, wie beschaulich es hier bald wieder sein würde. Sie bog nach links ab, um zum Teich zu gelangen, der sich zwischen dem Hotelkomplex und der Ache befand. Neben dem Rauschen des Baches war hier auch das Plätschern des Teichzuflusses zu hören. Beide Geräusche liebte sie. Auf der angrenzenden Holzplattform lagen einladend zwei Meditationskissen, die vermutlich Karsten Schmidt und seinem Vertrauten Krause gehörten. Am liebsten hätte Valerie sich spontan darauf niedergelassen, um die Stimmung noch besser in sich aufzunehmen. Die Sonne hatte inzwischen die Oberhand gewonnen und ließ die umliegenden Berghänge in den unterschiedlichsten Farben erstrahlen. Valerie fühlte sich, als ob sie inmitten eines impressionistischen Gemäldes gelandet wäre. Sie atmete tief ein und genoss die Atmosphäre an diesem wunderbaren Ort.

Nachdem sie einige Augenblicke ihre Gesichter in die Sonne gereckt hatten, tauchten Nora und sie die Hände in das kühle Nass, bewunderten die Seerosen und wandten sich dann dem Hauptgebäude zu. Ein Kleinlaster mit Ladefläche stand direkt neben dem Eingang. Zementsäcke lagen auf der Terrasse, Eisengitter, wie sie zum Betonieren von Flächen benutzt wurden, lehnten an der Mauer. In der Nähe der Tür war ein Schild der Firma »Huber-Bau« montiert, wie das bei Baustellen üblich war. Dieser Betrieb war der Platzhirsch im Gasteiner Tal. Die meisten Neu- und Umbauten liefen über dieses Unternehmen, das in Dorfgastein, also weiter vorne im Tal, seinen Standort hatte.

Valerie blieb am Brunnen vor dem Haus stehen, formte mit den Händen eine Schale und trank ein paar Schlückchen des Heilwassers, das herrlich kühl war.

»Kann ja nicht schaden«, meinte sie zu Nora, die sie skeptisch beobachtete.

»Wie du meinst.«

Beide blickten sich um. Weit und breit war keine Menschenseele zu sehen, obwohl vom Hausinneren Geräusche zu hören waren. Valerie rüttelte an der Tür, die jedoch verschlossen war, und ging dann ein paar Stufen zu einer kleinen Terrasse an der Seite des Hauses hinauf, in der Hoffnung, vielleicht dort auf den Zen-Meister zu treffen. Doch sie wurde enttäuscht. Schmidt war nirgends zu entdecken.

»Wahrscheinlich ist er bereits nach Nürnberg zurückgekehrt. Er hat doch beim Vortrag gemeint, dass er mit Krause zwischen Deutschland und Österreich pendeln wird, bis hier alles fertig ist. Lass uns lieber losmarschieren.« Nora wandte sich um.

»Dann möchte ich mir zumindest noch Prospekte holen. Ich hab gesehen, dass auf der Fensterbank ein Plexiglaskasten mit Infomaterial steht.«

»Willst du das Klosterprojekt finanziell unterstützen?«, fragte Nora neugierig.

»Ich denke schon. Spendengelder brauchen sie sicher dringend. Hier muss noch so viel gemacht werden.« Sie zeigte auf das Haus, dessen Renovierung wohl noch ein nettes Sümmchen verschlingen würde. »Und dem Verein möchte ich ebenfalls beitreten. Ich will mir aber vorher alles in Ruhe durchlesen.«

»Eine Mitgliedschaft kann ich mir auch gut vorstellen. Ich hab mir die Woche schon einige von Schmidts Videos auf YouTube angesehen. Der Typ hat so eine genial entspannte Art, dass sogar ich ruhig werde bei diesem Zazen.«

»Zazen? Was soll das denn sein?« Das Wort sagte Valerie gar nichts.

Nora setzte ihren strengen Lehrerinnenblick auf. »Das hat der Meister höchstpersönlich beim Vortrag erwähnt. Wo warst du denn da mit deinen Gedanken?«

Valerie spürte, dass sie leicht errötete. »Ich werd halt schon ein bisschen vergesslich. Oder ich hab nicht so gut aufgepasst.«

»Schön, dass du beides zugibst. Also hör zu: Unter Zazen versteht man die Meditation im Sitzen. Anscheinend ist Buddha vor zweitausendsechshundert Jahren auf diese Weise erwacht. Man achtet dabei genau auf die Haltung, die Atmung und auf die Gedanken, die kommen und gehen. Man soll sich ohne Ziele und Erwartungen hinsetzen. Das ist das Geheimnis dabei.«

Valerie sah Nora fragend an.

»So hab ich das zumindest verstanden. Ist jetzt auch egal, ich bin ja schließlich kein Profi. Sieh dir einfach selbst die Videos an. Allein schon seine Ausstrahlung ist der Hammer. Ein wenig wie der junge Brad Pitt in ›Sieben Jahre in Tibet‹«, meinte Nora und hob anerkennend die Augenbrauen.

»Der hatte aber im Gegensatz zu Schmidt volles Haar«, gluckste Valerie. »Der Vergleich kommt mir leicht übertrieben vor, obwohl ich diese stechend hellblauen Augen auch anziehend finde. Die haben was Magisches an sich.«

»Gut, dass Viktor das nicht hören muss.« Noras Gekicher übertönte nun das Plätschern des Brunnens, woraufhin Valerie ihr einen Stupser auf den Oberarm gab und mit den Augen rollte. »Was du schon wieder denkst. Ich bin mit meinem Viktor vollauf glücklich und zufrieden. Aber es haben halt auch andere Männer schöne Augen. Das wird man wohl noch sagen dürfen.«

»Ist schon gut. Themenwechsel. Zurück zu den Flyern. Nimm mir doch bitte auch einen mit.«

Valerie trat ans Fenster neben der Eingangstür, öffnete den Kasten, zog zwei Exemplare heraus und stopfte sie in ihre Tasche. »Schon erledigt. Und jetzt lass uns gehen. Auch wenn abgeschlossen ist, sind die Leute von ›Huber-Bau‹ wohl fleißig, die wollen wir nicht stören. Die sind echt laut da drinnen. Momentan ist es noch kein Haus der Stille.«

Tatsächlich waren durch die gekippten Fenster, die mit Plastikplanen von innen verhängt waren, unüberhörbare Bohrgeräusche und ab und zu ein lautes Hämmern zu vernehmen. Valerie wandte sich vom Gebäude ab, packte ihre Stöcke und stiefelte voran.

***

Als sie ungefähr auf Höhe der Oberen Astenalm angekommen waren, überlegten sie, ob sie einkehren sollten. Die Versuchung war groß, der Duft nach Kaffee zog jetzt am Nachmittag bis zu ihnen zur Forststraße hoch – zumindest bildete Valerie sich das ein –, und herrliche Bauernkrapfen gab es hier obendrein. Doch schließlich gewann die Vernunft. Den sportlichen Effekt würden sie mit den Krapfen gleich wieder zunichtemachen. Diese Woche aßen sie ohnehin ständig etwas Süßes, da war es besser, nicht einzukehren. Da die alte Nassfeldstraße nach Sportgastein wegen massiver Unwetterschäden gesperrt war und sie in diese Richtung nicht weiterkamen, drehten sie um und walkten flotten Schrittes zum Auto retour. Dort stellten sie gemeinschaftlich fest, dass die Strecke zu kurz gewesen war und sie Lust hatten, noch ein wenig länger an der frischen Luft zu bleiben. Somit machten sie sich zu Fuß auf den Weg ins Zentrum von Böckstein.

Als sie an der Klosterbaustelle vorüberstöckelten, nahm Valerie an der Rückseite des Hauses eine Bewegung wahr. Nur fünf oder sechs Meter trennten hier das Gebäude vom umliegenden Wald, wo sie einen Schatten gesehen hatte. Es hatte so gewirkt, als ob sich dort etwas oder jemand im Gebüsch versteckt hätte, als Nora und sie des Weges gekommen waren. War es ein Reh, das sie aufgeschreckt hatten? Gut möglich, aber Valeries Instinkt sagte ihr etwas anderes.

»Was ist los? Warum schaust du so, als ob du einen Geist gesehen hättest?« Nora hielt an und zupfte sie am Ärmel ihrer Jacke. »Hallo, Erde an Valerie. Kannst du mich hören?«

»Pst, nicht so laut. Natürlich kann ich dich hören. Komm schon, lass uns ein Stück weitergehen. Hier können wir nicht stehen bleiben.«

»Aber warum?« Nora sah sie erstaunt an. »Den paar Autos, die hier pro Tag durchfahren, werden wir ja gerade noch rechtzeitig ausweichen können, sollte eines unseren Weg kreuzen. Wir stören hier doch niemanden.«

»Nein, natürlich nicht. Das ist nicht der Punkt. Komm jetzt.« Valerie zerrte Nora weiter, bis sie von den Bäumen des Wäldchens verdeckt waren.

»Na, hör mal, was soll denn das?«

»Ich glaube, dass dort hinten jemand ums Haus herumschleicht. Ich hab einen dunklen Schatten zwischen den Bäumen verschwinden sehen«, flüsterte Valerie.

»Da treibt sich einer rum? Bist du sicher?« Inzwischen hatte auch Nora ihre Stimme gesenkt.

»Noch nicht, aber ich würde es gern rausfinden. Verstecken wir uns dort hinter der dicken Buche. So haben wir einen freien Blick auf die Rückseite des Gebäudes und werden selbst nicht gleich entdeckt.«

Vorsichtig huschten die beiden Freundinnen über den Wiesenstreifen, der zwischen Zufahrtsstraße und Wald lag. Hier im Schatten war das Gras feucht, und Valerie spürte alsbald, dass die Nässe ihre Schuhe durchdrang, ein Gefühl, das sie nicht ausstehen konnte. Doch der Moment war nicht dazu geeignet, um sich darüber zu ärgern. Wie war das im Zen-Buddhismus? Die Gedanken kommen und weiterziehen lassen, hatte Nora gesagt. Das war der richtige Ansatz. Sie positionierten sich an der vereinbarten Stelle und sprachen kein Wort.

Gerade als Valerie kurz nach oben schaute, weil sie den Eindruck hatte, dass ein Uhu im Baum über ihnen seinen Ruf in den Wald schickte, stieß Nora sie in die Rippen. »Schau mal, du hattest wie immer recht. Dort drüben.«

Valerie fuhr der Schreck in die Glieder. Wie konnte das sein? Die Person dort vorne an der Hausecke kam ihr nur allzu bekannt vor. Das war zumindest der Kleidung nach eindeutig der Kapuzenmann, dem Viktor und sie vor Hertleins Zimmer begegnet waren. Was tat er hier, und warum war er mit einer riesigen Kamera ausgerüstet? Sie überlegte fieberhaft. War er ein Dieb, der in Häuser einstieg und sie zuvor auskundschaftete? Hier war bestimmt einiges an Werkzeugen und Maschinen zu holen. Das musste der Grund sein. Dann war es wahrscheinlich nur Zufall gewesen, dass er in die Pension Graukogel eingebrochen und im Zimmer eines Mordopfers gelandet war. So ein Halunke. Bei Gelegenheit musste sie ihre Beobachtung Erwin mitteilen und fragen, ob es in letzter Zeit vermehrt Einbrüche im Ort gegeben hatte. Als ob ein einziger Kriminalfall nicht schon aufregend genug wäre. Valerie blies frustriert die Luft durch die Nase. Gleich mehrere Kriminelle in dem ansonsten beschaulichen Bad Gastein konnten sie echt nicht gebrauchen, wo doch schon einer zu viel war.

Sobald der Kerl um die Ecke verschwunden war, rannten Valerie und Nora, so leise es ging, zurück zum Auto. Daran, ihre Runde fortzusetzen, war im Moment nicht zu denken. Um möglichst schnell zu sein, machten sie sich nicht einmal die Mühe, die Stöcke in den Kofferraum zu legen. Nora nahm sie einfach mit nach vorne, Valerie startete den Wagen, aktivierte die Zentralverriegelung und fuhr ungewohnt zügig los. So zügig, dass bestimmt der Schotter spritzte. Von dem Mann mit der schwarzen Kapuze war weit und breit nichts mehr zu sehen, nichtsdestotrotz hatte er Valerie Angst eingejagt. Außer ihnen und den Arbeitern von »Huber-Bau«, die bei dem Lärm, den sie im Haus veranstalteten, nichts mitbekommen würden, war kein Mensch hier. Sie wollte diesem Typen lieber nicht persönlich begegnen. Wer wusste schon, wie er reagieren würde.

Kaum hatte sie das Hotelgelände passiert und war die Zufahrtsstraße hinaufgefahren, entspannte sie sich ein wenig und schilderte Nora in wenigen Sätzen ihre Theorie. Auf der Rückfahrt hingen beide ihren Gedanken nach. Die Beobachtung hatte sie aus dem Konzept gebracht und ein ungutes Gefühl in der Magengegend hinterlassen. Immer wieder fragte Valerie sich, wer der Mann war und vor allem, was er hier im Tal vorhatte.

∗

»Puh, auf den Schrecken hin brauche ich jetzt was für die Nerven«, platzte Nora heraus, als sie gerade am Bahnhof Bad Gastein vorüberfuhren. Stillschweigend hatte Valerie nicht den Weg zu Noras Wohnung gewählt, sondern war Richtung Grand Hotel unterwegs.

»Was hältst du davon, wenn wir ins Café Elisabeth rübergehen und schauen, ob vielleicht noch ein wenig von der gestrigen Malakofftorte vom Wettbewerb übrig ist? Das wäre jetzt genau das Richtige. Ich hab zittrige Knie, obwohl ja genau genommen gar nichts Schlimmes vorgefallen ist. Aber dieser Mann ... ich weiß nicht ... der ist mir irgendwie unheimlich.«

»Zu Recht, meine Liebe. Was schleicht der auch überall so verstohlen rum?« Nora wirkte entrüstet. »Ich bin der Meinung, ein Kaffeetscherl und was Süßes würden uns guttun. Das Café Elisabeth liegt sowieso neben der Parkgarage. Einen Besuch dort sollten wir uns auf jeden Fall gönnen.«

»Und was ist mit unserem Training? Die Runde bis zur Astenalm war etwas kurz, oder?« Ein Anflug schlechten Gewissens übermannte Valerie.

Nora sah das viel lockerer. »Papperlapapp. Kurz oder nicht. Im Moment läuft sowieso nichts nach Plan. In Ausnahmesituationen muss man eben flexibel sein, meine Liebe. Unser Trainingsprogramm ist definitiv zweitrangig. Mir persönlich steht der Sinn jetzt viel mehr nach was Süßem als danach, noch weiter durch die Gegend zu walken. Ich bekomme schon beinahe Bammel davor. Jedes Mal, wenn wir in den letzten Tagen losmarschiert sind, ist irgendetwas Ungewöhnliches passiert. Beim ersten Mal der Mord, beim zweiten Mal das Blut, und zu guter Letzt haben wir diesen unheimlichen Kerl entdeckt, den du schon in der Pension gesehen hast. Vielleicht sollten wir lieber keinen Sport mehr machen. Das könnte doch ein Zeichen sein, dass das nicht gut für uns ist.«

»Das ist echt die dämlichste Ausrede, die ich seit Langem gehört habe. Das kann wirklich nur dir einfallen, Nora. Wir werden schön brav an unseren Walking-Runden festhalten. Ein Kompromiss wäre aber, so lange damit auszusetzen, bis der Mörder gefasst und dieser Kapuzentyp wieder aus dem Ort verschwunden ist.« Valerie fand das eine gute Lösung.

»Damit kann ich mich anfreunden. So machen wir's.« Nora schien zufrieden. Sie steuerte zielstrebig einen der kleinen Tische im Freien an und ließ sich dort nieder.

Just in diesem Moment ertönte aus Valeries Bauchtasche die Melodie von Bobby McFerrin, die einen eingehenden Anruf signalisierte.

Einige Passanten drehten sich verwundert zu ihr um, begannen aber zu lächeln, als der Refrain einsetzte. Diese Wirkung hatte das Lied bei fast allen, das hatte Valerie inzwischen festgestellt. Beschwingt nahm sie das Gespräch an, als sie Dorotheas Namen am Display sah, und begrüßte sie.

Die Kripobeamtin kam nach einigen höflichen Einleitungssätzen schnell zum Punkt. »Es gibt Neuigkeiten, Valerie, leider nicht nur gute.«

Bei dieser Aussage rutschte Valerie das Herz in die Hose. Was würde jetzt wohl kommen? Schnell setzte sie sich hin und lauschte ängstlich.

»Erstens haben wir die Auswertung der Fingerabdrücke. Wie zu erwarten, stimmen die von Georg Baiers Sachen in seinem Zimmer eindeutig mit denen auf der Sonnenbrille und dem Fahrrad überein. Das ist keine große Überraschung, aber doch eine wichtige Bestätigung unserer Vermutungen. Die DNA-Analyse dauert, wie befürchtet, noch etwas.« Dorothea räusperte sich und sprach nicht weiter.

Valerie wurde unruhig. »Und was ist nun die schlechte Nachricht?« Es war, als ob Valerie Dorotheas Gesicht sehen könnte. Vor ihrem inneren Auge hatte sie klar den Ausdruck, den diese immer aufsetzte, wenn sie jemandem etwas mitteilen musste, das ihr unangenehm war. Ihre Anspannung war sogar übers Telefon spürbar. Die Stille, die in der Leitung herrschte, sagte mehr als tausend Worte. »Lass mich bitte nicht so zappeln, Dorothea. Sag schon. Was ist los?«

Valerie hörte ein Schlucken, bevor die Kripobeamtin erneut zu sprechen begann. »Es geht um deinen Schwager. Erwin müsste in diesem Moment bei ihm im Hotel ankommen. Er wird ihn wieder mitnehmen. Wir haben von den deutschen Kollegen inzwischen die ersten Unterlagen zu unserem Opfer bekommen und mühsam durchgearbeitet. Und daraus ergibt sich eine Verbindung zwischen Hertlein und ihm. Welche genau, das darf ich dir nicht verraten, aber da er steif und fest behauptet hat, den Mann nicht zu kennen, sieht es natürlich nicht gut für ihn aus. Ich wollte, dass du es von mir persönlich erfährst, nicht über den Gasteiner Buschfunk.«

Valerie spürte das kleine, verzweifelte Lächeln, das Dorothea vermutlich bei den letzten Worten zeigte, doch die Nachricht, die sie ihr eben mitgeteilt hatte, war erschütternd. Sie fragte nicht nach. Das würde nichts bringen, so gut kannte sie die Ermittlerin. Deshalb beendete sie so schnell als möglich das Gespräch und vergrub das Gesicht in den Händen. Diese Wendung der Geschichte hatte sie wahrlich nicht vorhergesehen. Christian stand wieder am Pranger. Täuschten sie sich alle in ihm? Sie konnte es eigentlich nicht glauben, aber wer wusste das schon außer ihm selbst …

ELF

Valerie hatte kaum schlafen können und war wie gerädert, als sie am Samstagmorgen auch noch viel zu früh aufwachte. Das Wetter hatte sich erneut eingetrübt. In der Nacht musste es schon wieder stark geregnet haben, das hörte sie am Geräusch des Wasserfalls, als sie das Fenster öffnete. Dass sich die Sonne an diesem Tag nicht mehr zeigen würde, wusste sie bereits jetzt im Morgengrauen. Wenn man wie sie das ganze Leben hier verbracht hatte, erkannte man solche Details auch ohne Wetter-App auf dem Handy. Gähnend rieb sie sich den Schlaf aus den Augen und lauschte auf das geliebte Tosen. Vielleicht nahmen andere den Unterschied in der Geräuschkulisse nicht wahr, aber sie tat es, hatte es schon als Kind beherrscht. Die Wassermenge, die heute die Felsen herabstürzte, war eindeutig größer als am Abend zuvor.

Über den Luxus, von ihrer Wohnung aus auf dieses Naturschauspiel schauen zu können, freute sie sich täglich aufs Neue. Es war etwas ganz Besonderes. Jeden Morgen war es ein Muss, kurz dem Wasser zu lauschen oder es zu betrachten, sofern es bereits hell genug dazu war, fast so, als ob sie einen guten Freund begrüßen würde. Andere hätten sie deshalb wohl für verrückt gehalten, doch das störte sie nicht.

Nach ein paar tiefen Atemzügen am Fenster schlurfte sie ins Badezimmer. Lange war sie am Vorabend mit Viktor zusammengesessen, um mit ihm die neueste Entwicklung durchzusprechen. Zutiefst erschüttert hatte er noch mit Bärbel und seinen Eltern telefoniert, die natürlich ganz aus dem Häuschen waren, weil Christian erneut festgenommen worden war. Außer dass es irgendeine Verbindung wegen einer betrügerischen Investition in Deutschland vor einigen Jahren gab, wussten sie nichts. Nur, dass es dabei um eine Summe im fünfstelligen Bereich ging, die Christian verloren haben sollte. Die Frage, ob er denn damals nichts davon erzählt habe, hatten sie verneint.

Das war typisch für Valeries Schwager. Er machte am liebsten alles mit sich selbst aus. Sollte er tatsächlich eine Fehlinvestition getätigt haben, hätte er das nicht an die große Glocke gehängt. Aber konnte ein fünfstelliger Betrag wirklich ein Motiv für einen Mord sein, noch dazu Jahre später? Und wie passte Georg Baier in dieses Bild? Er war zu dem Zeitpunkt verschwunden, als Christian von der Polizei festgehalten wurde. Damit konnte ihr Schwager folglich nichts zu tun haben. Das mussten doch auch Erwin und Dorothea erkennen. Valerie war mit Viktor zigfach die Fakten durchgegangen. Doch es wollte ihnen einfach keine logische Erklärung für all die Vorkommnisse der letzten Tage in den Sinn kommen. Nichts passte so richtig zusammen. Es war zum Aus-der-Haut-Fahren.

Aus diesem Grund beschloss sie, dass sie Ablenkung brauchte. Rasch schlüpfte sie in Jeans und T-Shirt und begab sich in die Küche. Nach all dem Süßkram in dieser Woche hatte sie Lust auf etwas Würziges. Da es noch so früh war und alle anderen selig schlummerten, würde sie die Zeit nutzen und einen großen Topf Erdäpfelgulasch fürs Mittagessen zubereiten. Für alle Gulascharten galt nämlich, dass sie aufgewärmt noch besser schmeckten als frisch gekocht. Da wurde die Zusammensetzung der einzelnen Gewürze erst so richtig harmonisch im Geschmack.

Sie band sich eine Schürze um und schnappte sich eine CD von Rainhard Fendrich, die sie in den Player einlegte. Seine Austropop-Songs würden ihr mit Sicherheit guttun, so wie immer. Sie kannte die Texte in- und auswendig, seit sie Andi im ersten Lebensjahr unzählige Male in der Nacht zu genau diesen Liedern durchs Wohnzimmer getragen hatte, um ihn in den Schlaf zu wiegen. Nichts hatte ihn so beruhigen können wie die »Strada del Sole« oder »I am from Austria«. Valeries eigener Favorit war hingegen »Tango Korrupti«. Noch immer hörte sie die Songs gern. Fendrich war einfach ein Urgestein der österreichischen Musikszene und hatte Valerie schon über einige harte Stunden hinweggeholfen. Wenn sie lautstark mitsang, kamen ihre Gedanken zum Stillstand, was in manchen Situationen wie Balsam für die Seele war.

Etwas betreten fiel ihr bei den ersten Klängen der Gitarre ein, dass sie es auch, anstatt zu kochen und zu singen, mit Zazen hätte probieren können. Kurz war sie versucht, die Schürze wieder abzunehmen, die CD abzuschalten und sich eines von Schmidts Videos zu Gemüte zu führen, doch dann stellte sie selbstkritisch fest, dass das Prinzip »Gedanken kommen und wieder ziehen lassen« an diesem Morgen wohl nicht funktionieren würde. Dazu müsste sie in der Meditation schon weitaus geübter sein. Da war der »Tango Korrupti« wohl die bessere Alternative und passte ja auch auf skurrile Weise – wenn es tatsächlich stimmte, dass Christian Opfer eines Finanzbetrugs geworden war, ohne dass sie alle davon gewusst hatten.

Schwungvoll öffnete sie den Kühlschrank und diverse Laden, um alles, was sie brauchte, bereitzustellen, dann begann sie damit, eine große Menge Zwiebeln klein zu schneiden, die sie anschließend in geschmacksneutralem Öl anbriet. In den TV-Kochsendungen wurden Zwiebeln immer nur glasig geröstet, sie selbst hatte von ihrer Großmutter, der sie liebend gern in der Hotelküche geholfen hatte, gelernt, dass die meisten Gerichte viel »g'schmackiger« wurden, wie sie das ausgedrückt hatte, wenn man die Zwiebeln kräftig anröstete, sodass sie etwas Farbe bekamen. Diese Tradition hatte sie übernommen, egal, was die Fernsehköche rieten und was ihr in der Hotelfachschule im Kochunterricht beigebracht worden war.

Es dauerte nicht lange, da schob sie den Topf von der heißen Herdplatte, wartete kurz, damit das Ganze ein klein wenig abkühlen konnte, und fügte dann das Paprikapulver hinzu. Dieses musste untergerührt werden, durfte sich dabei aber nicht zu stark erhitzen, damit der Geschmack nicht bitter wurde. Sofort löschte Valerie mit einem Schuss Essig ab, goss mit Gemüsebrühe auf und stellte den Topf wieder auf die warme Platte. Nun kamen die Erdäpfel an die Reihe, ein österreichischer Ausdruck für Kartoffeln, den Valerie liebte und der sie stets an die französische Übersetzung *Pommes de terre* erinnerte. Sie schnitt sie in kleine Würfel und warf sie in den Gulaschansatz. Dann würzte sie mit Pfeffer, Majoran, Knoblauch und Kümmel, gab noch zwei Lorbeerblätter dazu und legte einen Deckel auf den Topf, damit alles in Ruhe vor sich hin köcheln konnte. Die klein geschnittenen Frankfurter Würstel, die in Deutschland Wiener Würstchen hießen und zum Erdäpfelgulasch dazugehörten, würde sie erst gegen Schluss hinzufügen. Für Lea und sich selbst würde sie davor zwei Portionen zur Seite stellen. Sie beide ernährten sich nämlich seit Jahren fleischlos. Da bot sich so ein Gericht besonders gut an, um nicht die doppelte Arbeit beim Kochen zu haben.

Valerie lief jetzt schon das Wasser im Mund zusammen. Durch die Erdäpfel wurde der Eintopf schön sämig, und gegessen wurde er meist mit dunklem Brot oder Semmeln, je nach Vorliebe. Ein perfektes Mahl, das vermutlich ursprünglich aus Ungarn stammte, inzwischen aber nicht mehr aus Österreich wegzudenken war.

Zufrieden räumte Valerie die Küche auf, während sie lautstark »I am from Austria« mitsang, rührte zwischendurch im Topf, richtete noch ein kleines Frühstück für ihre Lieben, stieg unter die Dusche und zog sich dann für die Arbeit an. Obwohl sie im Hotel fast immer Dirndlkleider trug, hatte sie an diesem Morgen keine Lust dazu. Wer wusste schon, was sie untertags erwartete. Womöglich musste sie in Sachen Christian schnell wohin düsen, dann wären Jeans eindeutig praktischer. Sie suchte ein frisches Paar aus dem Schrank, schlüpfte in eine tailliert geschnittene weiße Trachtenbluse mit Zierstickerei und zog eine Joppe aus dunkelgrauem Strichloden darüber, deren Taschennähte und Stehkragen in einem wunderschönen Grün gefertigt waren, das perfekt zu Valeries Augenfarbe passte. Schnell band sie ihr Haar zu einem Pferdeschwanz zusammen und begutachtete sich zufrieden im Spiegel. Dieses Outfit war sportlich-elegant und dennoch trachtig, das musste genügen.

Als sie kurz darauf die Speisekammer betrat, wo sie Nellys Futter aufbewahrte, kam die kleine Mischlingsdame auch schon angetrabt. Wie üblich hatte sie so lange in ihrem Bettchen geschlafen, bis sie die entsprechende Tür hörte. Sie stellte sich vor Valerie und streckte sich genüsslich, wobei ihr Ringelschwänzchen, das an kleine Ferkel erinnerte, steil nach oben ragte. Freudig begann sie zu wedeln, als Valerie ihren Napf füllte.

Während Nelly ihr Frühstück genoss, schlüpfte Valerie in Schuhe und Mantel und griff nach der Leine. Bevor sie unten im Büro ihren Arbeitstag begann, wollte sie noch ihre Morgenrunde mit der Hündin drehen.

***

Beim Verlassen des Hotels schreckte Nelly jedoch zurück und machte einen Satz nach hinten. Mit ohrenbetäubendem Lärm schossen nämlich ein Notarztwagen und Erwins Polizeiauto an ihnen vorüber. Blaulicht und Martinshorn ließen keinen Zweifel daran, dass etwas Ungewöhnliches passiert war. Bei diesem Anblick überkam Valerie ein mehr als ungutes Gefühl, denn Erwin hatte sie beim Vorbeifahren nicht einmal wahrgenommen. Stur hatte er geradeaus geblickt, ein Zeichen höchster Anspannung. Es musste sich um ein tragisches Ereignis handeln, das war zumindest zu befürchten.

»Schnell, Nelly, wir müssen rauskriegen, wohin sie fahren. Ich will wissen, was passiert ist.« Sie ignorierte die irritierten Blicke eines Hotelgastes, der eben mit einer Zigarettenpackung vor die Tür getreten war, und sprach weiter mit ihrer kleinen Hündin. Die zugegebenermaßen einseitige Unterhaltung half ihr ein klein wenig gegen die Nervosität, die sie zu übermannen drohte. »Ich hoffe, es ist nichts Schlimmes. Lass uns vorne um die Ecke Richtung Kirche schauen. Vielleicht sehen wir da mehr.«

Im Laufschritt eilte sie am Gebäude entlang und bog links um die Kurve. Sie brauchte nicht weit zu gehen, um zu erkennen, dass die Einsatzfahrzeuge wieder einmal die versteckte Straße hinter dem Gotteshaus nach unten zum Wasserfall nahmen. Das alte Kraftwerk versperrte ihr jedoch die Sicht auf das, was dort in der Senke geschah. Über eine Metalltreppe, die zum Quellpark führte, und den geschotterten Weg, der sich in Serpentinen bis hinunter schlängelte, rannte sie bergab, umrundete das Kraftwerksgebäude und blieb schnaubend vor der Terrasse des Turbinencafés stehen.

Dort war um diese Uhrzeit noch abgesperrt. Rasch lief sie die meterhohe Wand aus Holz entlang, die hier vor einigen Jahren errichtet worden war, um die Fußgänger vor der Gischt der Ache zu bewahren. Als sie an deren Ende ankam, bot sich ihr ein allzu vertrautes Szenario. Sanitäter und Arzt eilten mit ihrem Equipment über die Felsen zu dem natürlichen Becken hinunter, das sich am Fuß des Wasserfalls gebildet hatte. Einige Polizisten begannen eben damit, den Bereich großräumig mit Absperrband abzuriegeln und die wenigen Schaulustigen, die um diese Tageszeit schon unterwegs waren, zurückzudrängen. Bevor sie bei Valerie ankamen, nutzte sie flugs die Gelegenheit, band Nelly an einem Pfosten fest und huschte den Sanitätern hinterher.

Wie erwartet, stand Erwin bereits unten am Ufer. Mit seinem Handy schoss er Foto um Foto. Neben ihm lag etwas Großes, Dunkles halb an Land, halb im Wasser. Was war das? Valerie schalt sich in einem stillen Monolog. Diese Frage konnte sie sich wahrlich selbst beantworten. Und sie sollte wohl eher lauten: Wer war das? Denn solch ein Aufwand wurde nur betrieben, wenn ein Mensch zu Schaden gekommen war.

Sie verringerte ihr Tempo, ignorierte die Rufe eines jungen Beamten, der sie zurückpfeifen wollte, und kletterte vorsichtig weiter über die nassen Steine. Erschüttert beobachtete sie, wie die Sanitäter die Person an Land zogen. An der Art, wie sie mit ihr umgingen, war deutlich erkennbar, dass sie nicht mehr lebte. Dennoch würde der Notarzt den Tod offiziell feststellen müssen.

Valerie kannte dieses Prozedere leider viel zu gut. Wenn diesem Menschen schon nicht mehr geholfen werden konnte, wünschte sie sich zumindest, dass es sich hier um einen Unfall handelte. Womöglich war jemand weiter hinten im Tal in die Ache gestolpert und von den Fluten mitgerissen worden. Bei Hochwasser war das ein fast sicheres Todesurteil. Rasant schoss das Treibgut auf den Wasserfall zu und wurde dort gegen die Felsen geschleudert, immer und immer wieder. Die Überlebenschance war gleich null. Die Wucht war einfach zu groß, und an manchen Stellen glich das Schauspiel einem Hexenkessel, aus dem es kein Entrinnen gab.

So ein Unfall war überaus tragisch, aber immerhin besser als Selbstmord. Den fand sie für etwaige Angehörige viel erschreckender. Die Tatsache, dass es sich auch um Mord handeln konnte, um eine Tat, die womöglich in direktem Zusammenhang mit dem Schuss auf Hertlein stand, ließ sie schaudern. Diesen Gedanken verdrängte sie gleich wieder.

Vorsichtig näherte sie sich weiter der Gruppe unten am Becken. Als sie einen kurzen Schrei ausstieß, weil sie beinahe auf den nassen Felsen ausgerutscht wäre, wandten sich alle zu ihr um.

»Das hätte ich mir ja denken können. Valerie, was machst du denn schon wieder hier?« Erwin kam ihr entgegen und beäugte sie mit einer Mischung aus Strenge und Resignation.

»Ich war gerade unterwegs, als ich euch gesehen habe. Da wollte ich mal schauen, was los ist und ob ich irgendwie helfen kann.«

»Dem armen Kerl da unten«, er zeigte mit der Hand hinter sich, »kann niemand mehr helfen. Der muss irgendwann am späten Abend oder in der Nacht den Wasserfall hinuntergedonnert sein. Keine Chance, das zu überleben. Ein Spaziergänger hat ihn entdeckt und uns alarmiert. Am besten, du gehst wieder heim. Hier kannst du nichts tun. Außer …«

Valerie, die sich schon enttäuscht verabschieden wollte, blieb stehen und sah ihn erwartungsvoll an. Das Wort »außer« war offensichtlich von Bedeutung, selbst wenn Erwin eine Sprechpause einlegte. So gut kannte sie ihn.

»Außer«, fuhr er schlussendlich fort, »du siehst dir den Mann kurz an. Schließlich kennst du viele Leute. Mir persönlich kommt er nicht bekannt vor. Ich glaub, das ist keiner von uns, aber wer weiß …« Er räusperte sich und zeigte zu der Stelle, wo sie den Leichnam an Land gezogen hatten.

Als Valerie stumm nickte, drehte er sich vorsichtig um und ging ihr voraus. Je weiter nach unten sie gelangte, desto besser musste sie achtgeben, um nicht auszurutschen. Dennoch dauerte es nicht lang, bis sie direkt hinter dem Arzt zum Stehen kam. Noch fehlte ihr der Blick auf den Verunglückten, sie musste sich ein wenig gedulden, bis der Mediziner seine Arbeit vor Ort beendet hatte. Doch als dieser aufstand und einen Schritt zur Seite trat, um mit Erwin über seine ersten Erkenntnisse zu sprechen, blieb Valerie beinahe die Luft weg. Unkontrolliert begannen ihre Hände zu zittern, Adrenalin schoss durch ihren Körper.

Es war der Kapuzenmann, den sie am Vortag hinten in Böckstein beim alten Hotel gesehen hatte. Sie erkannte ihn eindeutig an der Kleidung. Der Oversize-Pullover hatte einen markanten Aufdruck an der Vorderseite. Eine Verwechslung war ausgeschlossen. Regungslos blieb sie vor dem zerschundenen Körper stehen. Eine klaffende Kopfwunde und Abschürfungen waren schon bei oberflächlicher Betrachtung sichtbar. Vermutlich kamen massive Prellungen und weitere Verletzungen hinzu, die Valerie jedoch unter der schwarzen, zum Teil zerrissenen Kleidung nicht ausmachen konnte. Der wilde Ritt über die zahllosen Felsen des mächtigen Wasserfalls hatte deutliche Spuren hinterlassen. Gebannt starrte sie den Toten an, während sie darum bemüht war, ihre Gedanken unter Kontrolle zu bringen.

»Alles in Ordnung bei dir, Valerie? Du bist so blass um die Nase. Ist kein schöner Anblick, oder?« Erwin hatte das Gespräch mit dem Arzt beendet und widmete seine Aufmerksamkeit nun wieder ihr. Beruhigend legte er ihr die Hand auf die Schulter, eine freundschaftliche Geste, die ihr in diesem Moment tatsächlich Halt gab.

Sie musste sich regelrecht dazu zwingen, sich von dem Toten ab- und Erwin zuzuwenden. »Nein, ist wirklich kein schöner Anblick, aber das ist es nicht, was mich so aufwühlt. Du wolltest wissen, ob ich ihn kenne.« Sie legte eine kleine Pause ein, weil ein Teil dessen, was sie Erwin zu sagen hatte, gar nicht so einfach war. »Können wir kurz nach oben gehen? Ich muss dir was erzählen.«

Erwin hob fragend die Augenbraue, ging aber schließlich mit einem raschen »Klar, kein Problem« über die Felsen zurück zum Weg. Oben angelangt, erspähte Valerie den dunklen Wagen des Leichenbestatters, der das Wasserfallopfer in die Gerichtsmedizin bringen würde. Eben wurde ein Metallsarg ausgeladen, wie sie ihn aus Krimiserien kannte. Als Erwin sich räusperte, folgte sie ihm ein paar Schritte hinter die hohe Bretterwand, wo das Geräusch des Wassers ein wenig gedämpft war.

»Ich denke, hier können wir reden. Schieß los. Kennst du den Mann? Ist es einer eurer Gäste?«

Valerie strich sich eine blonde Strähne hinter das Ohr, die aufgrund der unzähligen Gischttröpfchen an ihrer Wange kleben geblieben war. Die Antwort, die sie zu geben hatte, war ihr zutiefst unangenehm, schließlich musste sie offen zugeben, dass Viktor und sie in der Pension Graukogel herumgeschnüffelt hatten, doch es half nichts. Betreten sah sie zu Boden und begann zu reden. »Kennen ist zu viel gesagt. Ich hab keine Ahnung, wer er ist und von wo er kommt. Ein Hiesiger ist er nicht, da bin ich ganz sicher.« Sie verstummte.

»Aber?« Erwin kannte Valerie gut genug, um zu wissen, dass das noch lange nicht alles war.

Sie schluckte. »Aber ich bin ihm schon zweimal begegnet. Und ich hab mir gestern Nachmittag vorgenommen, dir beim nächsten Treffen von ihm zu erzählen.«

Erwin verspannte sich. »Mir von ihm zu erzählen? Warum? Das hat wohl einen speziellen Grund, oder?«

»Den hat es, nur ist das gar nicht so einfach.« Sie stockte und merkte, wie ihr die Röte in die Wangen schoss. Sie biss sich auf die Unterlippe und meinte dann zögernd: »Du darfst jetzt bitte nicht sauer sein, wenn ich dir sage, wo ich ihn das erste Mal getroffen habe. Und du musst mir versprechen, Dorothea die Sache behutsam beizubringen. Ich habe ihr noch nicht davon berichtet, und ich fürchte, sie reißt mir den Kopf ab.«

Mit der letzten Aussage hatte sie Erwin ein leichtes Schmunzeln ins Gesicht gezaubert, obwohl das nicht ihre Absicht gewesen war. Sie wusste, dass Dorothea ungehalten sein würde. Und das völlig zu Recht. Es war bestimmt besser, wenn Erwin der Überbringer dieser Botschaft war.

»So schlimm wird's schon nicht sein.« Erwin zwinkerte ihr zu.

»Doch, ist es. Also kurz und gut: Ich habe ihn zum ersten

Mal in Hertleins Zimmer in der Pension Graukogel gesehen. Da haben Viktor und ich ihn wohl gestört, als er dessen Sachen durchsucht hat.«

»Er hat was?« Wie vorherzusehen, klang Erwins Tonfall alarmiert.

»Er hat Hertleins Zimmer durchsucht und ist mit einem Rucksack, der eindeutig nicht leer war, hinausgestürmt, als er uns gehört hat.«

Erwin kratzte sich am Kinn. Bestimmt brauchte er ein wenig, um die Neuigkeit richtig einordnen zu können. »Und was in Teufels Namen habt ihr beide dort gemacht?«

Kleinlaut antwortete Valerie: »Das Gleiche, nur haben wir nichts mehr gefunden. Ehrenwort. Und dann …«

»Und dann?« Erwins Tonfall war drängend.

»… haben wir Dorotheas und deine Stimme gehört. Ihr habt unten mit Christl gesprochen. Diesen Moment haben wir genutzt und sind abgehauen.«

»Und wie habt ihr das hingekriegt, wenn ich fragen darf? Dort gibt es nur die eine Treppe. Da hättet ihr uns direkt in die Arme laufen müssen.«

Die Situation war Valerie mehr als peinlich. Dennoch blieb sie nun bei der Wahrheit, das musste sein. »Wir sind zum Fenster am Gang raus. Darunter stehen die Mülltonnen. Es war ekelhaft, aber wir sind euch entkommen. Nicht auszudenken, wenn ihr uns beim Schnüffeln erwischt hättet.«

»Nicht auszudenken. Ganz recht.« Erwin stieß resigniert die Luft aus. »Ich weiß echt nicht mehr, was ich mit dir anstellen soll, Valerie. Immer wieder steckst du deine Nase in unsere Angelegenheiten. Kannst du nicht endlich damit aufhören? Und Viktor, also dass *er* da mitmacht, das hätte ich nicht erwartet.«

Valerie schluckte die Antwort, dass Viktor es gewesen war, der seinem Bruder helfen wollte, tapfer hinunter. Es änderte nichts an den Tatsachen. Deshalb stellte sie Erwin eine rhetorische Frage. »Meinst du vielleicht, wir sehen zu, wie Christian unschuldig verdächtigt wird?«

Ein Brummen war die Antwort, und Valerie konnte seine

innere Zerrissenheit förmlich spüren. Als Polizist musste er ihre Aktion verdammen, als Freund war sie für ihn wahrscheinlich nachvollziehbar.

Er ging nicht weiter darauf ein, sondern murmelte: »Geschieht euch recht, dass ihr in der Mülltonne gelandet seid. Das ist wohl Karma … Ich hätte euch dabei zu gern gesehen.« Nun zuckte sein Mundwinkel wieder leicht.

»Apropos Mülltonne. Nur damit ich das für mich gedanklich abhaken kann. Die Tatortgruppe hat sich bestimmt auch dort genau umgesehen, oder?«

Nun hatte sie von Neuem Erwins volle Aufmerksamkeit. »Wie kommst du darauf?«

»Ich dachte, das gehört zu eurem Standardprogramm. Oder etwa nicht?« Verunsichert sah sie, wie Erwin langsam den Kopf schüttelte.

»Nur wenn der Verdacht naheliegt, dass wir dort etwas Konkretes finden könnten, was nicht der Fall war. Warum fragst du?«

Innerlich verfluchte sich Valerie nun für ihre Heimlichtuerei. Sie war fest davon ausgegangen, dass Dorothea und Erwin die Schnipsel im Hinterhof gesehen hatten. »Na, weil wir dort was entdeckt haben, was durchaus interessant ist. Wir haben es nicht angerührt und alles so belassen, wie es war, damit es euch gleich ins Auge sticht. Hätte ich gewusst, dass ihr nur das Zimmer durchsucht, dann …«

»Valerie, komm endlich zum Punkt. Was habt ihr dort aufgestöbert?«

»Zerschnittene Zeitungsreste in der Papiertonne, die so aussahen, als hätte jemand einen altmodischen Erpresserbrief gebastelt«, sagte sie leise.

»Einen Erpresserbrief? Und das sagst du mir erst jetzt?«

Kleinlaut antwortete sie: »Ich konnte ja nicht ahnen, dass ihr dort nicht nachschaut.«

Grimmig wischte Erwin auf seinem Handy herum und trat einen Schritt beiseite. Unüberhörbar war es die Pensionswirtin, die er anrief. In seiner Stimme lag Erleichterung, als er das Gespräch beendete und sich wieder ihr zuwandte. »Alles gut, Gott sei Dank. Die Papiertonnen werden erst am Montag geleert, wir haben Glück.«

»Außerdem hab ich ein Foto von den Schnipseln, das kann ich dir schicken.«

»Was du schon lange hättest tun sollen.« Erwin zog mahnend eine Augenbraue in die Höhe. Dann schien ihm etwas einzufallen. »Aber wieder zurück zu unserem Toten. Hast du nicht gesagt, dass die Begegnung in der Pension die erste war? Wo ist dir der Mann denn ein zweites Mal über den Weg gelaufen?« Der Vorwurf, der eben noch mitgeschwungen hatte, war nun aus Erwins Stimme verschwunden, was Valerie innerlich entspannte.

»Das war gestern, hinten in Böckstein. Nora und ich waren mit den Nordic-Walking-Stöcken bei den Astenalmen und haben ihn dabei beobachtet, wie er mit einer riesigen Kamera rund um das alte Hotel an der Evianquelle geschlichen ist. Ich könnte mir vorstellen, dass er ein professioneller Einbrecher war, der im Vorfeld die Gegebenheiten ausspioniert hat. Deshalb wollte ich dir ja von ihm erzählen und fragen, ob in letzter Zeit Einbrüche gemeldet worden sind. Dass er in Hertleins Zimmer gelandet ist, kann ja reiner Zufall gewesen sein.«

»Einbrüche? Eigentlich nicht. Und ehrlich gesagt, glaube ich nicht an solche Zufälle – nicht, wenn wir gerade mitten in einer Mordermittlung stecken.«

»Du meinst, dass der Tote mit der Kapuze wirklich was mit Hertleins Tod zu tun hat? Aber warum sollte er dann im Nirgendwo um eine Baustelle rumschleichen und sich den Wasserfall runterstürzen?«

»Zieh keine voreiligen Schlüsse, Valerie. Wie und warum der Mann in der Ache gelandet ist, wissen wir zum jetzigen Zeitpunkt noch nicht. Es kann ein Unfall gewesen sein, aber genauso gut ein Suizid oder …« Er verstummte.

»Mord? Ein zweiter Mord binnen einer Woche?« Valeries Stimme brach, und sie schlug sich die Hand vor den Mund. Diese Möglichkeit hatte sie bis jetzt versucht auszublenden. Sollte Erwin mit dieser Behauptung richtigliegen, dann würde das alles verändern.

»Hoffen wir, dass der Gerichtsmediziner uns mehr dazu sagen kann als der Notarzt. Bis jetzt ist schließlich unklar, woran der Mann gestorben ist. An der Kopfwunde? An inneren Verletzungen? Er könnte auch ertrunken sein. Das wird sich erst noch zeigen.« Erwin zuckte resigniert mit den Schultern.

»Hatte er eigentlich einen Ausweis bei sich?« Die Identität des Mannes war für die Ermittlungen von besonderer Bedeutung. Gespannt wartete sie auf Erwins Antwort. Doch der schüttelte zu ihrer Enttäuschung den Kopf.

»Das kann ich nicht genau sagen. Bei oberflächlicher Untersuchung der Taschen ist uns nichts in die Hände gefallen. Momentan haben wir also noch keinen Hinweis darauf, wer der Tote ist … äh … war.«

Valerie spürte, dass es im Moment nicht mehr zu sagen gab. Außerdem hörte sie Nelly bereits seit einigen Minuten winseln. Sie musste sie erlösen und den begonnenen Spaziergang fortsetzen. Vielleicht würde das ihren Kopf frei machen, sodass sie wieder klarer denken konnte. Die Fragen und Ungereimtheiten wurden mit jedem Tag mehr. Es war wie ein riesiges Puzzle, bei dem kaum ein Teil ans andere passte. Die Lücken waren einfach zu groß und ließen nicht mal ansatzweise ein Gesamtbild erkennen.

ZWÖLF

»Bitte nicht stören« stand in riesigen Lettern auf dem Blatt, das Valerie an die Tür zum Wohnzimmer geklebt hatte. Um sicherzugehen, dass niemand einfach so reinplatzte, hatte sie obendrein abgeschlossen. Vorsichtig stellte sie den Laptop auf den Couchtisch, breitete ihre Yogamatte aus, legte das Meditationskissen darauf und fuhr das Gerät hoch. Es dauerte nicht lang, bis sie den YouTube-Kanal von Karsten Schmidt gefunden hatte. Die Anzahl seiner Abonnenten haute sie schier um. Beinahe sechshunderttausend waren es, die ihm folgten. Seine ersten Videos hatte er vor rund zwei Jahren hochgeladen. Und ausgerechnet bei ihnen im Gasteiner Tal wollte der Meister sein Kloster errichten. Welche Ehre das war und welche Bereicherung die Einrichtung hier darstellen würde. Valerie konnte es noch immer nicht so recht fassen. Ein Meilenstein in der Entwicklung des Ortes, dessen war sie gewiss. Zudem brachte das Kloster bestimmt regelmäßig Gäste ins Tal, auch das war eine Tatsache, die man nicht außer Acht lassen sollte. Ein schönes Gefühl, bei diesem Projekt von Anbeginn dabei zu sein und sich auch mit einer großzügigen Spende am Erhalt der alten Hotelanlage zu beteiligen. Eine Ausgabe, die zweifellos sinnstiftend war.

Vor Ungeduld übersprang sie das Einführungsvideo, weil sie ohnehin den Vortrag in Bad Hofgastein besucht hatte, und ging prompt zum ersten Meditationsvideo über. Sie zog die Matte ein wenig näher, sodass sie den Laptop von dort aus bedienen konnte, setzte sich im Lotussitz auf ihr Kissen und drückte auf »Play«. Wohltuende Naturklänge erfüllten den Raum und ließen sie innerlich spürbar ruhiger werden. Sie musste dringend abschalten. Seit dem Fund der zweiten Leiche vor einigen Stunden war sie so nervös, dass sie bereits Magenschmerzen davon bekommen hatte. Außerdem war sie schreckhaft und unausgeglichen. Nachdem sie Viktor persönlich und Nora am Telefon von der neuesten Entwicklung erzählt hatte, war sie aufgewühlt im Hotel herumgeirrt, immer auf der Suche nach Ablenkung. Doch leider hatten all die kleinen Handgriffe, die sie erledigt hatte, nicht geholfen, ihre Anspannung abzuschütteln. Karsten Schmidt war somit ihre große Hoffnung, schließlich hatte Nora in den höchsten Tönen von seinen Videos geschwärmt.

Valerie rutschte auf dem Kissen herum, bis ihre Position optimal war, und genoss das leise Wasserplätschern, das Gezwitscher von Vögeln und das Rascheln von Blättern, die sich im Wind bewegten. Auf dem Bildschirm war eine wunderbar idyllische Kulisse zu sehen. Ein Gebirgsbach, der sich durch ein bewaldetes Tal schlängelte, während die Sonnenstrahlen glitzernd in seinem Wasser tanzten. Schon den Einstieg fand Valerie ansprechend. Sie liebte die Geräusche der Natur und merkte auch im Alltagsleben immer schnell, wie gut es ihr tat, bewusst darauf zu lauschen.

Nach einer kurzen Einstimmung kam Karsten Schmidt ins Bild. Er saß mit geschlossenen Augen am Ufer des Baches, doch er redete dabei nicht. Seine Worte, die dennoch zu hören waren, mussten später hinzugefügt worden sein. Sie erklärten alles, luden dazu ein, mitzumachen. Valerie bekam beinahe Gänsehaut bei ihrem Klang. Schmidt sprach betont ruhig, hauchte seine Botschaften beinahe, was regelrecht einlullend wirkte. Sie hätte schwören können, dass allein seine Stimme die Herzfrequenz der meisten Zuseher eklatant senkte. Binnen kürzester Zeit fühlte sie sich deutlich gelöster als vorher, obwohl ihr Leben derart aus den Fugen geraten war.

Sie bemühte sich, den Anregungen des Zen-Meisters so gut als möglich zu folgen, und achtete auf ihren Atem sowie auf ihre Sitz- und Handhaltung. Schmidt nahm jeden Erfolgsdruck von ihren Schultern. Nichts wurde von ihr erwartet … nichts war zu erreichen … Es war wie Balsam für die Seele.

✷✷✷

»Wow, dieser Schmidt ist echt der Hammer. Eine klare Bereicherung für Bad Gastein.« Zwei Stunden später saß Valerie Nora gegenüber. Wie so oft hatten sie es sich im Büro des Grand Hotels gemütlich gemacht, von wo aus Valerie die Rezeption gut im Auge behalten konnte. Auf dem Tisch standen wie üblich ein paar ihrer selbst gemachten Pralinen, die sie in einer Dose im Wandschrank gelagert hatte, und zwei Tassen mit grünem Tee. »Ich sag dir, diese Stimme, die ist mir durch und durch gegangen. Mein Stresslevel ist so schnell gesunken, wie ich es nie für möglich gehalten hätte. Ich fühle mich noch immer herrlich relaxed. Wenn wir regelmäßig zu ihm zum Meditieren gehen, werden wir bald durchs Leben schweben, meinst du nicht?«

Nora kicherte. »Wenn ich es nicht besser wüsste, würde ich sagen, du hast dir einen Joint reingezogen. Kiffen soll die gleiche Wirkung haben. Da ist man absolut tiefenentspannt.«

»Ach, du! So ein Blödsinn. Ich will mir doch nichts reinziehen, aber ein wenig mehr Achtsamkeit und innere Ruhe würden mir schon guttun. *Ich* gehe dort hundertprozentig hin. Was *du* machst, ist deine Sache. Du kannst es gern auch mit dem Joint probieren.« Sie grinste.

»Schwere Entscheidung.« Nora gluckste. »Aber wenn ich es mir recht überlege, werde ich dich lieber begleiten. Allein schon Schmidts Augen sind das Geld wert, das wir für die Mitgliedschaft in seinem Verein zahlen. Da kann kein Joint mithalten.«

Valerie schüttelte ungläubig den Kopf. Sie beide wussten, dass Nora mit Rauchen genauso wenig am Hut hatte wie sie selbst. Und dass sie Anton mit Haut und Haaren verfallen war und die Beziehung zu ihm niemals aufs Spiel setzen würde, wusste Valerie auch. Das ganze Gespräch war also reines Geplänkel, aber es tat gut, wieder mal rumzualbern. Die Situation seit dem Mord im Turbinencafé war belastend genug.

Plötzlich verschwand jedoch das Grinsen aus Noras Miene. »Du, sag mal, hast du eigentlich was von Dorothea gehört? Gibt es schon Neuigkeiten?«

Just in diesem Moment betrat jemand das Hotel und durchquerte die Lobby. Die Schritte am Marmorboden waren unüberhörbar. Valerie schob den Stuhl zurück, entschuldigte sich bei Nora und ging an die Rezeption. Als sie den Ankömmling erkannte, streckte sie noch mal den Kopf zur Tür hinein und meinte mit Schalk in den Augen: »Wenn man vom Teufel spricht …«

Es war Dorothea Oswald, die auf sie zukam. Im Polizeidienst und vor allem bei der Mordkommission musste man eben auch samstags oft arbeiten. Valerie umarmte sie lächelnd und sagte: »Wir haben gerade von dir gesprochen. Nur rein in die gute Stube, Nora ist auch da.«

Die Kripobeamtin schnappte sich einen Stuhl, den sie neben Nora schob, und begrüßte auch sie freundschaftlich. Dann warf sie den beiden Freundinnen einen kritischen Blick zu. »Ihr beide hier zusammen, nachdem in der Früh ein Toter gefunden wurde, das gefällt mir gar nicht. Platze ich unter Umständen in eure kriminalistischen Überlegungen rein? Heckt ihr schon wieder was aus? Soll ich dir zur Sicherheit irgendwo eine Mülltonne aufstellen, Valerie?«

Betreten sah Valerie zu Boden, während Nora laut loslachte. Vielleicht sollte sie sich ein Beispiel an ihr nehmen und alles lockerer sehen. Sie konnte die Zerknirschte spielen oder die Situation entschärfen. Valerie entschied sich für Letzteres. »Ich denke, das wird nicht notwendig sein. Wir hecken gar nichts aus. Wir haben uns gerade darüber unterhalten, ob es besser ist, zur Entspannung zu meditieren oder einen Joint zu rauchen.« Als Dorothea die Gesichtszüge entgleisten, konnte auch Valerie sich ein Grinsen nicht mehr verkneifen. Vielleicht hatte Noras freches Mundwerk schon auf sie abgefärbt.

Dorothea zog skeptisch die linke Augenbraue in die Höhe. »Einen Joint zu rauchen?«

Nora bemühte sich, ihr Gelächter unter Kontrolle zu bringen. Offenbar verspürte sie den Drang, sich zu erklären. »Ach, das war doch nur Spaß. Wir haben tatsächlich fest vor, in Zukunft viel zu meditieren, jetzt, wo wir ein Zen-Kloster bekommen.«

»Und die Augen des Zen-Meisters Nora so gut gefallen«, fügte Valerie mit einem Zwinkern hinzu.

»Ein Zen-Meister mit schönen Augen? Na, vielleicht sehe ich mir den auch einmal an, wenn diese leidigen Todesfälle endlich aufgeklärt sind. Dass die Opfer beide aus Deutschland stammen, ist wirklich zum Verrücktwerden. Das macht unsere Ermittlungen sehr viel komplizierter.«

Nora kicherte trotz des tristen Themas schon wieder. »Das trifft sich gut. Auch das schöne blaue Augenpaar kommt aus Deutschland. Gibt es eigentlich noch Einheimische bei uns?«

Auf diese Frage stieg niemand ein, weil Valerie gleich bei einer wichtigen Information einhakte, die Dorothea zwischen den Zeilen verraten hatte. »Ihr wisst also bereits, wer der zweite Tote war?«

»Schau, schau, du hörst ja recht genau zu, Valerie. Eigentlich dürfte ich euch das gar nicht erzählen. Aber unter gewissen Umständen und da ich ja die Untersuchung leite, könnte ich ein Auge zudrücken, wenn du mir einen Tee und ein paar Pralinen anbietest.«

Das war ein Deal, zu dem Valerie nicht Nein sagen konnte. Hurtig sprang sie hoch und trat an den Schrank, in dem die Miniküche versteckt war. »Heute gar keinen Kaffee?«, rief sie Dorothea über die Schulter zu.

»Nein, danke. In den letzten Tagen habe ich so viel davon getrunken, dass ich meinen Magen schonen muss. Tee ist mir lieber.«

Valerie füllte erneut den Wasserkocher und schaltete ihn ein. »Ich nehme an, Earl Grey, oder?«

»Ja gern. Mit eurem Grüntee kann ich mich nicht so richtig anfreunden. Ich mag's lieber schwarz.«

»Ach, wir beide sind da flexibel. Wir mögen fast alles. Und es gibt tatsächlich kaum einen Tee, der aromatischer duftet als Earl Grey. Grüntee passt allerdings besser zu dieser Zen-Geschichte.«

»Die mich sehr interessieren würde, aber leider noch warten muss. Davon erzählt ihr mir lieber ein andermal.«

Dorothea griff nach einer Kaffeepraline, steckte sie sich in den Mund und schloss genießerisch die Augen, während sie sie auf der Zunge zergehen ließ. »Mmh, deine Schokoladenkreationen sind wirklich mit Abstand das Beste an euren vermaledeiten Mordfällen in Bad Gastein. Also, die und eure Gesellschaft natürlich.« Sie zwinkerte ihnen zu.

Valerie stellte kurz darauf den Tee vor sie hin, füllte Pralinen nach, setzte sich erneut und sah sie auffordernd an. »*Ich* hab meinen Teil der Abmachung erfüllt. Jetzt bist *du* dran. Wer war der Mann mit dem Kapuzenpulli? Dass ich ihm schon zweimal begegnet bin, hat dir Erwin vermutlich erzählt.«

»Allerdings. Die Aktion mit Viktor in der Pension, die hättest du dir sparen können.« Streng blickte sie Valerie an. »Aber verwundert bin ich natürlich nicht. Und schließlich habt ihr ja tatsächlich etwas herausgefunden: erstens, dass unser Toter dort herumgeschnüffelt hat, und zweitens, dass im Abfall diese ominösen Papierschnitzel waren, die im Übrigen von der Spurensicherung inzwischen sichergestellt worden sind. Beides wirft ein neues Licht auf unseren Fall.«

»Und wer war der Typ? Sag schon endlich.« Valerie war ungeduldig. »Ist er vielleicht ein amtsbekannter Einbrecherkönig, der von Region zu Region zieht, alle möglichen Häuser und Wohnungen leer räumt und wieder verschwindet, bevor ihm jemand auf die Schliche kommt?«

»Deine Phantasie in Ehren, Valerie, aber jetzt geht sie mit dir durch. Ich sehe schon die Schlagzeilen vor mir: ›Einbrecherkönig tot aufgefunden‹. Nein, da bist du meilenweit von der Wahrheit entfernt, meine Liebe.« Dorothea brach nach diesem Satz ab und griff nach ihrer Tasse.

»Nun spann uns doch nicht so auf die Folter. Sag endlich, was es mit ihm auf sich hat.« Auch Nora wetzte inzwischen nervös auf ihrem Stuhl hin und her und ließ Dorothea nicht aus den Augen.

Diese trank in aller Seelenruhe ein paar Schlucke Tee, räusperte sich und meinte dann in gönnerhaftem Ton: »Okay. Ich verrat's euch. Er heißt – oder vielmehr hieß – Matthias Müller und war freier Investigativjournalist. Wohnhaft in Nürnberg. Er hat regelmäßig für die größten deutschen Blätter geschrieben und war in der Branche bekannt für seine Reportagen. Er soll einer der Besten gewesen sein, hat sich in Themen verbissen, die anderen zu heiß waren, und hat nicht nur einmal der Polizei geholfen, indem er ihnen Täter und Zusammenhänge präsentierte. Sein Fokus lag auf Wirtschaftskriminalität, manchmal hat er aber auch andere Reportagen gemacht. Wenn er gerade keiner großen Sache auf der Spur war, hat er sich mit kleineren Fischen abgegeben. Er soll wie ein Spürhund gewesen sein, der Ungerechtigkeit und Betrug aufdeckte und bekämpfte, wo sie ihm begegneten.« Dorothea griff nach einer Kokostrüffel und ließ sich auf dem Stuhl nach hinten sinken.

»Ein Journalist?« Valerie musste diese neue Information zunächst einordnen. Sie hatte den Kapuzenmann, wie sie ihn bei sich nannte, gedanklich in die Schublade für Verbrecher gesteckt. Dass er zu den Guten gehören sollte, war eine mehr als unerwartete Wendung.

»Ja, hab ich doch gesagt. Das passt dir wohl nicht in den Kram, oder? Das wirft deine voreiligen Überlegungen über den Haufen, stimmt's?« Dorothea schmunzelte.

»Dass mir das nicht in den Kram passt, wäre zu viel gesagt, aber es gesellt sich eben noch eine weitere offene Frage zu all den anderen, die wir schon haben. Denn eines traue ich mich zu wetten: Wenn der wirklich von der Presse war und hier bei uns in Bad Gastein an einer Sache dran war, dann ist es kein Zufall, dass er Hertleins Zimmer durchsucht hat. Dann hängen die beiden Morde zusammen. Dass der gestürzt oder selbst in die Ache gestiegen ist, glaube ich in diesem Fall nicht.«

»Womit du recht hast. Es war kein Unfall, auch kein Suizid. Der gerichtsmedizinische Befund ist zwar noch nicht fertig, aber ich habe darum gebeten zu schauen, ob der Tote Wasser in der Lunge hatte. Und das war nicht der Fall. Somit ist klar, dass er nicht ertrunken ist, sondern schon vorher tot war.«

»Kann es nicht sein, dass er in die Ache gestürzt ist, mit dem Kopf hart aufschlug und starb, bevor er ertrinken konnte?« Nora beugte sich nach vorne und stützte sich mit den Ellenbogen auf den Tisch. Sie ließ Dorothea keinen Moment aus den Augen.

»Das habe ich unseren Mediziner auch gefragt. Aber das schließt er aus. Die genaue Erklärung muss ich dir leider schuldig bleiben, es sieht jedoch so aus, als ob Matthias Müller schon einige Stunden länger tot wäre, als er in der Ache gelegen ist.«

»Was bedeutet, dass ihn jemand am Abend oder in der Nacht hineingeworfen haben muss«, kombinierte Valerie.

»Und das vermutlich in der Hoffnung, dass es wie ein Unfall oder Selbstmord aussieht.« Nora drehte die Tasse so unruhig in ihren Händen, dass Valerie schon befürchtete, sie würde mit dem Rest des Tees gleich ihren Schreibtisch überschwemmen. Offenbar war sie genauso aufgeregt wie sie selbst. Nun war es hieb- und stichfest. Sie hatten zwei Mordopfer und einen Vermissten innerhalb einer Woche.

»Seid ihr eigentlich in Sachen Georg Baier schon weitergekommen?«, fragte sie deshalb.

»Wenn du damit meinst, ob wir ihn gefunden haben, muss ich leider verneinen. Aber da das Blut in Böckstein, wie wir inzwischen wissen, von ihm stammt, stellt sich auch hier die Frage, ob er überhaupt noch lebt. Wir sind dran und verstärken die Suche nach ihm. In Absprache mit meinem Vorgesetzten in Salzburg und der Staatsanwaltschaft werden wir uns morgen an die Presse wenden und sein Bild veröffentlichen. Mit viel Glück erhalten wir einen zweckdienlichen Hinweis.«

Zweckdienlich. Das war typisches Beamtendeutsch. Valerie verkniff sich einen spitzen Kommentar und suchte sich eine Praline aus. Die vielen Neuigkeiten musste sie erst einmal in Ruhe überdenken. Weder Nora noch Anton oder Viktor, die sie ins Büro beorderten, nachdem Dorothea gegangen war, konnten sich einen Reim auf die Ereignisse machen. Wie sollten sie Christian auf diese Art entlasten? Über die Betrugsgeschichte vor einigen Jahren wussten sie rein gar nichts, und Dorothea hatte sich diesbezüglich bedeckt gehalten. Es war wirklich zum Verrücktwerden.

***

Einige Stunden später fühlte Valerie sich, als ob sie im falschen Film gelandet wäre, im wahrsten Sinne des Wortes. Nur wenige Meter Luftlinie von dem Ort, an dem am Morgen Matthias Müller tot aufgefunden und Jens Hertlein am Montag erschossen

worden war, fand im Inneren des Turbinencafés die Abschluss-
veranstaltung des Tortenwettbewerbs statt, das große Finale. So
als ob nie etwas geschehen wäre. Der TV-Sender hatte darauf
bestanden. Pietät war wohl ein Fremdwort für die Verantwort-
lichen, und sobald klar war, dass die Tatortgruppe ihre Arbeit
rund um das Café beendet hatte, war ein freudiges Mail verschickt
worden, dass die Veranstaltung wie geplant ablaufen werde.

Als Valerie Viktor fragte, ob sie nicht zu Hause bleiben könnten, schüttelte der resigniert den Kopf. In dem Vertrag, den sie
mit dem Fernsehsender abgeschlossen hatten, um das Grand
Hotel als Austragungsort zur Verfügung zu stellen und es im
Gegenzug präsentieren zu dürfen, stand klipp und klar, dass sie
beide, wenn möglich mit Kindern, am Finalabend vor Ort sein
mussten. Diesen Passus hatte Valerie wohl übersehen. So ein
Witz. Natürlich machte es sich gut, wenn die Hoteliersfamilien,
die die Zuschauer schon von den Interviews kannten, anwesend
waren. Es vermittelte ein Bild der Idylle aus der Alpenregion.
Aber dass es in Bad Gastein im Moment alles andere als idyllisch
zuging, das mussten sogar die Fernsehfuzzis mitbekommen haben.

Valerie saß folglich am Abend ziemlich genervt in einem ihrer
schönsten Dirndlkleider neben Viktor, den Zwillingen und Andi
im Turbinencafé. Die vielen Scheinwerfer, die extra aufgebaut
worden waren, ließen nicht nur sie ins Schwitzen kommen. Auch
andere wischten sich regelmäßig mit einem Taschentuch über
die Stirn, bevor die Aufnahme losging. Sie bekamen genaue In-
struktionen, wie sie sich zu verhalten, an welchen Stellen und auf
welches Kommando hin sie zu klatschen hatten, was erlaubt war
und was nicht. Valerie wurde erstmals bewusst, wie gestellt solche
Sendungen in Wahrheit waren. Eine reine Farce – so empfand
sie es zumindest. Innerlich verfluchte sie sich dafür, dass sie den
Leuten vom Fremdenverkehrsverband zuliebe eingewilligt hatte.
Den nächsten Gefallen würde sie sich besser überlegen, obwohl,
das musste sie zugeben, die vermutlich nicht geahnt hatten, was
da auf die teilnehmenden Betriebe zukam.

Andi, der zu Valeries Rechten saß, zupfte sie am Ärmel und

beugte sich zu ihr. »Ist das nicht cool, dass wir ins Fernsehen kommen?«

Er strahlte mit den Scheinwerfern um die Wette, was Valerie versöhnlicher stimmte. Für ihren Jüngsten war der Abend das Erlebnis des Jahres, so viel stand jetzt schon fest. Somit hatte der ganze Zirkus, der hier aufgeführt wurde, auch sein Gutes.

Als kurz darauf ein Countdown unmissverständlich den Beginn der Aufzeichnung ankündigte, überkam Valerie ein Anflug von Nervosität. Wie viele würden sich das neue Format mit dem Tortenwettbewerb wohl ansehen? Sie konnte es nicht einschätzen, aber der Sender hatte eine große Reichweite. Mit Sicherheit würde sie immer wieder mal darauf angesprochen werden.

Gespannt blickte sie nach vorne, als die Fachjury die Bühne betrat und auf bequemen Stühlen rund um den Moderator Platz nahm. Die Fensterfront dahinter war provisorisch verbaut worden, wobei ein Teil der neuen Wand ein riesiger Bildschirm war.

Valerie begann erneut zu schwitzen, verkniff es sich aber, sich vor laufender Kamera über die Stirn zu wischen. Das überschaubare Publikum – nur die teilnehmenden Betriebe, die Bürgermeisterin und zwei Verantwortliche vom Fremdenverkehrsverband waren geladen worden – saß dicht gedrängt. Selbst wenn das Turbinencafé eine wunderbar originelle Kulisse für die Veranstaltung abgab, war es doch recht eng hier. Unauffällig sah sich Valerie weiter um.

Auf einem Tisch waren drei wunderschön glänzende und dekorierte Sachertorten aufgebaut. Hinter jedem der kulinarischen Kunstwerke stand bereits der Teamleiter, also auch Thomas Landmann, für den Valerie die Daumen drückte.

Der Moderator eröffnete den Abend, ließ die anwesenden Kritiker zu Wort kommen und leitete über zu einem Rückblick auf die Wettbewerbswoche, deren Highlights am Bildschirm gezeigt wurden. Das alles interessierte Valerie herzlich wenig. Das einzig Spannende aus ihrer Sicht war, ob der verschwundene Georg Baier zu diesem wichtigen Termin vielleicht doch noch auftauchte. Leider war zu wenig Platz im Raum, um alle Konditoren auf die Bühne zu holen. Erst wenn das Siegerteam feststand, durfte dieses gemeinsam mit seinem Chef den Preis entgegennehmen.

Schleichend verging die Zeit. Während die Juroren lang und breit fachsimpelten, die Torten begutachteten und natürlich auch verkosteten, schlief Valerie beinahe auf ihrem Stuhl ein. Gut, dass Viktor und Andi sie verstohlen stupsten, sonst hätte sie womöglich noch Bad Gasteiner Fernsehgeschichte geschrieben. Heilfroh über die Ablenkung, nahm sie den Teller mit den Kostproben entgegen, der ihr kurz darauf kredenzt wurde, da auch das Publikum seine Stimme abgeben durfte. Auf einem Zettel vermerkte sie die Punkte, die sie für die drei Teststücke verteilte, und überreichte ihn einer blondierten Schönheit mit aufreizendem Dirndl-Dekolleté und einem Lächeln, das stark an Zahnpastawerbung erinnerte.

Während im Hintergrund die Punkte ausgezählt wurden, lief ein weiterer Rückblick auf die vergangene Woche am Bildschirm. Doch endlich war der Moment da, auf den alle gewartet hatten: Der Sieger wurde verkündet. Und es war niemand anders als Thomas Landmann, der Wiener, der in Erlangen eine österreichische Konditorei betrieb, wie der Moderator nicht müde wurde zu betonen. »Der Mann, der unsere Tortenkultur im Ausland bekannt macht.« Sein Team wurde hinzugebeten, während seine Gegner den Platz räumen mussten. Und Valerie, nun wieder putzmunter, reckte den Hals, um an ihrer Vorderfrau vorbeisehen zu können. Doch die Enttäuschung war groß. Auch heute war Georg Baier nicht erschienen. Und welcher Konditor würde sich freiwillig so eine Chance entgehen lassen? Das war kein gutes Omen. Wo mochte er wohl stecken? Lebte er vielleicht wirklich nicht mehr?

DREIZEHN

Ein Seufzer der Erleichterung entwich Valerie, als die ganze Fernseh-Bagage am Sonntagmorgen endlich wieder abzog. Noch in der Nacht hatten sie ihre Lkw beladen, um gleich in der Früh zurück Richtung Wien aufbrechen zu können, wo in den nächsten Tagen die Aufnahmen für die Ausstrahlung zusammengeschnitten werden sollten. Der Tross fuhr an ihnen vorüber, da das Grand Hotel direkt auf dem Weg lag. Freundschaftlich hupten und winkten sie noch, als Viktor und Valerie vor die Tür traten, und ahnten vermutlich nicht mal ansatzweise, wie abgestoßen sich die beiden von diesem Medienzirkus fühlten.

»Endlich Ruhe.«

»Gott sei Dank. Ich bin vor allem für Anton und den Rest unseres Küchenteams froh. Die hatten es letzte Woche echt nicht leicht. Gut, dass der Spuk vorbei ist, gell?« Viktor legte Valerie den Arm um die Schultern und führte sie zurück in die Lobby. »Übrigens ist unser kleines Dankeschön an sie sehr gut angekommen. Sie haben sich riesig über die Thermengutscheine und den zusätzlichen freien Tag gefreut.«

»Den haben sie sich auch redlich verdient.« Valerie war stolz auf ihre Angestellten, die die Herausforderungen der letzten Tage souverän gemeistert hatten.

»Was hältst du davon, wenn wir Nora, Anton und Felix zum Brunch einladen?«, meinte Viktor nun. »Wir bedienen uns beim Frühstücksbüfett und setzen uns ins Stüberl, wo wir unsere Ruhe haben. Immerhin ist heute nicht nur Sonntag, sondern auch Feiertag.«

Tatsächlich, der 26. Oktober war der österreichische Nationalfeiertag, an dem der Bundespräsident seine alljährliche Rede schwang, am Wiener Heldenplatz zahlreiche Jungsoldaten angelobt wurden und das Bundesheer ebendort eine Riesenshow veranstaltete. In Bad Gastein bedeutete dieser Feiertag eigentlich nur, dass ein paar Gäste mehr im Ort waren, bevor dann mit Allerheiligen, eine knappe Woche darauf, die Wandersaison endete und für ein paar Wochen Ruhe einkehrte.

Valerie gefiel die Aussicht auf einen gemeinsamen Brunch. »Die Idee könnte glatt von mir stammen. Lea, Jakob und Felix müssen uns heute Nachmittag ohnehin wieder verlassen. Die haben doch in den nächsten Tagen ihre Prüfungen. Auf diese Weise haben wir noch ein wenig Familienzeit. Und wenn die Jungen sich wieder nach oben ins Apartment verziehen, können wir zu viert bereden, was wir in Sachen Christian unternehmen. Ich habe nämlich nicht das Gefühl, dass die Kripo kurz vor der Lösung des Falles steht. Es wird im Gegensatz alles immer undurchsichtiger.«

»Leider«, brummte Viktor, drückte ihr einen Kuss auf den Scheitel und meinte: »Ich rufe Anton an und decke den Tisch im Stüberl ein. Gibst du unseren Kids Bescheid? Bis du die aus den Betten bringst, sind die anderen bestimmt schon da.« Er grinste und ging Richtung Büro, um ungestört telefonieren zu können.

✳✳✳

Für eine gute Stunde hatte Valerie beinahe auf die widrigen Umstände vergessen. Sie hatte den Familienbrunch genossen und mit den Jungen herumgealbert, wie das bei ihnen üblich war.

Dennoch war sie froh, als sie schlussendlich mit Nora und Anton allein waren. »Wir müssen Kriegsrat halten«, leitete sie das Gespräch ein, kaum war die Tür hinter Andi ins Schloss gefallen. »Wir haben zwei tote und einen verschwundenen Deutschen. Und Christian, der steif und fest behauptet, nichts mit der Sache zu tun zu haben. Dabei hat er doch offenbar nachweislich einen Bezug zu dem ersten Mordopfer. Dorothea hat uns leider nichts darüber erzählt, und Bärbel weiß nur, dass es um eine finanzielle Geschichte von vor etlichen Jahren ging, deshalb sollten wir da ansetzen. Wir müssen unbedingt herausfinden, welche Verbindung zwischen den beiden besteht. Irgendwo laufen die Fäden zusammen. Ganz sicher. Die alles entscheidende Frage ist nur, wo.«

»*Madonna mia, nur* ist gut, *cara* Valerie. Das ist wie die Suche nach der Nadel im Heuhaufen.«

»Stimmt natürlich, aber trotzdem ist es das Einzige, was wir tun können«, meinte Viktor. »Solange wir nicht mehr über die Sache zwischen Christian und diesem Hertlein wissen, haben wir, fürchte ich, gar keine Chance, ihn zu entlasten. Ich werde als Erstes im Internet alle Einträge durchforsten, die ich zum Namen Jens Hertlein finde, und vielleicht mag ja wer von euch nach Matthias Müller oder vielleicht auch nach Georg Baier suchen.« Auffordernd sah er in die Runde.

Ein einstimmiges Brummen war zu hören. »Besser eine Suche im Heuhaufen als gar keine Suche«, ruderte Anton zurück. »Du hast ja recht, Vik. Irgendwo müssen wir anfangen. Wenn Christian doch nur diese dämlichen Jagdgewehre nicht hätte, dann wäre er erst gar nicht in diese Lage gekommen.«

Das laute Schieben von Valeries Stuhl ließ die anderen zu ihr aufschauen. »Ich besorg uns noch mal eine Runde Kaffee und ein paar von diesen kleinen Apfeltaschen, die dein Team für heute gemacht hat. Die sind euch echt gut gelungen«, meinte sie und machte sich auf den Weg in den Speisesaal, um das Versprochene zu holen.

Als alle versorgt waren, schloss sie sich Anton, Viktor und Nora an, die bereits über ihre Handys gebeugt dasaßen. Obwohl sie diesen Anblick, wenn sie ihn bei ihren Gästen sah, verabscheute, hatte er in ihrem speziellen Fall etwas Beruhigendes an sich. Er zeigte, dass sie gemeinsam daran arbeiteten, Christian zu entlasten. Und das fühlte sich richtig an.

Da die anderen offenbar nach den Namen googelten, versuchte Valerie es anders. Sie gab »Wirtschaftsskandale Deutschland« in die Suchmaske ein. Die Anzahl an Einträgen ließ sie zurückschrecken. Offenbar passierten mehr dieser Verbrechen, als sie vermutet hatte.

Link für Link klickte sie an, doch waren die wenigsten Einträge dergestalt, dass es sich lohnte, genauer hinzusehen. Bei manchen ging sie tiefer, aber entweder lagen die Ereignisse viel zu lange zurück oder waren aus der allerjüngsten Vergangenheit. Beides schloss sie vom Gefühl her aus. Die Polizei hatte schließlich gemeint, dass sich der Vorfall, bei dem Christian zum Betrugsopfer geworden war, vor einigen Jahren ereignet hatte. Ein dehnbarer Begriff, wie sie mit Bedauern feststellte. Besagte Nadel im Heuhaufen zu finden ist womöglich leichter, dachte sie.

Sie öffnete ein zweites Fenster in ihrem Browser und tippte nun »Betrug« und »Jens H.« ein. Bei diesem Versuch kamen nur wenige Einträge, aber einer der obersten war überraschend vielversprechend. Vielleicht war sie zu pessimistisch gewesen, und das Glück war ihr hold. Sie klickte den Link an und merkte schnell, dass sie auf der richtigen Spur war. Ihre innere Anspannung wuchs von Zeile zu Zeile. Hatte sie das beinahe Unmögliche geschafft und tatsächlich eine Spur in die richtige Richtung entdeckt? Rasch las sie weiter. Es handelte sich um eine Reportage aus dem Jahr 2018. Darin wurde berichtet, dass ein gewisser Jens H. der Hauptgeschädigte bei einem groß angelegten Immobilienbetrug war.

»Leute, ich glaub, ich hab was. Ich schick euch den Link, seht euch das mal an.«

Es dauerte nicht lange, bis Viktors Handy ein »Pling« von sich gab. Auch Noras Mobiltelefon meldete sich, und Anton, der keinen Ton eingeschaltet hatte, griff sofort nach seinem Gerät, als es zu vibrieren begann. Zeitgleich überflogen sie den Text.

»Verdammt, der Artikel geht nicht weiter, genau an der Stelle, an der es interessant wird.« Viktor raufte sich die Haare.

»*Porca miseria*, es ist doch immer wieder das Gleiche. Kaum hat man sich an einem Thema festgelesen, erscheint die Bezahlschranke. Das nervt tierisch.«

Während die Männer Dampf abließen, kramte Nora ihren kleinen Block samt zugehörigem Bleistift aus ihrer Handtasche hervor. Dann sah sie auffordernd in die Runde.

»Wenn ihr fertig seid mit eurem Gejammer, könnten wir vielleicht mit unserer Arbeit weitermachen? Schreiben wir doch einfach stichpunktartig die wenigen Infos, die wir hier bekommen, auf und suchen dann damit weiter. Es wäre doch seltsam, wenn nur ein Magazin darüber berichtet hätte, oder?«

Valerie verdrehte die Augen und schmunzelte. »Danke, Nora, dass du unsere Herren der Schöpfung auf den richtigen Weg zurückbringst. Langes Gemaule ist wenig konstruktiv. Da finde ich deinen Vorschlag sinnvoller. Ich hab das Gefühl, sie unterschätzen noch ein wenig, wie viel Arbeit Recherchieren bedeutet. Das geht halt nicht von einer Minute auf die andere.«

Nora grinste zurück. »Stimmt. Wir beide haben bereits mehr Erfahrung damit. Und bisher haben wir immer was gefunden, wenn wir nur lang genug gesucht haben.«

»Nicht zu vergessen, dass ihr die Kinder für eure Zwecke missbraucht habt, gell? Wenn ich mich recht erinnere, dann waren es Jakob, Felix und Lea, die das meiste herausgefunden haben. Schmückt euch da bloß nicht mit fremden Federn.« Viktor wackelte streng mit dem Zeigefinger, während Valerie schnell den Blick senkte. Er hatte nicht ganz unrecht. Vieles hatten die Jungen herausbekommen. Zu blöd aber auch, dass sie heute Nachmittag abreisten.

✳✳✳

»Och, Mama. Mein Zug geht in einer Stunde. Und ich muss noch heim in die Wohnung und meinen Rucksack holen.« Felix fuhr sich durch die etwas längeren Haare, die Valerie immer an die Surfertypen erinnerten, die man in manch einer Fernsehserie sah. Zudem war er meist braun gebrannt, weil er sich genau wie Jakob viel im Freien aufhielt. Sport und Bewegung brauchten die beiden wie die Luft zum Atmen.

Auch Jakob stand unschlüssig neben Felix. Die beiden lebten gemeinsam in einer Wohngemeinschaft am Stadtrand von Salzburg, und Valerie hatte beim Brunch mitbekommen, dass sie am Abend mit Freunden zum Volleyballspielen verabredet waren. Nora hatte es sich dennoch nicht nehmen lassen, ihren Sohn, der noch oben im Thaller'schen Apartment gewesen war, nach unten ins Stüberl zu kommandieren, nachdem sie vorerst keinen weiteren Artikel zu der Immobiliensache gefunden hatten.

»Komm schon, Felix, du bist der Einzige, der uns dabei helfen kann. Du und deine Zauberhände, wenn es um Computer geht. Ihr könnt doch auch den nächsten Zug nehmen.«

Felix stieß laut hörbar die Luft aus. Unübersehbar war er genervt, konnte seiner Mutter aber selten etwas abschlagen. Er warf einen Blick zu Jakob, der nur mit den Schultern zuckte und meinte: »*What shall's?* Das Match mit den Jungs schaffen wir trotzdem. Fahren wir halt gleich vom Bahnhof hin. Mich stört's nicht. Mach nur. Ist doch schön, wenn sich die Rollen umkehren. Erst waren sie die G'scheiten.« Dabei schaute er provokant in die Runde. »Schön langsam sind's wir.«

Valerie entschied sich im Bruchteil einer Sekunde, nicht auf seine Provokation einzugehen, sondern sich vielmehr darüber zu freuen, dass sie Hilfe bekommen würden. Somit ignorierte sie Jakobs Kommentar und wandte sich an Felix.

»Setz dich schon mal, ich hol meinen Laptop.«

Wenige Augenblicke später kehrte sie aus dem Büro zurück und hörte gerade noch die Verblüffung in Felix' Stimme. »Ich soll für euch was hacken? Ernsthaft? Mama, das ist illegal.«

»Ist ja nur ganz was Harmloses. Ein Zeitungsartikel.« Nora hielt ihm kurz das Handy mit dem Bericht über den Wirtschaftsbetrug vor die Nase.

»Könnt ihr nicht wie alle anderen Menschen einfach dafür bezahlen, damit ihr das lesen dürft?« Felix sah seine Mutter beinahe vorwurfsvoll an.

»Bezahlen? Du glaubst doch nicht ernsthaft, dass ich für ein Nürnberger Blatt, das ich nie wieder lesen werde, ein Abo abschließe. Mein Geld wächst schließlich nicht auf Bäumen.«

»Schon gut, beruhig dich, ich mach's ja, aber nur, weil es wichtig ist, um Christian aus der Patsche zu helfen. Glaub nicht, dass ich mich öfter auf so was einlasse, verstanden?«

»Jaja, schon gut. Sollst du auch nicht. Ist schließlich nicht legal, wie du selbst festgestellt hast, in unserem Fall aber echt wichtig.«

Stille breitete sich im Stüberl aus, während Felix' Hände über die Tastatur von Valeries Laptop flogen, die mittlerweile den Artikel geöffnet hatte. Jakob hatte sich mit den Worten »Ich geh dann mal packen« nach oben verabschiedet, und Valerie drückte unter dem Tisch beide Daumen, in der Hoffnung, dass sie schon bald einen großen Schritt weiterkamen.

Erstaunlich rasch drehte Felix den Bildschirm Richtung Valerie und Nora. »Bitte schön, eine meiner leichtesten Übungen.« Er strahlte von einem Ohr zum anderen.

»So schnell geht das? Da hätten wir uns die Diskussion vorhin sparen können.« Nora wirkte verblüfft.

»Hey, das war echt nicht so schwierig. Wenn ich euch das zeige, dann …«

»Nein, nein, lieber nicht«, klinkte Anton sich ein. »Führ unsere zwei Damen hier nur nicht in Versuchung. Sonst hören sie nie auf, sich in fremde und vor allem lebensgefährliche Angelegenheiten zu mischen. Ich hoffe stark, dass das das letzte Mal ist. Momentan haben wir, also vor allem Viktor, ein Auge auf die beiden, aber wer weiß, was die Zukunft bringt …« Sein Blick verdüsterte sich, doch niemand hatte momentan die Muße dazu, dieses Gespräch fortzusetzen.

»Wie ihr meint, eure Sache. Wenn ihr mich nicht mehr braucht, dann geh ich jetzt.« Felix strich sich die Haare aus dem Gesicht, grinste zufrieden über den Tisch und machte sich auf den Weg nach oben.

Valerie bedankte sich nur mehr halbherzig, weil sie bereits in die Reportage vertieft war, deren Schluss sie nun dank Felix lesen konnten. Nora rutschte näher, um besser sehen zu können, und Anton und Viktor stellten sich hinter sie. Zeitgleich überflogen sie den Text.

»So ein armes Schwein, dieser Jens H.«, sagte Nora schließlich. »Der hat doch tatsächlich durch diese Betrugsgeschichte alles verloren.«

»Stimmt. Und ich bin felsenfest überzeugt, dass das unser Mann ist. Schaut euch mal das Foto aus dem Gerichtssaal an. Man sieht ihn nur von der Seite, aber das ist er hundertprozentig, nur ein wenig jünger und mit längeren Haaren, gell?« Viktor war sichtlich aufgeregt.

Nora schob den Laptop zur Seite und zog den Block heran.

»Also gut, am besten ergänzen wir die Notizen, die ich vorher gemacht habe. Unterbrecht mich bitte, wenn ich was falsch verstanden habe.«

Die anderen drei nickten schweigend, weshalb Nora gleich loslegte.

»Punkt eins: Unser Opfer Jens Hertlein hatte vor der Sache einen gut gehenden Familienbetrieb in der Gastronomie, Frau und Kinder. Ein Leben wie im Bilderbuch.« Nora legte eine kurze Pause ein. »Punkt zwei: Er hat über eine Postwurfsendung von einer Anlagemöglichkeit erfahren, bei der hohe Renditen versprochen wurden, und sich einen Vortrag dazu angehört.«

»Genau«, fuhr nun Viktor fort. »Punkt drei: Er war begeistert und hat sofort eine große Summe investiert. Nach den ersten Auszahlungen war er so überzeugt, dass er ohne Wissen seiner Frau das Gebäude, in dem der Gasthof und auch die Familie untergebracht waren, belehnt hat. Und zwar nicht bei der Bank, sondern bei einem privaten Kreditinstitut, das ihm von einem gewissen Eckehardt Becker, dem Chef der Investmentfirma, empfohlen wurde.«

»Das ist spannender als jeder Krimi, oder?« Valerie konnte nicht glauben, was in dem Artikel stand. »Punkt vier: Das vermeintliche Kreditinstitut gehörte Becker persönlich, Strohmann war aber ein Komplize mit dem Namen Rainhard Götze.«

»Nicht so schnell bitte. Ich komm mit dem Schreiben nicht mehr nach … Rainhard Götze … So, jetzt hab ich's. Punkt fünf: Wie ging es weiter?«

»Unser Hertlein hat sich mit Becker von der Investmentfirma so gut verstanden, dass dieser ihn unter der Hand als Keiler engagiert hat. Für jeden Anleger, den er an Land zog, erhöhte sich seine eigene Rendite.« Valerie half Nora auf die Sprünge und wartete ein wenig, bis die mit dem Schreiben fertig war. »Und dann blieben plötzlich die Renditezahlungen aus, Hertlein konnte die horrenden Kreditraten nicht mehr zahlen, überschrieb dem Institut deshalb das Haus, das er als Sicherheit angeboten hatte, und stand vor dem Nichts.«

»Na, so naiv kann doch niemand sein, oder?« Viktor kratzte

sich am Hinterkopf. »Wer lässt sich denn auf so einen fadenscheinigen Handel ein?«

»Ist halt nicht jeder so klug wie du.« Valerie zwinkerte ihm zu. »Aber du hast recht, auf so eine billige Masche reinzufallen, ist schon heftig.«

Nun mischte sich Anton, der sich inzwischen wieder hingesetzt hatte, ein. »Schaut bitte noch einmal nach, wie viele Geschädigte es insgesamt gegeben hat. Das wird doch ganz unten erwähnt.«

»Es waren rund vierhundert Leute, die in die Sache investiert haben. Da steht auch noch, dass die ganzen Luxusimmobilien, die in einer Hochglanzbroschüre vorgestellt worden waren, in Wahrheit überhaupt nie existierten und somit kein Geld abwerfen konnten. Die Renditezahlungen zu Beginn wurden mit den Geldern der neuen Anleger finanziert, sodass anfangs alles den Anschein hatte, als wäre es rechtens. Irgendwann hat aber dieser Becker das ganze Geld für sich behalten und ist damit verschwunden. Der Hauptgeschädigte war Hertlein. Der hat wirklich alles verloren, und seine Frau war so sauer, dass sie mit den Kindern auch noch auf und davon ist.«

»Armer Kerl. Und dann fährt er nach Österreich und wird ermordet. Ganz schön blöd gelaufen für ihn.« Nora verstummte für einen Moment und schüttelte mitfühlend den Kopf. Mit mehr Schwung meinte sie dann: »Damit wir das hier endlich fertig bekommen, noch eine Frage. Habt ihr das auch so verstanden, dass dieser Eckehardt Becker und sein Kumpan Götze von den Geschädigten erst angezeigt wurden, als sie mit dem Geld schon über alle Berge waren?«

»Genau, sie wurden erst ein Jahr später ausfindig gemacht und vor Gericht gestellt. Damals ist auch dieser Artikel erschienen. Der Götze kam mit einem blauen Auge davon und musste nur eine kurze Haftstrafe abbüßen, aber Becker wurde zu drei Jahren wegen Anlagebetrugs und zu zwei weiteren Jahren verurteilt, weil er unabhängig davon zwei Frauen die Ehe versprochen hat, damit die ihm ihr Haus überschreiben und ihr Geld überweisen. Was er denen vorgegaukelt hat, steht nicht hier, aber Heiratsschwindel ist strafbar. Das heißt, der gute Becker wurde zu fünf Jahren verknackt. Meist wird man bei guter Führung früher entlassen, zumindest ist das bei uns in Österreich so, also wird der schon wieder ein paar Jahre frei sein. Nur: Was hat das mit Bad Gastein zu tun?«

Ja, das war die große Frage, auf die sie keine Antwort wussten. Alle blieben stumm, bis Valerie plötzlich rief: »Vielleicht war dieser Erpresserbrief, den vermutlich Hertlein geschrieben hat, für diesen Investmenttypen Becker oder für seinen Kollegen Götze bestimmt. Womöglich war einer der beiden im Gasteiner Tal, und Hertlein hat Wind davon bekommen. Das könnte doch späte Rache oder so gewesen sein.«

Fragend blickte sie in die Runde, erntete aber zweifelnde Blicke von den anderen. Schließlich meinte Anton: »*Cara mia*, das ergibt keinen Sinn, weil die beiden ihre Haftstrafen abgesessen haben. Womit sollte er ihnen denn drohen?« Er strich sich über die dunklen Bartstoppeln.

Valerie war enttäuscht. »Ach Gott, und ich hab mich schon so gefreut, weil ich gedacht hab, wir hätten endlich einen wichtigen Teil unseres Puzzles beisammen. Aber so wie du das sagst, klingt es logisch. Er hätte kein Druckmittel gehabt. Der Erpresserbrief passt nicht ins Bild, obwohl ich mir sicher bin, dass er einen verfasst hat.«

Nun meldete sich Viktor mit Leichenmiene zu Wort. »Und ihr vergesst leider Gottes die wichtigste Frage: Welche Rolle spielt Christian in der Geschichte? Vermutlich war er einer der Anleger. Aber das ist zu wenig konkret. Welche Verbindung hat die Polizei zu Hertlein gefunden? Das haben wir noch immer nicht geklärt.«

Betretene Stille machte sich breit. Was brachten all ihre Schlüsse, wenn sie die Sache mit Christian nicht ergründen konnten? Valerie zog Noras Block zu sich rüber und ging noch einmal Punkt für Punkt durch. Plötzlich rief sie: »Ich hab's! Was, wenn Christian von Jens Hertlein höchstpersönlich gekeilt wurde? Er hat eine stattliche Summe in das Anlageprojekt gesteckt und alles verloren.«

»Ich hab die klügste Frau der Welt.« Viktor, der sich inzwischen neben Valerie gesetzt hatte, drückte ihre Hand und gab ihr einen schnellen Kuss auf die Wange. »Christian war doch früher oft beruflich in Nürnberg. Das war, bevor er das Hotel von unseren Eltern übernommen hat. Dort hatte er wichtige Kunden sitzen und ist immer ein oder zwei Nächte geblieben. Vielleicht hat er bei einer dieser Gelegenheiten Hertlein kennengelernt, sich bequatschen lassen, Geld überwiesen und dann durch die Finger geschaut.«

»Das könnte aus Polizeisicht ein klares Motiv sein, auch wenn ich es nicht nachvollziehbar finde, dass jemand für einen fünfstelligen Betrag zum Mörder wird«, meinte Nora.

»Nachvollziehbar oder nicht, das ist die einzig mögliche Verbindung, die wir im Moment haben. Ich drucke jetzt mal im Büro den Artikel für jeden von uns aus, vielleicht fällt uns ja später noch was Wichtiges darin auf. Und dann muss ich in die Küche. Es wär ja gelacht, wenn ich es nicht schaffen würde, die Wahrheit über den Zusammenhang zwischen Hertlein und Christian herauszufinden. Spekulationen sind gut, Wissen ist besser.« Valerie stand schwungvoll auf, schnappte sich den Laptop und bemerkte erst jetzt, wie irritiert die anderen sie musterten.

Viktor war der Erste, der die Frage stellte, die vermutlich allen Anwesenden unter den Nägeln brannte. »Was, mein Schatz, kannst du bitte in der Küche erledigen, um das Geheimnis über Christians Beziehung zum Toten zu lüften?«

»Willst du den Kaffeesud lesen?«, platzte es aus Nora heraus.

Valerie erstarrte. »Ob ich was will? Bist du übergeschnappt? Wie kommst du denn auf so eine absurde Idee?«

»Mir ist dieser Gedanke auch kurz gekommen, Liebes. Nora meint es doch nicht böse. Es klingt wirklich schräg, dass du in die Küche musst, um das Rätsel zu lösen, gell?«

»Aber so hab ich das doch gar nicht gemeint.«

»Wie genau hast du es dann gemeint?« Unverkennbare Neugierde sprach aus Viktors Stimme.

»Ganz einfach. Ich hab mir gedacht, dass ich …« Während sie von ihrem Plan erzählte, hingen die anderen drei ungläubig an ihren Lippen. Wäre die Situation nicht so ernst gewesen, hätte Valerie wohl einen Lachanfall bekommen. Sowohl Nora als auch Viktor und Anton waren sprachlos, als sie abschließend fragte: »Also, wer von euch dreien hilft mir dabei? Allein geht das nicht.«

Viktor fasste sich als Erster. »Das ist nicht dein Ernst, gell? Damit kommst du nie durch.«

»Warte mal … So schlecht finde ich die Idee bei genauer Überlegung gar nicht.« Noras Miene hellte sich zusehends auf. »Ich mach's. Ich bin dabei. Meiner Meinung nach ist dein Plan genial, Valerie. Hier ist wieder einmal weibliches Fingerspitzengefühl gefragt, und das ist unsere Spezialität.«

Ein Strahlen schlich sich auf Valeries Gesicht. Nora war eben tough, das hatte sie schon wiederholt bewiesen. Auf sie konnte man sich verlassen. Der Mut der Herren der Schöpfung ließ hingegen oft ein wenig zu wünschen übrig. Wie die Männerwelt es im Laufe der Jahrhunderte geschafft hatte, als das starke Geschlecht dazustehen, wunderte Valerie manches Mal. Mit ihren beinahe fünfzig Jahren Lebenserfahrung konnte sie mit Fug und Recht behaupten, dass Frauen oft wesentlich mutiger waren … na ja, vielleicht in mancher Hinsicht auch unvernünftiger. Aber wer nicht wagt, der nicht gewinnt, so hieß doch das alte Sprichwort. Und an den meisten Volksweisheiten war viel Wahres dran. Sollten Viktor und Anton weiter bei ihren theoretischen Ermittlungen bleiben, für sie beide wurde es Zeit zu handeln. Und es fühlte sich gut an, endlich etwas Konkretes tun zu können, selbst wenn die Gefahr bestand, dass sie die Rechnung ohne den Wirt gemacht hatten. Einen Versuch war es allemal wert, und das Risiko, das sie dabei eingingen, war überschaubar. Eine saftige Moralpredigt war wohl das Einzige, was ihnen als Konsequenz drohen würde, sollte ihr Plan schiefgehen. Das war unangenehm, aber kein Grund, ihn nicht in die Tat umzusetzen.

VIERZEHN

Am späten Nachmittag legten Valerie und Nora die Schürzen beiseite und blickten zufrieden auf das Ergebnis der letzten zweieinhalb Stunden. Im Eilzugtempo hatten sie nach dem alten Familienrezept erneut eine Sachertorte gebacken. Valerie schob einen kleinen Beistelltisch ans Fenster, das sie weit öffnete, und stellte ihr Werk direkt in die kühle Luft, die um diese Jahreszeit hereinzog. Die Glasur sollte schneller trocknen als üblich, schließlich hatten sie es verdammt eilig.

Sie brühte für Nora und sich rasch einen beruhigenden Melissentee auf, dann besprachen sie noch einmal, wie sie genau vorgehen wollten.

Schließlich war es so weit. Mit einem prüfenden Blick stellte Valerie fest, dass ihre Sacher nun transportfähig war. Sie hob sie vorsichtig in einen Tortenbehälter und schlüpfte in Schuhe und Jacke. Ein leicht mulmiges Gefühl überkam sie, als sie wenig später Nora die Mehlspeise in die Hand drückte, um den Hotelbus zu starten. Nun wurde es ernst. Polizisten hinters Licht zu führen, war nicht gerade eine Heldentat, das war ihr durchaus bewusst, aber so richtig schlimm fand sie ihren Plan auch nicht. Wichtig war, so gut als möglich bei der Wahrheit zu bleiben. Viele hatten ihr schon gesagt, dass sie eine grottenschlechte Lügnerin abgab, deshalb musste sie genau darauf achten, was sie sagte, um nicht aufzufliegen und ihre kleine und vor allem geheime Mission zu gefährden.

Ihre Knie zitterten leicht, als sie oben von der Hauptstraße rechts abbog und vor der Polizeiinspektion hielt. Sie scannte die Umgebung und bemerkte sofort Dorotheas dunklen Dienstwagen. Auch ein Streifenwagen stand vor dem Haus, neben dem gerade noch Platz für ihr eigenes Fahrzeug war.

»So, da wären wir«, meinte sie mit einem Kloß im Hals. »Jetzt wird's ernst. Auf in den Kampf. Bist du bereit?«

»Klar, was denkst du denn?« Nora öffnete den Gurt und griff

mit der freien Hand nach dem Türöffner. Ihr Tonfall und die Tatsache, dass sie den Blickkontakt mit Valerie mied, ließ vermuten, dass auch sie etwas nervös war.

»Warte, lass mich zuerst aussteigen, dann nehme ich dir die Sacher ab.« Rasch entledigte sich Valerie ihres Gurts, hängte sich die Handtasche über die rechte Schulter, machte die Tür auf und ließ sich zu Boden gleiten. Sie umrundete das Auto und griff vorsichtig nach dem Tortenbehälter. Als Nora neben ihr war und an ihrer Hose herumzupfte, die beim Sitzen ein wenig nach oben gerutscht war, sagte sie: »Dann mal los. Ich hoffe, du weißt, was du zu tun hast. Verschaff mir auf jeden Fall fünf Minuten.«

»Ja, Boss«, konterte Nora leicht genervt. »Hör mal, Valerie, wir haben das Ganze mindestens drei Mal durchgekaut. Ich weiß, was meine Aufgabe ist. Wird schon schiefgehen. Ich werde auf Teufel komm raus improvisieren. Das konnte ich schon in der Theatergruppe in der Schule gut.«

Valerie atmete tief durch und straffte die Schultern, bevor sie auf den Eingang zusteuerte.

»Hallihallo!«, posaunte sie lautstark beim Betreten des Hauses, um die Aufmerksamkeit auf sich zu lenken und möglichst unverdächtig zu wirken.

Drei Köpfe, die eben noch über Schreibtische gebeugt gewesen waren, drehten sich Richtung Tür und sahen ihnen neugierig entgegen.

Eigentlich ist das wie bei uns an der Rezeption, dachte Valerie, als sie sich ein paar Schritte weiter vorwagte. Der Gast ist vom Personal durch eine Art Theke getrennt. Der Vergleich passte gut, nur wusste sie nicht, wie man das Mobiliar hier bei der Polizei nannte. Sagte man Tresen dazu? Oder vielleicht Pult? Im nächsten Moment schimpfte sie sich innerlich dafür, dass sie ihre Gedanken gerade jetzt abschweifen ließ, wo sie sich doch unbedingt konzentrieren sollte.

»Valerie, Nora, das ist ja eine Überraschung. Was verschafft uns die Ehre?« Dorothea erhob sich von ihrem Stuhl und kam ihnen entgegen. Erwin folgte ihr, und wenn Valerie sich nicht täuschte, lag leichte Skepsis in seinem Blick. Wenn das mal gut ging. Er kannte sie einfach schon zu lang.

Deshalb lächelte Valerie beide an, als könnte sie kein Wässerchen trüben. »Wir haben uns gedacht, dass euch die vergangenen Tage genauso an die Nieren gegangen sind wie uns. Und ihr wisst ja, dass ich, wenn ich nervös bin, meistens zu backen anfange. Heute hat sogar Nora mitgeholfen. Da wir in den letzten Tagen schon zu viele Mehlspeisen gegessen haben, wollten wir euch eine Freude damit machen. Bekanntlich beruhigt Schokolade ja die Nerven.«

Vorsichtig stellte sie den mitgebrachten Behälter auf den Tresen und öffnete ihn. Sofort breitete sich das typische schokoladige Aroma aus. Die Glasur hatte beim Transport keinen Schaden genommen und glänzte im hellen Schein der Neonröhren.

»Mmh, ist es das, wofür ich es halte? Eine Sacher?« Dorothea, von der Valerie inzwischen nur allzu gut wusste, dass sie ihre Leidenschaft für Schokolade teilte, begann zu strahlen wie ein Kleinkind vor dem Christbaum.

Mit einem Blick auf Erwin stellte Valerie fest, dass sein skeptischer Ausdruck verschwunden war. Mit der Begründung für ihren Besuch war sie ehrlich geblieben. Sie hatte mit keinem einzigen Wort gelogen – nur vielleicht ein winzig kleines Detail weggelassen.

Es war Nora, die Dorotheas Frage beantwortete. »Klar ist das eine Sachertorte. Und zwar nach einem uralten Familienrezept aus dem Grand Hotel. Bestimmt haben schon allerlei Berühmtheiten so eine Sacher serviert bekommen. Valerie hätte beim TV-Wettbewerb die Konditoren mit Leichtigkeit überflügelt, das sag ich euch, so wahr ich hier stehe. Die hätten alle einpacken können.«

»Das glauben wir dir aufs Wort«, brummelte Erwin, und die Vorfreude war ihm anzusehen. »Wie wär's, wenn ihr auf einen Sprung zu uns reinkommt und wir uns gemeinsam ein Stück davon gönnen? Hari, kannst du bitte noch mal Kaffee aufbrühen?«, rief er seinem jungen Kollegen zu, der mit Blick auf die Mehlspeise sofort aufsprang.

Perfekt. Bis jetzt verlief alles nach Plan. Innerlich rieb Valerie sich die Hände, doch der schwierigere Part kam erst.

»Sehr gern! Aber nur, wenn wir euch nicht stören«, flötete Nora und fuhr im selben Atemzug fort: »Wie kommen wir denn überhaupt zu euch rein?«

Erwin lachte. »Hier kommt ihr nicht durch. Schließlich wollen wir uns vor unerwünschten Eindringlingen schützen. Ihr könnt die erste Tür rechts gleich da im Gang nehmen.«

»Super. Dann mal los, Valerie. Ich war noch nie so hautnah auf einer Polizeiinspektion und komm mir vor wie im Krimi.« Sie zwinkerte Erwin lustig zu, und Valerie erkannte, dass sie bereits voll in ihrer Rolle war. Ihre Aufgabe war es nun, die drei so gut als möglich abzulenken. Da sie bei Bedarf ohne Unterlass plappern konnte, vertraute Valerie darauf, dass sie ihr Bestes gab. Ob es genügen würde, musste sich erst noch herausstellen.

Valerie nahm all ihren Mut zusammen und leitete den heikelsten Teil der »Operation Sachertorte«, wie sie es am Nachmittag scherzhaft genannt hatte, ein.

»Also, Erwin, das ist mir jetzt ein bisschen peinlich, aber wenn wir zu euch reinkommen, dann müsste ich vorher noch mal kurz …« Sie räusperte sich und stieg zappelnd von einem Bein aufs andere.

»Ach so. Aufs Klo musst du. Das ist schwer zu übersehen. Ja klar, kein Problem. Links die letzte Tür. Ich glaube, du warst mit Viktor sowieso schon mal hier, und ich hab euch alles gezeigt, oder?«

»Stimmt. Ist aber schon lange her. Ich werd's schon finden. Danke, Erwin.« Sie hob kurz die Hand zu einem Verlegenheitswinken und eilte mit zusammengekniffenen Knien den Gang entlang, nachdem Nora ihr ein »Toi, toi, toi« zugeflüstert hatte und im Raum hinter dem Tresen verschwunden war. Lautstark öffnete Valerie die Tür zu den Toiletten und ließ sie dann wieder ins Schloss fallen, ohne jedoch hindurchzugehen. Stattdessen schlich sie auf Zehenspitzen zum nebenan liegenden Zimmer. Dahinter, das wusste sie noch von Erwins Gebäudeführung, lagen die beiden Zellen, in denen die Bad Gasteiner Polizei Verdächtige kurzzeitig festhalten konnte, bevor sie sie entweder wieder freilassen musste oder die Festgenommenen in eine Justizanstalt überstellt wurden. Dort drinnen sollte sich also ihr Schwager befinden.

Möglichst lautlos drückte sie die Klinke runter, versicherte sich noch mit einem Blick den Gang entlang, dass niemand sie beobachtete, und schlüpfte rasch durch den Spalt. Behutsam schloss sie die Tür hinter sich und trat auf die beiden Zellen zu. Gott sei Dank sah alles noch genauso aus, wie sie es in Erinnerung hatte. Die kleinen Räume hatten jeweils ein vergittertes Fenster in der Tür, durch das man hineinsehen und mit den Insassen reden konnte.

Schon beim ersten Guckloch hatte sie Glück. Christian lag auf einem Bett und starrte an die Decke. Das war ihre Chance.

»Pst, Christian, hallo.«

Erschrocken fuhr er hoch, und Staunen breitete sich auf seinem Gesicht aus, als er erkannte, wer da vor der Tür stand.

»Valerie, was machst du denn hier?«

Hektisch fuchtelte Valerie mit den Händen und legte den Zeigefinger an ihre Lippen. »Das willst du nicht wissen, glaub mir. Aber ich hab keine andere Möglichkeit gesehen. Ich muss kurz mit dir reden, sonst kommen wir keinen Schritt weiter«, flüsterte sie.

Sie kramte in ihrer Handtasche nach dem Handy und öffnete die Galerie, um das Foto zu suchen, das Hertleins Profil bei der Verhandlung zeigte. Damals hatte dieser schulterlange Haare getragen, zum Zeitpunkt seines Todes jedoch kurze.

Sie streckte ihrem Schwager den Bildschirm entgegen und begann, ihn leise auszufragen. Christian, der die Dringlichkeit der Angelegenheit selbst am besten verstand, beantwortete alle Fragen zu ihrer Zufriedenheit. Alles war, wie sie es vermutet hatte. Mit einem Blick auf die Uhr stellte sie fest, dass die fünf Minuten, um die sie Nora gebeten hatte, wie im Flug vergangen waren. Hoffentlich fragten sich die anderen nicht, wo sie denn so lang blieb. Sie verabschiedete sich rasch und schlich zurück zur Tür, als sie draußen am Gang laut und deutlich Schritte vernahm, die in ihre Richtung kamen.

»Heiliger Bimbam! Wo hab ich mich da nur wieder hinein-
manövriert?«, verfluchte sie sich flüsternd und blieb wie erstarrt
stehen. Falls sie hier im Zellenbereich ertappt wurde, würde sie
zur Not einfach sagen, sie habe sich in der Tür geirrt. Bestimmt
würde es dafür eine gehörige Standpauke von Dorothea und
Erwin setzen, aber mehr hoffentlich nicht.

Wieder horchte sie auf die Schritte. Die Sekunden zogen sich
unendlich in die Länge. Als sie das Gefühl hatte, dass die Person,
die eben den Gang entlanggegangen war, direkt vor dem Zellenbereich stand und zögerte, rutschte ihr das Herz in die Hose. Sie
bemerkte den Schweißfilm auf ihrer Stirn und ein leichtes Zittern
ihrer Hände. Mit geschlossenen Augen schickte sie ein Stoßgebet
zum Himmel.

Offenbar wurde dieses erhört, denn einen Augenblick später vernahm Valerie das Öffnen der Herrentoilette, die genau
gegenüber den Damenwaschräumen lag. Puh, das war knapp
gewesen, aber die Gefahr, entdeckt zu werden, war noch nicht
gebannt.

Ohne dabei ein Geräusch zu verursachen, huschte sie auf den
Flur und weiter zum Klo, das sie leise betrat. Dort zog sie die
Spülung, wusch sich die Hände, damit zur Tarnung von draußen
das Wasserplätschern zu hören war, und verließ das WC, indem
sie lautstark die Klinke betätigte. Ziemlich zeitgleich mit Erwin,
der gerade die Herrentoilette verließ und sie intensiv musterte.

»Geht's dir nicht gut, Valerie? Du siehst ein wenig blass und
fiebrig aus. Fehlt dir was?«

Die fiebrige Optik kam mit Sicherheit von dem Schweiß auf
ihrer Stirn. Und dass sie blass wirkte, wunderte sie überhaupt
nicht. Schließlich hatte sie gerade eine emotionale Achterbahn-
fahrt hinter sich gebracht. Die Angst, von ihm entdeckt zu
werden, war größer gewesen als gedacht. Die Polizei zu hinter-
gehen war wahrlich nichts Rühmliches. Und sie hasste es, das
Vertrauen von Menschen zu missbrauchen, mit denen sie befreundet war.

Verlegen räusperte sie sich und antwortete mit belegter
Stimme: »Ich weiß auch nicht. Vielleicht hat mir die ganze ver-

trackte Situation auf den Magen geschlagen. Die letzten Tage waren nicht gerade erbaulich.«

»Das kannst du laut sagen«, raunte Erwin. »Komm erst mal rein in die gute Stube. Nora ist voll in Fahrt heute. Ich glaub, sie verarbeitet Stress, indem sie sich ablenkt. Was uns die in der kurzen Zeit für Geschichten erzählt hat, unglaublich. Da hast du was verpasst. Das schwöre ich dir.« Behutsam legte er ihr die Hand auf den Rücken und geleitete sie zu den anderen.

Als Dorothea ihr gerade ein Stück Torte herunterschneiden wollte, schüttelte Valerie heftig den Kopf. »Danke, ich verzichte. Mir geht's nicht so gut. Ich glaube, es ist besser, wenn wir uns langsam wieder auf den Heimweg machen, Nora.«

Ihre Freundin musterte sie intensiv und gab ihr dann recht. »Du siehst tatsächlich ein wenig angeschlagen aus. Hoffentlich klappst du mir nicht zusammen, ist wohl alles ein bisschen viel Aufregung gewesen in den letzten Tagen. Ich esse nur noch schnell auf, und dann düsen wir heim.«

Dankbar ließ Valerie sich auf einen Stuhl sinken. Sie war erpicht darauf, so schnell wie möglich von hier zu verschwinden. Mit ihrem Magen war zwar alles in Ordnung, zu gern hätte sie auch ein Stück Torte gegessen, um ihre Nerven zu beruhigen, aber es war wohl besser, wenn alle der Meinung waren, es ginge ihr nicht gut. Dann kämen sie gar nicht erst auf den Gedanken, dass der Besuch in der Polizeiinspektion womöglich ganz andere Gründe gehabt haben könnte. Zumindest war Valerie beruhigt, dass ihr die Lust auf Sachertorte nach dem Mord nicht auf Dauer vergangen war. Das wäre ja noch schöner gewesen!

***

»Ihr habt das echt durchgezogen?« Viktor saß Valerie nach dem Abendessen in der Küche gegenüber. Andi hatte sich gerade ins Wohnzimmer verzogen, um seine Lieblingsserie anzuschauen, sodass sie endlich in Ruhe reden konnten.

»Ja, haben wir. Und es hat geklappt. Ich habe es geschafft, mit Christian zu sprechen, auch wenn es natürlich nur kurz war.«

»Dann erzähl schon! Was hat er gesagt? Das ist nämlich das einzig Wichtige. Den Rest, also wie ihr das hinbekommen habt, möchte ich vermutlich gar nicht so genau wissen. Schieß los!«

»Als Erstes hab ich ihm das Foto von diesem alten Artikel gezeigt. Es sind ja einige Jahre vergangen, und Hertlein hatte damals eine komplett andere Frisur. Als die Kripo ihm die neuen Fotos unter die Nase gehalten hat, hat er ihn nicht erkannt, aber auf dem alten sehr wohl. Es war tatsächlich er, der ihn damals zu diesem Investment überredet hat. Kennengelernt haben sie sich zufällig in einer Bar neben Christians Hotel. Er meinte, dieser Hertlein war so derartig überzeugt von dem Immobilienprojekt, dass er ihn einfach angesprochen und nicht mehr vom Haken gelassen hat, bis Christian sich breitschlagen hat lassen. Irgendwie hat er Feuer gefangen, hatte die Hoffnung, ohne großen Aufwand ein wenig Geld zu machen. Er hat aber auch betont, dass der Betrag, den er investiert hat, im niedrigen fünfstelligen Bereich lag. Dass er ein Risiko einging, war ihm von Anfang an klar, das hat er bewusst in Kauf genommen. Deshalb hat er auch Bärbel nichts davon erzählt. Die Summe, die er überwiesen hat, war nicht so hoch, dass sie ihm zum Problem hätte werden können. Seine Existenz war davon in keinster Weise bedroht.«

»Das habe ich mir schon gedacht, sonst hätte er uns bestimmt davon erzählt«, mutmaßte Viktor und lauschte weiter Valeries Erzählung.

»Das glaube ich auch. Als die Renditen ausblieben und sich herauskristallisiert hat, dass mit dem Investment etwas faul war, wurde ihm schnell klar, dass Hertlein nicht der Drahtzieher, sondern ein gutgläubiger Handlanger war. Das war offensichtlich. Die Polizei hat ihn damals angeschrieben und um genaue Informationen über seine Investitionssumme und die Art und Weise, wie er von der Sache erfahren hat, gebeten. Später hat er eine Mitteilung erhalten, dass die Betrüger letztendlich vor Gericht verurteilt worden, die Gelder aber verschwunden seien.«

»Und das hat Christian so locker weggesteckt?« Viktor sah Valerie zweifelnd an.

»Ich denke schon. Er hat authentisch gewirkt, als er mir davon erzählt hat. Und seien wir ehrlich, ihn bringt doch nichts so schnell aus der Ruhe. Auch nachtragend ist er nicht, soweit ich ihn kenne.«

»Hast schon recht, das war er noch nie.« Viktor starrte ins Leere. Valerie konnte förmlich sehen, wie er die neuen Informationen verarbeitete. »Du glaubst ihm also?«, fragte er nach einer Weile.

»Unbedingt. Aber es hat natürlich eine unschöne Optik, wenn er anfangs steif und fest behauptet, den Mann nicht zu kennen, und dann stellt sich heraus, dass es sehr wohl eine Verbindung zwischen ihnen gibt. Er hat gemeint, er hätte nie im Leben damit gerechnet, dass dieser Hertlein irgendwann zu uns ins Gasteiner Tal kommen würde. Er hat ihn nur ein Mal persönlich in Nürnberg getroffen, der Rest lief per Mail, und der war auch schnell erledigt. Dazu noch die veränderte Frisur. Und abgenommen hat er wohl auch massiv. Das sieht man ja ebenfalls auf dem Foto. Der hatte früher einige Kilo zu viel auf den Rippen.«

»Kein Wunder, dass ihm der Hunger vergangen ist, bei seiner Lebensgeschichte.«

»Immerhin hat er es sich hier in Österreich gut gehen lassen.«

»Wahrscheinlich war er sich sicher, dass seine Pechsträhne nun endlich ein Ende hat, gell?«

»Der arme Kerl.« Valerie drehte betrübt ihr Glas in den Händen. »Gut, dass er nicht wusste, dass die Torte am Montag seine letzte sein würde.«

Für einen Moment lag Schweigen über dem Tisch, und beide hingen ihren Gedanken nach. Doch plötzlich rief Viktor: »Oh mein Gott! Jetzt hätte ich das Wichtigste fast vergessen. Anton und ich waren auch nicht untätig.«

Fragend schaute Valerie ihn an.

»Wir haben uns die Reportage noch einmal vorgenommen und sie genau analysiert. Wir haben am Nachmittag gar nicht darauf geachtet, wer sie geschrieben hat, weil es uns rein um den Inhalt ging. Dabei ist der Name des Journalisten fast noch wichtiger als der Rest.«

Ein Kribbeln überkam Valerie. Ein Gedanke stieg langsam,

aber hartnäckig in ihr auf. Konnte es sein, dass Viktor gleich eine andere wichtige Frage klären würde? War es womöglich …? Sie kam nicht dazu, ihren Gedanken zu Ende zu führen, weil Viktor sofort weitersprach.

»Du wirst es nicht glauben, aber es war dieser Müller, der tote Redakteur aus Deutschland, der in der Ache gefunden worden ist. Er hat den Text über diese Betrugsgeschichte verfasst. Ist das nicht der Wahnsinn?«

Seine Augen sprühten vor Begeisterung. Berechtigterweise, wie Valerie sich eingestand. Da hatten Anton und er tatsächlich eine brisante Information entdeckt. Einen Volltreffer gelandet, wie man so schön sagte. Langsam fügten sich immer mehr Puzzleteile aneinander.

Wenn Müller der Schreiber des Zeitungsartikels war, dann kannte er Hertlein, weil er ihn damals interviewt hatte. Das bestätigte, dass die Morde auf jeden Fall in Zusammenhang standen. Doch warum waren beide gleichzeitig auf die Idee gekommen, nach Bad Gastein zu fahren? Hatten sie zusammengearbeitet? Waren sie womöglich beide in die Erpressung involviert? Und wollte Müller Beweise aus Hertleins Zimmer entwenden, damit die Polizei ihm nicht auf die Schliche kam?

Valerie seufzte frustriert. Kaum hatte sie das Gefühl, dass eine Frage gelöst war, stürmten mindestens zwei neue auf sie ein. Es war wie verhext. Am besten wäre es wohl, wenn sie ihre Überlegungen für diesen Abend abschließen würden. Der Tag hatte viel Neues gebracht, aber nun standen sie wieder vor einer gedanklichen Mauer. Valerie wusste nicht, was sie weiter unternehmen konnten, um Christian aus der Patsche zu helfen. Deshalb klopfte sie mit der flachen Hand auf den Tisch und meinte: »So, ich lass es für heute gut sein und kümmere mich mal um die Wäsche. Seit Tagen schon hinke ich mit dem Waschen hinterher. Diese schrecklichen Morde und der Wettbewerb – da ist echt viel liegen geblieben.«

»Tu das, mein Schatz. Und ich mache hier in der Küche klar Schiff.«

Als Valerie wenig später den Wäschekorb füllte, klopfte sie wie üblich alle Hosentaschen ab. Sie hasste es, wenn sie ein Papiertaschentuch übersah und dieses sich in winzigen Fusseln auf die gesamte Wäsche verteilte. Da die Zwillinge die ganze Woche zu Hause gewesen waren, war der Wäscheberg so groß, dass er an diesem Abend nur mehr zum Teil zu bewältigen sein würde. Es rächte sich eben, wenn man zu viel zusammenkommen ließ.

Während sie über dem Korb stand und alle Jeans aussortierte, stieg ihr ein unangenehmer Geruch in die Nase. Der kam sicherlich von ihrer eigenen Hose, die sie am Dienstag angehabt hatte, als sie mit Viktor aus dem Fenster gesprungen war. Obwohl der meiste Müll in Säcken gesteckt hatte, roch ihre Kleidung ziemlich streng. Angewidert streckte sie ihre Jeans mit der rechten Hand von sich und klopfte sie mit der linken ab, als sie erstaunt innehielt. Was war das denn? Da steckte doch etwas Hartes in der Gesäßtasche. Entschlossen griff sie hinein und förderte ein knallrotes Feuerzeug zutage.

Nun fiel es ihr wieder ein. Sie hatte es eingeschoben, als sie mit Viktor in Hertleins Zimmer gewesen war. Genau in dem Augenblick, als von unten Dorotheas und Erwins Stimmen zu ihnen heraufgedrungen waren, hatte sie es in der Hand gehalten. In der Hitze des Gefechts hatte sie es mitgenommen, ohne lange darüber nachzudenken.

Sie unterbrach das Sortieren der Wäsche und betrachtete das Feuerzeug genauer. Als sie es einmal herumdrehte, begann ihr Herz wild zu klopfen. Es war ein Werbegeschenk mit Aufdruck. Die Frage war nur, ob es von Bedeutung war oder ob Hertlein es zufällig in seinem Zimmer gehabt hatte. Die Firma war nämlich bekannt im Tal. In großen Lettern stand auf der Rückseite »Huber-Bau«.

FÜNFZEHN

»Was hältst du davon, wenn wir einen Teil des Daches abtragen und einen Turm auf unser Hotel bauen lassen?«, fragte Valerie Viktor am nächsten Morgen beim Frühstück.

Entgeistert sah er sie an und vergaß im ersten Moment sogar, seinen Bissen hinunterzuschlucken. Als er nicht gleich antwortete, hakte Valerie nach.

»Hast du mir überhaupt zugehört? Ich rede von einem Turm. Das Kurschlössl hat ja auch einen. Und obwohl mich die Pläne dazu anfangs massiv gestört haben und mir total verrückt vorgekommen sind, habe ich mich inzwischen daran gewöhnt. Ich möchte nicht gerade behaupten, dass der Turm ein Hingucker ist, aber die Zimmer und der Wellnessbereich mit dem Außenpool am Dach sind bestimmt top für Gäste. Also, was meinst du?«

Endlich fand Viktor seine Sprache wieder. »Offen gestanden, weiß ich überhaupt nicht, was ich dazu sagen soll. Du hast doch nur gelästert über dieses Projekt. Und jetzt willst du aus heiterem Himmel auf das Haus deiner Vorfahren so ein Monstrum setzen? Das erinnert mich an diesen toskanischen Ort. Du weißt schon … wie heißt der noch?«

»Du meinst wahrscheinlich San Gimignano. Der Vergleich ist gar nicht so schlecht. Ein wunderbares Städtchen.« Sie strahlte ihn an.

»Ja, ganz wunderbar, aber im Mittelalter hatten die Einwohner dort – mit Verlaub – einen Vogel. Jedes Familiengeschlecht hat versucht, die anderen mit einem Turm zu übertrumpfen, der noch höher und mächtiger war als der der Nachbarn. Und dadurch ist mitten in Italien plötzlich ein kleines Manhattan entstanden. Dort wurden quasi die Ahnen der heutigen Wolkenkratzer gebaut. Willst du jetzt unseren Kollegen Konkurrenz machen?« Viktors Tonfall verriet eindeutig, wie er zu dieser Idee stand, während Valerie sich köstlich amüsierte.

»Das wäre doch was. Damit kommt Bad Gastein in die Schlagzeilen. Stell dir vor, das Kurschlössl legt noch ein paar Stockwerke nach, und dann wieder wir. Vielleicht schließt sich auch noch das Hotel Sissi an. Und irgendwann in ein paar hundert Jahren pilgern die Leute aus der ganzen Welt nach Bad Gastein, um sich unsere Türme anzusehen. Die Vorstellung hat doch was.« Valerie konnte sich nur mühevoll ein Grinsen verkneifen, was Viktor nicht bemerkte, da er starr auf seine halb gegessene Marmeladensemmel stierte und schnaubte.

»Die Touristen kommen schon seit Ewigkeiten zu uns, und dafür hat es bisher keine Türme gebraucht. Viele unserer Häuser, die in die Felsen hineingebaut wurden, sind von der Talseite aus betrachtet ohnehin schon Hochhäuser. Noch mehr Höhe braucht's da wirklich nicht, Valerie. Die Gäste schätzen unser Thermalwasser, den Heilstollen, die wunderbare Bergkulisse mit den Skipisten, die traumhaften Wandertouren und natürlich die unvergleichlichen Häuser der Belle-Époque-Zeit. Wir haben es nicht nötig, einen Wettkampf im Turmbauen anzuzetteln, damit sie bei uns Urlaub machen.«

Jetzt hielt Valerie es nicht mehr aus. Laut prustete sie los. Viktor hatte ihr diese verrückte Idee doch tatsächlich abgekauft. Hätte er sich ihr Gesicht angesehen, hätte er sofort gewusst, dass sie ihn auf den Arm nahm, aber durch das Auf-den-Teller-Starren hatte er nur auf ihre Worte gehört, nicht aber auf ihre Mimik geachtet, die sie mit Sicherheit verraten hätte. »Wettkampf im Turmbauen. Das ist gut.« Es fiel Valerie schwer, die Gluckser, die immer wieder hochkamen, zu unterdrücken. Lautstark räusperte sie sich und versuchte, den Lachanfall, der sie überkommen hatte, in den Griff zu kriegen. »Du hast das wirklich ernst genommen, oder?«

»Du bist meine Frau. Ich nehme dich immer ernst.«

Auf diese Aussage hin musste Valerie erneut lachen. »Darüber ließe sich wohl diskutieren. Aber darum geht's nicht. Spaß beiseite, ich wollte dich nur ein wenig aus der Reserve locken. Ich konnte ja nicht ahnen, dass du mir diesen Schmarrn abnimmst.« Nun schaffte sie es endlich, sich zusammenzureißen. Das Lachen war einem breiten Grinsen gewichen. »Ich geb's zu. Es war nicht nett von mir, aber ich habe einen triftigen Grund dafür. Freunde dich gedanklich schon mal mit dem Turm an, damit wir hernach authentisch sind. Wir haben nämlich heute Vormittag was vor.«

Nun hatte sie Viktors ungeteilte Aufmerksamkeit, wobei sie deutlich spürte, dass er leicht verstimmt war. Ihr Scherz war offenbar nicht gut angekommen, was ihr im Nachhinein leidtat. Aber, Himmel, was war denn so schlimm daran gewesen? Empfindlich wie eine Mimose brauchte er wahrlich nicht zu sein.

Als er sich räusperte und die Augenbraue streng in die Höhe zog, merkte sie, dass er eine Erklärung erwartete und sie mit ihren Gedanken schon wieder abgedriftet war. Das passierte ihr immer häufiger. Sie hoffte inständig, dass Zen-Meister Schmidt ihr mit seinem Wissen und seiner Erfahrung helfen konnte. Sie wollte in ihrem eigenen Oberstübchen Herr beziehungsweise Frau der Dinge bleiben. Was wann gedacht wurde, wollte sie immer noch selbst entscheiden.

Es war ein Zeichen der Zeit, dass bei der unglaublichen Reizüberflutung, der alle ausgesetzt waren, viele Menschen Probleme damit hatten, sich auf eine Sache zu konzentrieren. Zu viele Eindrücke galt es zu verarbeiten. Manche hatten das bewusst erkannt und sich dazu entschieden, gegenzulenken. Die Angebote dafür wurden immer zahlreicher. Während die einen sich in Qigong oder Yoga übten, begannen die anderen zu meditieren oder gingen zum Waldbaden. Entspannung und Wellness waren boomende Geschäftszweige geworden. Daran ließ sich nicht rütteln, und das machte sich auch stark in den Tourismusregionen bemerkbar.

Valerie zuckte zusammen, als Viktor laut ihren Namen sagte. Verdammt, eigentlich hatte sie ihm antworten wollen, stattdessen hatte sie sich in den Gedanken verheddert, wie leicht man sich heutzutage ablenken ließ. Sie brauchte wirklich Hilfe, so viel stand fest. Außerdem hatte sie das Thema erst kürzlich mit Nora durchgekaut.

Schnell riss sie sich zusammen und erzählte Viktor von dem Feuerzeug, das sie am Vorabend in der Wäsche entdeckt hatte. Ihre Idee war es nun, unter einem Vorwand nach Dorfgastein zu »Huber-Bau« zu fahren und den Chef um ein Gespräch zu bitten.

Für eine Terminvereinbarung hatten sie keine Zeit, außerdem war es bestimmt sinnvoll, unvorbereitet dort aufzutauchen. Falls mit der Firma etwas faul war, konnte das Überraschungsmoment von Nutzen sein. Sie würden darauf bestehen, mit Herrn Huber persönlich zu sprechen. Aufhänger sollte besagter Turm sein. »Wir konfrontieren ihn einfach mit dieser Idee und fragen, ob er glaubt, dass das baulich umsetzbar wäre, also auf die Statik bezogen. Wenn wir, die Thallers vom Grand Hotel, mit so einer Anfrage kommen, wird er bestimmt äußerst gesprächsbereit sein. Und bei der Gelegenheit versuchen wir, ihn ein wenig auszufratscheln. Vielleicht weiß er etwas über Hertlein. Ich möchte zu gern erfahren, ob unser Toter das Feuerzeug zufällig in seinem Pensionszimmer liegen hatte oder ob es damit eine spezielle Bewandtnis hat. Natürlich ist das nur ein Strohhalm, an den ich mich klammere. Aber vielleicht hängt ›Huber-Bau‹ irgendwie in der Sache mit drin, überprüfen sollten wir das auf jeden Fall.«

Viktor, der die letzten Minuten sichtlich verkrampft vor seinem Teller gesessen war, entspannte sich zusehends und ließ sich nach hinten sinken. »Du hast mir einen gehörigen Schrecken eingejagt, das sag ich dir. Tu das nie wieder. Der Jüngste bin ich auch nicht mehr, nicht dass ich wegen dir noch mal einen Herzinfarkt bekomme. Ein Turm auf unserem Hotel.« Er schüttelte den Kopf.

Valerie musterte ihren Mann, der nur ein paar Jahre älter war als sie und topfit, soweit sie das beurteilen konnte. Als Mitglied der Bergwacht war er ständig im Gebirge unterwegs, zudem ging er viele Touren mit den Gästen. Ein absolut sportlicher Typ, der mal wieder stark übertrieb, um ihr ein schlechtes Gewissen zu machen. Na ja, verdient hatte sie es, schließlich hatte sie ihn tatsächlich aufs Glatteis geführt.

»Jetzt übertreib mal nicht. Bloß weil ich einen Scherz mache, bekommst du noch lange keinen Herzinfarkt. Ich meine das ernst. Ich würde gern mit dir zu ›Huber-Bau‹ fahren. Die Turm-Idee ist zwar ein wenig ausgefallen, aber gerade deshalb wird der Chef bestimmt darauf anspringen. Ein so lukratives Projekt, das noch dazu jede Menge Schlagzeilen machen würde, wäre bestimmt eine einmalige Gelegenheit für ihn. Er muss ja nicht wissen, dass wir nie im Leben so ein Monstrum auf unser schönes Grand Hotel setzen würden. Es soll auch bei diesem ersten Treffen bleiben, mir geht es nur darum, ein Gefühl dafür zu bekommen, ob in dieser Firma alles mit rechten Dingen zugeht oder ob sie eventuell in Zusammenhang mit unseren Mordfällen steht. Das wird nicht leicht rauszufinden sein. Aber wir müssen auch der kleinsten Spur nachgehen, oder?«

»Stimmt. Und deswegen fahren wir einfach hin. Doch versprich dir nicht zu viel davon. Große Hoffnung mache ich mir da nicht. Außerdem muss ich um halb elf wieder zurück sein, weil ich doch meine Tour auf den Gamskarkogel habe. Mal schauen, was der Huber uns zu bieten hat. Vielleicht komme ich noch auf den Geschmack und kann mich mit der Vorstellung, einen eigenen Turm zu besitzen, sogar anfreunden. Aber höher als der vom Kurschlössl müsste er auf jeden Fall sein, gell?« Er grinste und griff nach seiner Semmel. Für ihn war das Thema somit abgehakt, so gut kannte Valerie ihn.

Sobald sie im Büro und an der Rezeption nach dem Rechten gesehen hatten, würden sie sich auf den Weg machen. Valerie war neugierig auf den Chef der Baufirma. Sie hatte schon viel über ihn gehört, leider nicht das Beste. Sowohl ihre Eltern als auch Viktor und sie hatten »Huber-Bau« noch nie beauftragt, dabei ließen die meisten im Tal ihre Bauarbeiten von dieser Firma übernehmen. Sie mochte es nicht, wenn ein Platzhirsch alles an sich riss, vor allem die öffentlichen Aufträge, um die sich bestimmt auch andere Firmen bewarben. Das hinterließ einen schalen Geschmack und weckte in Valerie den Drang, es anders zu machen. Deshalb beauftragten sie stets eine kleine Baufirma aus St. Johann, wenn es am Hotel Arbeiten zu erledigen gab. Ansonsten achteten sie darauf, möglichst Firmen und Händler aus dem Tal zu beschäftigen. Aber vor »Huber-Bau« hatte schon ihr Vater immer gewarnt. Umso gespannter war sie nun auf ihren Besuch dort.

***

Valerie genoss es stets, wenn sie nicht selbst fahren musste und in Ruhe aus dem Fenster schauen konnte. Entspannt lehnte sie sich zurück und nahm die Landschaft bewusst wahr, die an ihr vorüberzog. Als sie durch Bad Hofgastein kamen, staunte sie wieder einmal über die großen Veränderungen, die hier in den letzten Jahren passiert waren. Sie hatte sich noch immer nicht so richtig daran gewöhnt, dass die neue Gondelbahn hinauf auf die Schlossalm nun direkt über die Hauptstraße führte. Ein großer Kreisverkehr und erweiterte Parkflächen waren ebenfalls dazugekommen. Alles modern und superschön, aber eben noch immer ein wenig fremd. Generell tat sich einiges im Tal. Fleißig wurde nach massiven Überschwemmungen am Hochwasserschutz der Ache gearbeitet, und an manchen Stellen mussten bauliche Maßnahmen gesetzt werden, um Vermurungen vorzubeugen, die sich in den letzten Jahren unangenehm gehäuft hatten. Auch an der Bahntrasse und an den drei Bahnhöfen wurden umfassende und dringend notwendige Sanierungen realisiert. Alles Projekte, die das Tal infrastrukturmäßig aufwerteten. Ob auch »Huber-Bau« von der einen oder anderen öffentlichen Baustelle profitierte? Sie konnte es kaum erwarten, den Chef kennenzulernen.

Es war kurz vor neun, als Viktor den Hotelbus durch das Tor der Baufirma lenkte. Auf den Parkplätzen vor dem Haus standen ein paar Mittelklasse-Pkw, daneben ein protziger Pick-up, der Viktor durch die Zähne pfeifen ließ. »Wow, das ist ein original RAM, ein amerikanischer Wagen, für Europa viel zu überdimensioniert. Eine richtige Angeberkarre. Kostet über hunderttausend Euro.«

»Schau mal, da steht ›Huber 01‹ auf dem Nummernschild«, meinte Valerie schnaubend. »Wenn das mal nicht das Auto des Chefs ist. Bescheiden, oder?«

»Bestimmt. Ein Pick-up macht natürlich wegen der Ladefläche in einer Baufirma Sinn, aber so wie dieser Wagen wirkt, hat er noch nie eine Baustelle aus der Nähe gesehen. Da ist kein Staubkörnchen drauf. Der ist poliert und glänzt wie ein eingeöltes Osterei.«

Valerie grinste. »Das ist mir auch gleich aufgefallen. Ich bin der Meinung, dass man fast immer vom Auto auf die Persönlichkeit des Besitzers schließen kann. Demnach ist Herr Huber ein Angeber, der sich nicht gern selbst die Hände schmutzig macht. Lassen wir uns überraschen, ob wir mit unserer Vermutung ins Schwarze treffen.«

»Übertreibst du da nicht ein wenig?« Viktor beäugte sie skeptisch. »Nur weil einer ein teures Auto fährt, muss er noch lange kein Angeber sein. Vielleicht denken wir Männer über solche Dinge einfach anders als ihr Frauen.«

»Na, dann lass uns doch mal schauen, ob ich mit meiner Einschätzung richtigliege. Ich hab ihn noch nie persönlich getroffen. Park doch dort drüben, hier ist ja schon alles voll.«

Viktor befolgte Valeries Rat und stellte sich etwas abseits vom Haus, dorthin, wo offenbar die Pritschenwagen standen, wenn sie nicht im Einsatz waren. Momentan war nur einer hier geparkt, die anderen waren wohl alle auf den Baustellen.

Valerie löste den Gurt und öffnete die Tür. Bewusst hatte sie sich heute für ihre geschäftsmäßige Kleidung, also ein aus der Region stammendes und hochwertig gearbeitetes Dirndl und eine farblich dazu passende taillierte Strickjacke, entschieden. Auch Viktor war wieder in Tracht. Wie immer sah er stattlich aus. Oft hatten sie schon gehört, welch schönes Paar sie abgaben.

»Dann mal los, meine Liebe.« Viktor hatte das Auto umrundet und hielt Valerie galant den Arm hin, damit sie sich bei ihm einhängen konnte. Im selben Augenblick hörten sie Stimmen, die aus dem Nebengebäude drangen.

»Da Ochter? Na, der ist nu imma ned z'ruck aus da Werkstott. Der Chef sogt, dass irgenda Teil ned lieferbor is und des länger dauern kann.«

»Aber wir brauchan bei der Auftrogslog jedes verfügbore Fohrzeig. Jetzt vorm Winter ist ois nu dicht. Soboid's schneibt, stengan monche Baustellen. Deswegen miaß ma vorher so vü wie möglich schoffen.«

Valerie wusste mit dem Gespräch nicht allzu viel anzufangen. Offenbar war der Achter ein Fahrzeug, das laut Chef schon länger in der Werkstatt stand und eigentlich dringend gebraucht wurde, weil die Auftragslage so gut war. Mit einem Blick auf das Nummernschild des einen Pritschenwagens, der vor Ort war, ging Valerie ein Licht auf. »Huber 06« stand dort. Dann war »Huber 08« wohl der Achter, von dem die Männer gesprochen hatten, bevor sie zur Tür heraustraten und die beiden Besucher überrascht musterten.

Rasch marschierte Valerie in Richtung des modernen Bürogebäudes und zog Viktor mit sich, um nicht den Eindruck zu erwecken, gelauscht zu haben. Eigentlich unsinnig, weil ihr doch egal sein konnte, ob ein Fahrzeug fehlte oder nicht. Sie interessierte sich viel zu oft für Dinge, die sie nichts angingen.

»Bitte schön.« Galant hielt Viktor ihr die Tür auf und ließ sie eintreten. Ein dunkler Läufer leitete sie direkt zum Empfangstresen, der sich mit seiner knallroten Farbe gut vom weißen Fliesenboden abhob. Inmitten des grellen Rots prangte der weiße Schriftzug »Huber-Bau«. Vor einem riesigen Bildschirm, der sie beinahe verdeckte, saß eine junge Frau, die sie sogleich nach ihren Wünschen fragte. Valerie blickte sich um. Einige Türen gingen offensichtlich direkt von der Eingangshalle in Büros. Und linker Hand führten sowohl Treppe als auch Lift hinauf in den ersten Stock. Von irgendwoher war das Geräusch eines Druckers zu hören, auch leise Stimmen vernahm Valerie, aber alle Räume waren verschlossen, sodass sie leider keine zufälligen Beobachtungen machen konnte, um einen Eindruck von »Huber-Bau« zu bekommen. Dann würde sich ihr Urteil wohl auf den Chef höchstpersönlich beschränken, wenn sie denn überhaupt mit ihm sprechen durften. Denn soeben erklärte die Mitarbeiterin Viktor, dass Herr Huber ohne Termin niemanden empfange und sie sich am besten telefonisch noch einmal melden sollten.

Telefonisch? War das ihr Ernst? Valerie hätte am liebsten laut gerufen: »Hallo, wir stehen direkt vor Ihnen. Warum sollen wir Sie anrufen, um mit Ihnen zu sprechen?« Doch sie ließ es bleiben, es würde wohl zu nichts führen. Außerdem merkte sie, dass Viktors Stimme nun etwas lauter wurde, nicht ungehalten oder unhöflich, sondern einfach nur lauter.

»Liebe Frau Winter« – der Name stand auf einem Schild – »vielleicht wären Sie so lieb und würden einfach einmal bei Herrn Huber nachfragen, ob er nicht doch Zeit für uns hat. Sagen Sie ihm bitte, dass Herr und Frau Thaller vom Grand Hotel gern mit ihm sprechen würden. Es geht um ein äußerst innovatives Projekt, bei dem wir auf einen renommierten Betrieb hier aus dem Tal setzen möchten.«

»Tut mir leid, ich habe strikte Anweisung …«, begann die junge Frau gerade erneut mit dem gleichen Satz, den sie schon zuvor von sich gegeben hatte, als eine der Türen aufflog und ein stark übergewichtiger Mann in einem schlecht sitzenden Anzug heraustrat.

»Lassen Sie nur, Frau Winter. Die Herrschaften können selbstverständlich auf einen Sprung zu mir hereinkommen. Bringen S' uns bitte drei Tasserl Kaffee und … Sie wissen schon …« Mit einer Geste, die seiner Angestellten wohl zeigen sollte, dass sie gefälligst den Mund halten und möglichst rasch seinen Wünschen nachkommen sollte, beendete er die Kommunikation mit ihr und wandte sich an Viktor und Valerie.

Wäre die Szene in einem Comic abgebildet gewesen, dann hätten in seinen Augen wohl Eurozeichen aufgeleuchtet. »Herr und Frau Thaller vom Grand Hotel. Das ist aber eine besondere Freude so früh am Montagmorgen. Küss die Hand, Madame.«

Dieser schmierige Mensch, der einige Zentimeter kleiner war als sie selbst, drückte Valerie doch tatsächlich einen klebrigen Kuss auf den Handrücken, anstatt ihn nur sachte anzudeuten. Das war ihr noch nie passiert. Angeekelt hoffte sie, dass er schnell wieder loslassen würde, doch Herrn Hubers dicke Wurstfinger wollten Valeries Rechte gar nicht mehr freigeben, wie ihr schien. Dabei ruhte sein Blick ziemlich ungeniert auf ihrem Dekolleté. Am liebsten hätte sie dem feinen Herrn Chef eine geschmiert, doch dann hätten sie wohl auf ein Gespräch mit ihm verzichten müssen.

Erleichtert stellte sie fest, dass Viktor sich neben ihr vernehmlich räusperte, sodass Herr Huber wohl oder übel gezwungen war, seine Aufmerksamkeit ihm zuteilwerden zu lassen. »Herr

Thaller. Es freut mich außerordentlich, dass Sie den Weg zu mir in meine bescheidene Hütte gefunden haben.«

Dabei machte er eine Geste in sein Büro, das offensichtlich teuer, aber äußerst geschmacklos eingerichtet war. Allein die Beleuchtung des riesigen Glasschreibtisches war ein Frevel. Ein eckiger Lampenschirm thronte auf einer Skulptur aus schwarzem Glas. Wohlgemerkt einer nackten Frauengestalt. Wie stillos war das denn? Valerie schüttelte sich instinktiv, was Herrn Huber Gott sei Dank nicht aufzufallen schien.

Bis Frau Winter drei Tassen Kaffee gebracht hatte, dazu noch einen Teller mit Weißbrotscheiben samt Schokoaufstrich, führte Herr Huber gekonnt Small Talk, wobei Valerie nicht umhinkonnte, ihn mehr als unsympathisch zu finden. Dennoch leitete er ein stattliches Unternehmen. Schon zu Zeiten seines Vaters hatte die Baufirma offenbar satte Gewinne erzielt, doch seit er selbst am Ruder war, waren die Zahlen geradezu in die Höhe geschnellt, wie er zu erzählen wusste.

Bescheidenheit war eine Tugend, die an Herrn Huber spurlos vorübergegangen war. So viel war schon nach wenigen Minuten klar. Als die Tür hinter seiner Mitarbeiterin ins Schloss fiel, meinte er unvermittelt: »So, nun genug von mir und ›Huber-Bau‹. Womit kann ich Ihnen dienen?«

Er löffelte sich mindestens fünf Stück Zucker in seine Tasse, tröpfelte ein wenig Milch hinein, rührte hektisch um, nur um dann als Erster nach einem Schokobrot zu greifen. Frau Winter hatte augenscheinlich sofort gewusst, was ihr Chef zum Kaffee wünschte. So wie sich das weiße Hemd über seinem Bauch spannte und sogar ein kleines Stück Haut zwischen den Knöpfen erkennen ließ, mutmaßte Valerie, dass dieser Snack oft gereicht wurde. Obwohl sie Schokolade liebte und gerade zum Kaffee gern eine Kleinigkeit naschte, konnte sie sich nicht dazu überwinden, etwas zu essen. Erstens erschien ihr das Angebot für Besucher mehr als stillos, und zweitens machte das Doppelkinn ihres Gegenübers jedwede Lust auf Süßes zunichte.

Sie räusperte sich dezent, trank einen Schluck Kaffee, schwarz und ungezuckert, wie sie ihn immer genoss, und stupste unter dem Tisch Viktor an. Sollte er lieber das Gespräch führen. Herr Huber wirkte so, als ob er Frauen zwar gern anglotzte, aber nicht für voll nahm.

Viktor reagierte sofort und begann, Herrn Huber von ihrer Idee zu erzählen. Bei dem Wort »Turm« merkte Valerie dem Bauunternehmer Überraschung an, er war jedoch Profi genug, sich wortlos weiter anzuhören, was das Ehepaar Thaller so im Sinn hatte.

»Eines wäre uns abschließend wichtig«, leitete Viktor die letzten Sätze ein, »unser Turm sollte auf jeden Fall ein gutes Stück höher sein als der vom Kurschlössl. Sie verstehen das bestimmt, gell, Herr Huber?«

Der Angesprochene stopfte schnell den Rest seines zweiten Brotes in den Mund, kaute hektisch, wischte sich die Finger mit einer Serviette ab, schluckte und strahlte Viktor schließlich an. »Lieber Herr Thaller, dafür habe ich größtes Verständnis. Wer möchte sich nicht ein wenig von den anderen abheben?« Er zwinkerte verschwörerisch, und Valerie musste sofort an seine sündhaft teure Karosse am Parkplatz vor dem Gebäude denken. Ja, diesen Wunsch konnte er nachvollziehen, das glaubte sie ihm aufs Wort.

Nachdem er ein paar Nachfragen gestellt hatte, um die Dimension des Projekts besser einschätzen zu können, meinte er: »Am besten sehen wir uns das direkt vor Ort bei Ihnen im Hotel an. Ich komme mit zwei meiner besten Leute, denn schließlich müssen wir prüfen, ob ein Turm auf dem obersten Stock aus statischen Gründen überhaupt möglich ist. Wenn wir alles genau begutachtet und dokumentiert haben, können wir einen Plan erstellen und Ihnen einen Kostenvoranschlag zukommen lassen. Das muss alles Hand und Fuß haben.« Er rückte seine Krawatte zurecht, auf der inzwischen ein unübersehbarer Schokofleck prangte, und fuhr mit gerunzelter Stirn fort: »Ich hoffe nur, dass wir die nötigen Genehmigungen für dieses doch etwas spezielle Bauvorhaben erhalten. Aber mit ein bisschen gutem Willen«, dabei rieb er den Daumen kreisförmig über Zeige- und Mittelfinger, um Geld anzudeuten, »wird das kein Problem sein.«

Zufrieden lehnte sich Herr Huber in seinem Stuhl zurück, verschränkte die Hände und legte sie auf seinem Wanst ab.

Valerie tobte innerlich. Hatte der Kerl ihnen gerade nahegelegt, die Gemeinde zu schmieren, um einen positiven Bescheid für ein in Wahrheit wahnwitziges Projekt zu erhalten? Schließlich würde ihr Turm nicht vor dem Bergrücken des Graukogels stehen wie beim Kurschlössl, sondern mitten im Ortsbild und weithin sichtbar. So etwas dürfte doch nie eine Erlaubnis bekommen, und ein Mann aus der Branche müsste das wissen und sollte ihnen fairerweise von diesem Projekt abraten und einen weniger auffälligen Umbau vorschlagen. Zudem war Valerie überzeugt, dass der Gemeinderat unter Bürgermeisterin Gabriele Roither nicht bestechlich war. Gut möglich, dass es vor langer Zeit solche Vorfälle gegeben hatte, aber aktuell konnte sie sich das nicht vorstellen. Valerie fand den Chef von »Huber-Bau« immer unsympathischer, bis ihr plötzlich klar wurde, dass er ihr eine gute Vorlage geliefert hatte. Wo sie jetzt schon mal in der rechtlichen Grauzone gelandet waren, konnten sie da auch noch ein wenig verbleiben.

Aus diesem Grund rückte sie näher an den Tisch heran und beugte sich in Hubers Richtung, um ihm Einvernehmen zu signalisieren. »Ähm, wenn wir schon über diese Sache sprechen«, auch sie bediente sich nun der unmissverständlichen Geste mit Daumen, Zeige- und Mittelfinger und fragte geradeheraus: »Gibt es bei ›Huber-Bau‹ Möglichkeiten, sagen wir einmal, steuerschonende Rechnungen zu stellen?« Valerie war stolz auf sich. Steuerschonend, ein schönes Wort für Schwarzarbeit.

Nun war es an Herrn Huber, ein wenig näher zu rutschen und leise zu sagen: »Verehrte Frau Thaller, steuerschonend ist immer möglich bei ›Huber-Bau‹. Wir wollen unsere Kunden schließlich zufrieden stimmen.«

Viktor verschluckte sich fast, nachdem er ihre Frage gehört hatte, das merkte sie sofort. Darüber hatten sie im Vorhinein nicht gesprochen, aber Valerie wollte unbedingt herausfinden, wie genau es Herr Huber mit den Gesetzen im Staate Österreich nahm und ob er kooperativ auf illegale Kundenvorschläge einging, wenn beide Seiten einen Vorteil daraus ziehen konnten. Dieser Verdacht hatte sich in dem Gespräch nun gleich doppelt bestätigt. Somit hatten sie ein gutes Bild von Hubers geschäftlichen Gepflogenheiten bekommen.

Doch wie sie zu Hertlein überleiten sollte, wollte ihr partout nicht einfallen. Das Gespräch hatte keinerlei Möglichkeit geboten, um seinen Namen unauffällig einzuflechten. Somit musste sie sich rasch etwas anderes einfallen lassen, um Zeit zu gewinnen, bis ihr eine zündende Idee kam. Sie wusste nicht recht, warum sich ihr genau diese Frage nun aufdrängte, doch sie folgte ihrem Instinkt, als sie hinterherschob: »Ach ja, Herr Huber, wären Sie so lieb und könnten uns bitte zwei oder drei Referenzprojekte hier im Tal nennen, die wir uns bei Gelegenheit näher anschauen können? Schließlich ist die Wahl der richtigen Baufirma enorm wichtig, das verstehen Sie bestimmt. Und wir würden uns gern einen Überblick über Ihre Arbeitsweise verschaffen, vielleicht mit den jeweiligen Bauherren reden. Was können Sie uns denn da empfehlen? Den Klosterumbau hinten in Böckstein zum Beispiel?«

Bei dem Wort »Kloster« schnellte Hubers Augenbraue nach oben. Er wetzte unruhig auf seinem Stuhl herum, führte seine Tasse an die Lippen, obwohl Valerie kurz zuvor gesehen hatte, dass sie bereits leer war. Wollte er Zeit schinden, um sich eine Antwort parat zu legen? Es sah ganz danach aus.

Als er sein Kaffeehäferl wieder abgestellt hatte, hob er den Kopf, setzte ein betrübtes Gesicht auf und meinte: »Liebste Frau Thaller, selbstverständlich habe ich Referenzprojekte, bei denen Sie sich jederzeit umsehen können. Nur das Klosterprojekt, nun … wie soll ich sagen … der neue Eigentümer des alten Hotels, der ist da ein wenig speziell. Er will, dass alles perfekt wird und die Gebäude erst hergezeigt werden, wenn sie ganz fertig sind. Ich denke, dass er da vielleicht ein wenig abergläubisch ist.«

Ein abergläubischer Zen-Meister. Diese Aussage kam Valerie gewagt vor, und sie fand es Karsten Schmidt gegenüber reichlich unfair, ihn als schrägen Vogel hinzustellen. Vermutlich war

»Huber-Bau« mit den Arbeiten gehörig in Verzug. Es war erfahrungsgemäß nie ratsam, eine Firma komplett unbeaufsichtigt arbeiten zu lassen. Während Schmidt mit seinem Freund Krause in Nürnberg war, ließ Huber vermutlich die Baustelle schleifen. Es wurde zwar gearbeitet, das hatte Valerie mit eigenen Ohren gehört, aber wenn nur ein Wagen mit ein paar Leuten bei so einem Großprojekt zugange war, konnten die Fortschritte nicht allzu groß sein. Diese Tatsache galt es wohl zu verschleiern.

Mit wissendem Lächeln hörte sie sich seine anderen Vorschläge an, Viktor und sie blieben vage, meinten, sie würden sich wieder bei ihm melden, und verabschiedeten sich schlussendlich, ohne mit Huber über Jens Hertlein gesprochen zu haben.

So ein Mist. Valerie überlegte hektisch. Als sie schon halb zur Tür raus waren, flötete sie schließlich Viktor entgegen: »Siehst du, Liebling? Ich wusste doch, dass der Tipp von Herrn Hertlein goldrichtig war. Ich denke, bei ›Huber-Bau‹ sind wir gut aufgehoben.«

Sie drehte sich noch einmal um und winkte dem Firmenchef kokett zu, wollte aber in Wahrheit nur seine Reaktion auf den Namen Hertlein sehen. Und die war eindeutig. Der Schreck stand ihm ins Gesicht geschrieben. Es hatte seine ungesunde Röte verloren und war nun blass wie die Wand in seinem Büro. Volltreffer, dachte Valerie, und ging beschwingt an Viktors Arm nach draußen.

Als sie das Gebäude verließen, stöhnte Viktor theatralisch auf. »Puh, endlich frische Luft. Dort drinnen im Büro war es kaum auszuhalten. Der Typ hat während seiner Schokoorgie zu schwitzen begonnen, das war nicht mehr lustig. So ein widerlicher Mensch. Jetzt fühle ich mich von vorne bis hinten darin bestätigt, dass es richtig war, ihm noch nie einen Auftrag erteilt zu haben. Da lobe ich mir halt unsere kleine, aber feine Baufirma in St. Johann. Die würde uns nie dazu raten, jemanden zu bestechen, um an eine Baubewilligung zu kommen.«

Nachdem sie ins Auto gestiegen waren, startete Viktor den Motor und rollte zum Tor hinaus.

»Aber immerhin wissen wir jetzt, dass man mit ›Huber-Bau‹

krumme Geschäfte machen kann. Und ich schließe nicht aus, dass er in der Sache mit Hertlein drinhängt. Ich bin sogar überzeugt, dass es da etwas gibt, was es zu verheimlichen gilt. Er wurde leichenblass, als ich den Namen beim Rausgehen erwähnt hab.« Valerie zog die Stirn in Falten und schüttelte den Kopf. Ihr wollte partout keine mögliche Erklärung für Hubers Reaktion einfallen. Was konnte die Baufirma mit Hertlein zu tun gehabt haben? War Huber vielleicht der Mörder? Sofort verwarf sie den Gedanken wieder. Dieser Typ käme mit seiner unfitten Art nicht einmal in die Nähe der Stelle, an der der Schütze gestanden hatte. Es musste etwas anderes sein. Doch was? Nervös knetete sie ihre Hände.

Viktor setzte inzwischen den Blinker, um auf die Hauptstraße zurück nach Bad Gastein zu biegen. »Es ist zum Verrücktwerden, gell? Man spürt, dass es da einen Zusammenhang gibt, aber man weiß einfach nicht, welchen. Das alles ergibt für mich keinen Sinn. Ehrlich gesagt, bin ich am Ende meines Lateins. Der Auftritt bei Huber hat uns zu wenig Konkretes gebracht. Ich glaube, das Beste wird sein, wir hören auf. Wir müssen wohl darauf zählen, dass die Polizei den Fall ohne uns löst. Mir fällt nichts mehr ein, was wir für Christian noch tun könnten.«

Das kam unerwartet. Valerie schluckte. Schon möglich, dass nun der Zeitpunkt gekommen war, an dem sie es bleiben lassen sollten. Nichts passte zusammen. Es war, als ob sie das größte Puzzleteil übersehen würden, das, das alle anderen miteinander verband. Es war der erste Mordfall, bei dem Valerie wohl klein beigeben musste. Dieses Gefühl behagte ihr gar nicht. Doch Viktor war es, der sie um ihre Hilfe gebeten hatte. Wenn er nun entschied, dass mit der ganzen Sache Schluss war, dann würde sie seinen Wunsch respektieren, so schwer es ihr fiel.

Um auf andere Gedanken zu kommen, drehte sie den Salzburger Regionalsender im Radio auf, aus dem eben die vertraute Stimme des Nachrichtensprechers ertönte. »… ersucht die Polizei um Ihre Mithilfe. Gesucht wird Georg Baier, neununddreißig Jahre alt, aus Erlangen. Er wurde zuletzt am Abend des 20. Oktober am Karl-Imhof-Ring im Ortsteil Böckstein in Bad Gastein gesichtet. Er ist etwa einen Meter fünfundachtzig groß und hat kurzes braunes Haar. Ein Unfall oder ein Verbrechen kann nicht ausgeschlossen werden. Sollten Sie den Mann gesehen haben, wenden Sie sich bitte an die nächste Polizeiinspektion. Fotos des Vermissten finden Sie auf unserer Webseite.«

Viktor griff nach Valeries Hand und drückte sie leicht. »Wie du siehst, arbeitet die Polizei auf Hochtouren an dem Fall. Vielleicht bringt der Aufruf einen Hinweis. Und wenn Baier gefunden wird, klärt sich bestimmt alles auf. Es ist die richtige Entscheidung, den Rest den Profis zu überlassen, gell?«

Hoffentlich behielt er recht. Sie wussten ja nicht einmal, ob Baier noch am Leben war.

SECHZEHN

»Ist Anton da?« Valerie wandte sich fragend an eine der Küchenmitarbeiterinnen im Grand Hotel.

»Ich glaub, der ist hinten im Lager«, kam prompt die Antwort, und Valerie bedankte sich für die Auskunft. Tatsächlich stand ihr Chefkoch mit einer Liste zwischen den Regalen und machte sich Notizen.

»*Cara* Valerie, was verschafft mir die Ehre? Ich hab schon von eurem neuen Projekt gehört.« Er grinste sie an. »Höher als der Turm vom Kurschlössl, da ist euch ja ein ordentlicher Schmarrn eingefallen.«

Valerie lachte. »Hauptsache, der Huber hat uns die Idee abgenommen. Der fand sie sogar richtig gut. Wichtiger ist aber unsere Erkenntnis, dass er ein Gauner ist, wie er im Buche steht. Ob und wie er in unsere Mordfälle verwickelt sein könnte, haben wir leider nicht herausgefunden. Wir tappen weiter im Dunkeln, und Viktor will aufgeben. Unsere sämtlichen Fäden führen nicht zueinander. Wir übersehen da was Wichtiges und müssen wohl auf die Arbeit von Erwin und Dorothea vertrauen.«

»Offen gestanden, ist mir auch wohler, wenn wir uns nicht mehr einmischen«, gestand Anton. »Ich hatte die ganze Zeit ein mulmiges Gefühl. Ich denke, ihr habt die richtige Entscheidung getroffen.«

Valerie grübelte, sagte dann aber: »Wahrscheinlich hast du recht. Die Polizei wird die Nuss schon knacken, und Christian kommt frei. Schließlich leben wir in einem Rechtsstaat, in dem Unschuldige nicht für Taten von anderen ins Gefängnis gehen. Es gibt keine echten Beweise gegen ihn, das ist schon mal ein Anfang.« Sie verstummte. Es fühlte sich nicht richtig an, aufzugeben, aber sie hatte es mit Viktor so vereinbart und wollte sich deshalb auch an die Abmachung halten. Um nicht den lieben langen Tag über den Fall nachzudenken, musste sie sich ablenken. Deshalb sprach sie weiter: »Du, ich bin eigentlich aus einem anderen Grund hier. Hast du heute nach der Mittagsschicht schon was mit Nora vor, oder darf ich sie spontan entführen?«

»Wir haben nichts Fixes vereinbart und wollten kurzfristig ausmachen, ob ich am Nachmittag auf einen Sprung bei ihr vorbeischaue. Also wenn du eine gute Idee hast, dann nur zu. Sie freut sich bestimmt. Und ich mich für sie, solange es nichts mit den Morden zu tun hat.« Er zwinkerte ihr zu.

»Sehe ich genauso. Dann lade ich sie hinten in Sportgastein zum Essen ein. Heute scheint die Sonne so schön, solche Tage im Herbst muss man ausnutzen.«

»*Buona idea.* Sie wird begeistert sein. Sag ihr einfach, dass ich mich später bei ihr melde.« Mit einem Blick auf die Uhr fügte er noch hinzu: »Ich denke, du solltest dich beeilen. Ihr Unterricht endet in zehn Minuten. Am besten holst du sie gleich von der Schule ab, damit ihr keine Zeit verliert.« Grinsend sah er auf ihren Bauch, der eben ein lautes Knurren von sich gegeben hatte.

Valerie errötete leicht, lachte dann aber und verabschiedete sich mit einem »*Ciao*«, während sie zur Tür hinausrauschte.

***

»Huhu, Nora!« Valerie stand kurz darauf in der Nähe des Eingangs zum Schulgebäude, um ihre Freundin nicht zu verpassen. Sie wusste, dass sie stets zu Fuß zur Arbeit ging, weil sie als bekennender Morgenmuffel die frische Luft brauchte, um richtig munter zu werden. Morgentoilette und Frühstück brachte sie immer traumwandlerisch hinter sich, wie sie oft lachend behauptete.

Überrascht hob Nora den Kopf, verabschiedete sich mit ein paar Worten von einigen Kindern, die vor der Tür auf ihre Eltern warteten, und kam auf Valerie zu. »Welche Ehre, Frau von und zu Thaller aus dem Grand Hotel höchstpersönlich«, scherzte sie und umarmte Valerie.

»Von und zu! Du bist gut. Dir fällt immer wieder ein neuer Schwachsinn ein. Dabei stehe ich nur hier, um dich zum Mittagessen ins Ameliehaus einzuladen. Lust auf ein wenig Sonne hinten in Sportgastein?«

»Dich schickt der Himmel. Mir hängt der Magen schon fast bis zu den Knien, und Felix hat meine sämtlichen Vorräte aufgefuttert. Ich war schon darauf eingestellt, auf dem Heimweg einkaufen zu müssen, damit ich mir überhaupt was halbwegs Sinnvolles kochen kann.«

»Na, besser geht's doch nicht. Komm mit, das Auto steht um die Ecke.« Arm in Arm schlenderten sie los.

Überrascht blieb Nora vor dem dunklen Kombi mit dem »Grand Hotel«-Aufdruck stehen. »Heute gar nicht mit dem Bus? Du verblüffst mich. Du magst doch die Automatikschaltung von eurem Kombi nicht.«

Valerie verzog das Gesicht. »Stimmt, aber Viktor braucht den Hotelbus. Er ist mit einer Wandergruppe unterwegs auf den Gamskarkogel.«

»Ach so. Dann passt es ja richtig gut heute mit dem kleinen Ausflug, weil Andi auch nicht zum Mittagessen kommt. Ich hab ihn heute Morgen getroffen, und er hat mir von der Einladung zu seinem Freund berichtet. Offenbar hat der eine neue Spielekonsole bekommen, aber … vielleicht dürfte ich dir das gar nicht erzählen.« Erschrocken hielt sie sich den Mund zu.

»Kein Problem, ich hatte da schon so eine vage Vermutung. Dagegen sind wir Mütter ohnehin machtlos. Er ist jetzt dreizehn, natürlich will er mit seinen Kumpeln zocken, wie er es nennt. Mir ist nur wichtig, dass es nicht überhandnimmt. Wenn er bei einem Freund mal ausnahmsweise länger spielt, ist das okay für mich. Immer vorausgesetzt, die Spiele sind altersgemäß. Aber ich denke, bei dieser Familie kann ich mich getrost darauf verlassen.«

»Perfekt, dann düsen wir los. Ich sollte nur vorher noch Anton …«

Valerie fiel ihr ins Wort. »Mit Anton habe ich bereits gesprochen. Seinen Segen haben wir. Ich soll dir liebe Grüße von ihm ausrichten, er ruft dich später an.«

Nora strahlte. »Er ist einfach ein Schatz.«

»Ja, das ist er. Kaum zu glauben, dass ihr beide so lange gebraucht habt, um das zu erkennen. Ihr kennt euch doch schon ewig.«

»Ja, komisch, aber nach der Scheidung von Wolfgang hatte ich den Männern abgeschworen. Ich hätte nie gedacht, dass es mich noch einmal so erwischt.«

»Umso schöner. Genieß es. Ich mag die Vorstellung, dass meine beste Freundin mit Viktors bestem Freund zusammen ist. Besser geht's doch gar nicht, oder?«

»Wo du recht hast, hast du recht. Aber nun komm, ich hab mordsmäßigen Hunger.« Schnell schlüpfte Nora auf den Beifahrersitz. Nachdem sie sich angeschnallt hatte und auch Valerie eingestiegen war, meinte sie: »Apropos Mord. Du klingst relativ entspannt und plauderst mit mir, als ob wir nicht mitten in Ermittlungen stecken würden. Das sieht dir gar nicht ähnlich. Was ist los? Geht's dir nicht gut?« Spaßhaft fühlte sie Valeries Stirn.

»Das ist die Valerie'sche Ablenkungstaktik. Viktor hat das Projekt heute abgeblasen. Wir haben in der Früh noch einen letzten Versuch gestartet, davon erzähle ich dir aber am besten in Ruhe beim Mittagessen. Tja, und nachdem uns die Aktion am Morgen nicht wirklich weitere Hinweise geliefert hat und wir auf der Stelle treten, hat er gemeint, wir sollten den Rest der Polizei überlassen und darauf vertrauen, dass Dorothea und Erwin den Fall lösen und Christians Unschuld beweisen werden.«

Nora brummte nachdenklich und schwieg dann. Erst als Valerie bereits auf Höhe des Ullmannlehens war – vermutlich eines der ältesten noch erhaltenen Bauernhäuser im ostalpinen Raum, dessen Geschichte nachweislich bis ins 15. Jahrhundert zurückreichte –, begann Nora wieder zu sprechen.

»Weißt du, ich hätte nie gedacht, dass ich das einmal sagen würde, aber vielleicht ist es das Beste. Dieser Fall ist von Anfang an so verzwickt gewesen, dass wir mit unseren Ermittlungen nie richtig in Fahrt gekommen sind. Wir haben zwar ein paar Infos zusammengetragen, aber für meinen Geschmack viel zu wenig. Das meiste war Zufall. Was bringt uns unser Heimvorteil hier im Tal, wenn die ganze Vorgeschichte in Bayern liegt?«

»Das ist echt blöd.« Valerie schnaubte. »Für uns ist es fast unmöglich, an Informationen zu kommen. Und Dorothea und Erwin können uns auch nicht alles auf die Nase binden. Wir wissen ja nicht einmal, ob es weitere Erkenntnisse aus der Gerichtsmedizin oder von der Tatortgruppe gibt. Oder was die deutschen Kollegen alles herausgefunden haben. Unsere Internetrecherchen kratzen nur an der Oberfläche. Die wichtigen Details stehen bestimmt nur in den Akten, an die wir nicht herankommen.« Sie setzte den Blinker und bog rechts ab, während sie weitersprach: »Ich fürchte, das Einzige, was wir momentan tun können, ist abwarten und hoffen, dass sie den Täter bald enttarnen. Wir reden schließlich von mindestens zwei Toten. Wer auch immer es ist, er ist nicht ungefährlich. Mir wäre wohler, sie hätten ihn schon.«

»Mir auch, aber jetzt lassen wir das Thema besser mal beiseite. Genießen wir lieber unseren kleinen Freundinnenausflug. Ich war schon einige Wochen nicht mehr in Sportgastein, dabei mag ich die Stimmung im Herbst dort so gern, wenn die Berghänge herunten bunt sind und der Mölltaler Gletscher oben frisch weiß angeschneit ist. Und dazu das Essen auf der Sonnenterrasse beim Ameliehaus. Das hat schon was. Eine super Idee von dir, Valerie. Danke.«

***

»Das war richtig gut.« Nora legte zufrieden lächelnd ihre Gabel neben das Pfandl, in dem sie ihr typisch österreichisches Gröstl mit angebratenen Erdäpfelscheiben, Zwiebeln, Rindfleisch und Speck kredenzt bekommen hatte.

Valerie, die im Gegensatz zu Nora seit Jahren kein Fleisch mehr aß, hatte sich Kasnocken bestellt. Die rochen zwar intensiv und füllten ganz schön, schmeckten aber unglaublich lecker, vor allem inmitten dieser traumhaften Bergkulisse. In Kombination mit einem grünen Salat und einem hausgemachten Wildheidelbeersaft eine wahre Köstlichkeit. »Ja, es hat sich gelohnt, hierherzufahren. Das sind die letzten offenen Tage im Herbst, Anfang November sperren sie das Ameliehaus zu, bis die Ski- und Langlaufsaison beginnt.

»Furchtbare Vorstellung, oder?«

»Was meinst du?« Valerie war unklar, worauf Nora hinauswollte.

»Na, dass die Zeit so schnell vergeht. Jetzt hatten wir gerade
erst Sommer und reden schon wieder von der Skisaison. Gruselig.«

»Gruselig würde ich das nicht nennen. Ich glaube, du bist eine
der wenigen im Ort, die sich nicht auf den Schnee freuen. Sicher,
die Saison ist lang bei uns, aber mit den Skiern an den Füßen
die Hänge runterzuwedeln, das hat schon was.« Valerie sah verträumt zu den Bergspitzen, die das Hochplateau umrahmten,
und konnte die Schwünge beinahe körperlich spüren – und das,
obwohl sie keine passionierte Skiläuferin war, sondern nur ge-
legentlich und vor allem ganz gemütlich die Hänge runterfuhr.
Sie mochte die Stimmung oben am Berg, wenn die Sonne auf
die weiten Schneeflächen schien und alles glitzerte und funkelte,
als wäre man in einer Märchenwelt gelandet. Den Kick des Ge-
schwindigkeitsrausches brauchte sie nicht. Sie blieb immer auf
den ruhigeren Pisten, und das auch nur, wenn der Hotelbetrieb
es zeitlich zuließ, was im Winter nicht allzu oft der Fall war.

»Ich geb ja zu, dass eine verschneite Berglandschaft traumhaft
schön ist, nur ist es halt immer so verdammt kalt. Du weißt, ich
mag es gern warm. Aber nun Schluss damit, wir schweifen ab.
Du hast mir vorhin an der Schule versprochen, dass du mir noch
von eurer Aktion heute Morgen erzählst.«

Daran hatte Valerie gar nicht mehr gedacht. Der Ausflug und
das herrliche Essen hatten sie tatsächlich von ihren Sorgen abgelenkt. Dennoch berichtete sie Nora nun von ihrer Idee mit
dem Turm, die diese köstlich fand. Sie prustete los und meinte:
»Ich kann mir Viktors Miene lebhaft vorstellen, als du ihn gefragt
hast, ob er nicht einen Turm aufs Grand Hotel bauen möchte.
Der muss aus allen Wolken gefallen sein.«

»Ist er auch.« Valerie kicherte. »Aber natürlich musste ich ihn
schnell aufklären, dass das nur eine Ausrede sein soll, um mit
dem Huber von dieser Dorfgasteiner Baufirma ins Gespräch zu
kommen.«

»Und wie lief es dort?«

»So lala.«

Dann erzählte sie ihr von Hubers schmieriger Art, von dessen Schokocremebroten, von der geschmacklosen Einrichtung und natürlich von der Tatsache, dass er durchaus für krumme Geschäfte zu haben und bei der Erwähnung von Hertleins Namen blass geworden war. »Aber viel mehr haben wir leider nicht rausgefunden«, meinte sie abschließend.

»Hm, das bringt uns wirklich nicht weiter. Dann ist Viktors Entscheidung auf jeden Fall richtig. Lassen wir es gut sein. Schließlich brauchen auch Dorothea und Erwin einmal ein Erfolgserlebnis. Sie sollen die Lorbeeren bei diesem Fall ganz allein einheimsen.«

»Und wir widmen uns inzwischen unserem eigenen Wohlbefinden«, sagte Valerie strahlend. »Die Fernsehfuzzis sind weg, die meisten Gäste spätestens zu Allerheiligen ebenfalls, da haben wir Zeit genug, um uns die Videos von unserem blauäugigen Zen-Meister zu Gemüte zu führen. Das Kloster sieht ja noch nicht nach baldiger Öffnung aus. Vielleicht sollten wir fix einmal pro Woche gemeinsam meditieren, bis es so weit ist.«

»Das machen wir. Und wenn wir jetzt auf dem Heimweg direkt an der Abzweigung zum Kloster vorbeifahren, könnten wir doch noch einmal rasch nachschauen, ob inzwischen ein Auto mit Nürnberger Nummer dort steht. Vielleicht sind Schmidt und Krause schon wieder zurück. Dann können sie uns bestimmt sagen, für wann die Eröffnung geplant ist.«

»Prima Idee. Komm, lass uns drinnen zahlen und dann gleich losdüsen. Allerhöchste Zeit, dass ich im Hotel nach dem Rechten sehe. Carla hält zwar immer tapfer die Stellung an der Rezeption, aber wenn nicht viel los ist, kann das allein ziemlich öde sein.«

***

Mit einem Blick nach hinten bog Valerie links in die Zufahrtsstraße zur Klosterbaustelle und der Evianquelle ein. Sie passierte den alten Pulverturm und fuhr langsam an den beiden Gebäuden vorüber bis zum Wanderparkplatz. Zu ihrer großen

Enttäuschung war kein Auto mit deutschem Kennzeichen zu sehen. Schade, sie hätte Schmidt zu gern persönlich kennengelernt und ein paar Worte mit ihm gewechselt. Bevor sie eine stattliche Summe spendete, wollte sie sich unbedingt selbst ein Bild von ihm machen. Wie es aussah, würde das aber noch warten müssen.

»Wieder nichts«, stellte Nora neben ihr trocken fest. »Ich hab's mir schon gedacht, weil er gestern Abend ein neues Video online gestellt hat, das offensichtlich in denselben Räumlichkeiten gedreht worden ist wie die meisten anderen auch.«

»Das muss nichts heißen«, konterte Valerie. »Aufnehmen und Hochladen sind ja zwei unterschiedliche Dinge. Er könnte es schon vorab gedreht, dann in Ruhe geschnitten und von Bad Gastein aus hochgeladen haben. – Es scheint, als hätten wir auch heute Pech.« Valerie, die inzwischen den Kombi gewendet hatte, rollte langsam am Hauptgebäude vorbei. Auch von den Arbeitern der Firma »Huber-Bau« war weit und breit nichts zu sehen. Der Pritschenwagen stand jedoch wieder da.

»Moment mal. Kommt dir das nicht komisch vor?«, fragte Nora plötzlich und griff nach Valeries Arm. »Bleib doch bitte mal stehen.«

Überrascht tat Valerie ihr den Gefallen und sah ihre Freundin fragend an. »Was ist?«

»Ich bin mir unsicher, aber hast du nicht auch das Gefühl, dass der Wagen von ›Huber-Bau‹ letztes Mal exakt an derselben Stelle gestanden ist? Und auch die wenigen Geräte, die hier herumliegen, und die Stahlgitter zum Betonieren – ich könnte schwören, dass sich hier nichts verändert hat. Ist doch eigenartig für eine Baustelle, oder?«

Grübelnd starrte Valerie auf den Pritschenwagen und die Fläche vor dem Haus. »Hm, gute Beobachtung. Da könnte was dran sein. Und wenn man genau schaut, ist das Gras rund um die Reifen relativ hoch. Da ist nichts platt gedrückt. Das Auto kann gar nicht bewegt worden sein.«

»Ob das was zu bedeuten hat?« Nora wirkte aufgeregt.

»Irgendwas bedeutet es auf jeden Fall, die Frage ist nur, was«, kam Valeries Antwort stockend. Beide schwiegen, doch dann platzte Valerie aufgeregt heraus: »Das ist ja der Achter. Himmel, der Achter! Die Sache wird immer mysteriöser.«

»Sag mal, geht's dir noch gut, Valerie? Was faselst du denn da von einem Achter?«

»Ganz einfach, ich hab bei ›Huber-Bau‹ zwei Angestellte miteinander über dieses Auto diskutieren gehört. Auf der Nummerntafel steht ›Huber 08‹. Sie haben ihn den ›Achter‹ genannt. Der Chef hat ihn ihrer Aussage nach in die Werkstatt gebracht, wo er angeblich schon ewig rumsteht, weil ein Ersatzteil nicht lieferbar ist oder so ähnlich. Dabei befindet er sich in Wahrheit hier bei der Klosterbaustelle. Das müsste der Huber doch wissen. Warum erzählt er dann den Schmarrn mit der Werkstatt?« Valerie konnte sich keinen Reim darauf machen.

Doch Nora hatte mit ihrer logischen Art sofort eine Erklärung parat. »Wenn das mal kein Beschiss ist. Du hast doch selbst erwähnt, dass der Huber ein Gauner ist. Was gibt es Besseres als Bauherren, die nicht vor Ort sind? Wahrscheinlich drückt er dem Schmidt Länge mal Breite irgendwelche Kosten aufs Auge, unter anderem für das Fahrzeug, das einzig für diese Baustelle abgestellt ist, und erledigt nur ein Minimum der Arbeiten. Wenn Schmidt ihn auf Regie beauftragt hat, dann kann er zudem noch relativ willkürlich die Arbeitsstunden verrechnen. Wahrscheinlich macht er nur so viel, wie unbedingt notwendig ist, damit sein kleiner Betrug dem Schmidt nicht auffällt.«

»Ganz logisch klingt das für mich nicht mit dem Wagen, aber wenn du meinst. Ich denke, ich werde in den nächsten Tagen öfter mal vorbeifahren und schauen, ob sich da was bewegt. Ich möchte schließlich nicht, dass das Geld, das ich spenden werde, zur Gänze in Hubers Tasche landet. Wenn Schmidt wiederkommt, ist er vermutlich froh um diese Info. Schließlich hat er eine Verantwortung den Spendern gegenüber.« Valerie nahm den Fuß von der Bremse und ließ den Kombi wieder anrollen. Ihre Gedanken wanderten zu ihrem letzten Besuch hier beim Kloster zurück. »Schon schlimm, dass dieser Journalist mit dem Kapuzenpullover, dieser Müller, genau an dem Tag ermordet worden ist, an dem wir ihn noch fit und munter hier herumrennen gesehen haben, oder?«

»Ja, eine gruselige Vorstellung. Ich hoffe, sie finden den Täter bald. So einer gehört unbedingt hinter schwedische Gardinen, und zwar lebenslang, wenn du mich fragst ... Hoppla, warum bleibst du denn so abrupt stehen? Ist noch was?«

Valerie, die eben auf die Straße Richtung Böckstein gebogen war, vergewisserte sich, dass kein anderes Auto in Sicht war, und legte schweigend den Retourgang ein, um einige Meter zurückzusetzen. Direkt an der Abfahrt Richtung Kloster blieb sie erneut stehen und stieg aus.

Mit überraschter Miene folgte Nora ihr. »Valerie, was ist los?«

»Was los ist? Schau mal genau. Dort hat jemand ein Auto versteckt.« Mit dem Finger deutete sie auf das große Kloster-Werbeplakat und die daneben wachsenden Bäume. Tatsächlich lugten da Reifen hervor. Als sie näher kamen, merkten sie, dass sich derjenige, der das Auto hier abgestellt hatte, sogar die Mühe gemacht hatte, belaubte Äste auf das Heck des Wagens zu legen, sodass das Fahrzeug von der Zufahrtsstraße aus wirklich kaum sichtbar war. Sie selbst waren vorhin auch daran vorbeigefahren, ohne es wahrzunehmen.

Rasch eilte Valerie durch das hohe Gras. Hier war bestimmt das ganze Jahr über nicht gemäht worden. Unangenehm stachen wilde Brombeerranken durch ihre Jeans, die sie Gott sei Dank anstatt des Dirndls angezogen hatte. Immer wieder musste sie die dünnen Äste, die hinter der Plakatwand wuchsen, vorsichtig entfernen, weil sie sonst mit ihren kleinen Widerhaken den Stoff beschädigt hätten.

Als sie sich näherte, bemerkte sie, dass das Gras rund um das Auto niedergetrampelt worden war, sich nun aber wieder leicht aufrichtete. Wer auch immer den dunkelblauen Mittelklassewagen hier deponiert hatte, hatte das nicht an diesem Tag getan. So viel stand fest. Ungeduldig winkte sie Nora, die undamenhaft fluchend mit den Brombeerranken kämpfte.

»Schon gut, ich komm ja schon. Ich will mir nur noch schnell die Nummerntafel anschauen.« Etwas zeitversetzt rief sie: »Der

Wagen ist aus Deutschland! Aber das Kennzeichen sagt mir nichts.«

Aus Deutschland. Zen-Meister Karsten Schmidt war doch aus Deutschland. Ihm gehörte das Gelände hier. Valeries Gedanken überschlugen sich. Hatte er sein Auto hier versteckt? Aber warum sollte er es hier stehen lassen und mit Ästen tarnen? Das ergab keinen Sinn. Fieberhaft überlegte sie weiter, während sie nach Spuren Ausschau hielt. Offenbar hatte sich die Person, die den Wagen hier geparkt hatte, einen Weg durchs Dickicht Richtung Klosterbaustelle gebahnt. Und da fiel es ihr wie Schuppen von den Augen. Natürlich. Das musste Matthias Müllers Auto sein, das war die wahrscheinlichste Variante. Er war hier in der Gegend heimlich unterwegs gewesen, dabei hatten sie ihn ja selbst beobachtet. Und vermutlich war er nicht mehr zu seinem Wagen zurückgekehrt, da er laut Gerichtsmedizin erschlagen worden war, kurz nachdem sie ihn gesehen hatten. So fügten sich weitere Puzzleteilchen aneinander.

Aufgeregt sagte sie zu Nora, die eben neben ihr aufgetaucht war: »Du, das ist bestimmt Müllers Kombi. Wer sonst sollte hier sein Auto verstecken? Wir haben selbst mitbekommen, dass er in dieser Gegend herumgeschlichen ist, auch wenn ich noch immer nicht weiß, was er da wollte.«

»Vielleicht hat er nach einem sicheren Schlafplatz gesucht. Womöglich war er auf der Flucht, weil er zu viel wusste. Er hat doch Hertleins Zimmer durchforstet und war ein Ass im Recherchieren. Da könnte er doch auf so brisante Informationen gestoßen sein, dass er um sein Leben fürchten und sich verstecken musste. Und was wäre dafür besser geeignet als ein altes, abgelegenes Hotelgelände? Die Bauarbeiten am zweiten Gebäude haben offensichtlich noch nicht begonnen, das wäre ein perfekter Unterschlupf, meinst du nicht?«

Noras Gesichtsausdruck war zu entnehmen, dass sie an ihre eben aufgestellte These glaubte. Diese machte zwar Sinn, war aber doch reine Spekulation, und Valerie war alles andere als überzeugt davon. »Schon möglich, dass deine Annahme richtig ist, aber mein sechster Sinn sagt mir was anderes.«

»Wie du meinst.« Nora zuckte mit leicht beleidigter Miene die Schultern.

»Jetzt sei doch nicht gleich eingeschnappt. Deine Theorie ist gut, aber eben nicht mehr als eine Theorie. Komm, lass uns lieber überprüfen, ob der Wagen offen ist. So gut, wie der versteckt ist, war es vielleicht gar nicht nötig, ihn zu versperren.«

Valerie trat zur Fahrertür und versuchte ihr Glück. Sie hatte nicht wirklich damit gerechnet, aber tatsächlich ließ diese sich öffnen.

»Na, schau mal einer an. So ein Schwein muss man haben.« Noras Augen leuchteten. Der Anflug von schlechter Laune war so schnell verflogen, wie er gekommen war. Nun war ihr Jagdinstinkt geweckt, das sah Valerie sofort.

Trotzdem bremste sie sie erst mal ein. »Stopp! Dürfen wir das überhaupt? Ich meine, können wir ein fremdes Auto einfach so durchsuchen?«

»Also, ein Fahrzeug, das offen hier im Wald rumsteht und ziemlich sicher einem Mordopfer gehört, dürfen wir auf jeden Fall inspizieren. Schließlich könnten wichtige Informationen dadrin auf uns warten.«

»Aber sollten wir nicht genau deswegen lieber erst die Polizei …? Ich meine …«

»Jaja, das machen wir gleich, nachdem wir uns vergewissert haben, dass es sich wirklich um Müllers Auto handelt. Wir wollen Dorothea und Erwin schließlich nicht umsonst belästigen. Falls es einem Wanderer gehört, der Spaß dran hat, sein Auto mit Ästen zu verhängen, müssen sie hier ja nicht vergebens antanzen und ihre wertvolle Zeit vergeuden.«

»Na gut, dann schauen wir mal, ob wir was finden.« Während Valerie sich über den Fahrersitz beugte und den vorderen Bereich untersuchte, kontrollierte Nora die Bank und den Fußraum hinten.

»Bei mir liegt nur eine Jacke und darunter Müll, der darauf schließen lässt, dass sich jemand eine Jause aus dem Supermarkt genehmigt hat. Ist bei dir vorne irgendwas Nennenswertes?«

Valerie runzelte die Stirn, während sie den Fußraum abtastete.

»Auf den ersten Blick nicht. Aber ich setz mich jetzt rein und schau mal, ob im Handschuhfach beim Beifahrersitz was ist, das uns weiterhilft.«

»Klapp doch erst mal den Spiegel auf der Fahrerseite runter. Ich hab mal gelesen, dass viele Leute ihre Autopapiere dort hineinstecken, weil sie sie dann bei einer Kontrolle gleich griffbereit haben.«

Valerie tat, wie Nora ihr geheißen hatte. Und tatsächlich befand sich dort der Fahrzeugschein. »Wenn ich dich nicht hätte. Auf die Idee wäre ich nie gekommen … Tatsächlich, das Auto gehörte Matthias Müller.« Sie reichte Nora die Karte und durchstöberte dann das Handschuhfach, in dem sie aber außer dem Serviceheft, Hustenbonbons und Taschentüchern nichts Wesentliches entdeckte. »Das war's. Mehr ist da nicht.«

»Ach, schade.« Nora gab Valerie die Karte zurück, die diese wieder an ihren Platz steckte, bevor sie ausstieg.

Grübelnd sah sie auf den Kofferraum, der völlig verdeckt war. »Wenn ich nur wüsste, ob dahinten irgendwelche Informationen für uns schlummern. Ich möchte das Geäst nicht wegräumen, der Wagen soll ja versteckt bleiben, bis die Polizei ihn inspiziert hat. Nicht dass hier noch Leute rumtrampeln.«

Nora kicherte. »Du meinst, so wie wir?«

»Bei uns ist das was anderes, also zumindest ein bisschen. Erstens kennen wir die ermittelnden Beamten, und unsere Fingerabdrücke sind schon von den anderen beiden Mordfällen im System gespeichert. Und zweitens haben wir ja festgestellt, dass wir die Kripo nicht umsonst hierherbemühen wollen.«

»Und drittens«, ergänzte Nora, »bist du einfach neugierig, ob im Kofferraum das letzte große Puzzleteil zu finden ist, das uns noch fehlt, um endlich das große Ganze zu erkennen. Warum war Matthias Müller hier? Und was hatte er mit Hertlein zu tun, außer dass er ihn von früher kannte? Diese Fragen stelle ich mir genauso wie du. Also lass uns einen Teil der Rückbank umlegen, dann sehen wir mehr.«

Während Valerie noch über Noras Worte nachdachte, kraxelte diese bereits ins Auto und fummelte an einem der Sitze herum.

Mit einem leisen Geräusch zog sie die Lehne hinunter und stieß einen Schrei aus. »Bingo! Da ist ein Laptop! Den schauen wir uns gleich an, auch wenn ich vermute, dass er passwortgesichert ist.«

»Komm, gib ihn mir, damit du leichter aussteigen kannst.« Valerie streckte Nora beide Hände entgegen, um das Gerät vorsichtig in Empfang zu nehmen.

Doch die ignorierte Valeries Hilfsangebot. Hurtig und behände wie eine Gazelle kletterte sie samt Notebook aus dem Fond des Wagens. »Nein, nein, geht schon, danke. So alt bin ich noch nicht, immerhin zwei Monate jünger als du.«

Sie grinste schelmisch, und Valerie erkannte an ihrer Miene, dass sie ebenso freudig erregt war wie sie selbst. Beide ahnten, dass die Fragen der letzten zehn Tage nun endlich beantwortet werden würden, dass die Lösung des Falls direkt vor ihnen lag.

»Gott im Himmel, mach, dass das verdammte Ding nicht passwortgeschützt ist.« Valerie sah kurz in das bunte Blätterdach über sich und stieß ein kleines Stoßgebet aus.

Mit zittrigen Händen bugsierte Nora das Gerät auf das Autodach und klappte es auf. Das Erste, was Valerie ins Auge stach, war ein knallrosa Post-it-Zettel, dicht beschrieben mit Zahlen und Wörtern. Zeile um Zeile war durchgestrichen worden. Nur eine nicht, die im Gegensatz dazu mit Textmarker hervorgehoben worden war. Das Zweite, was Valerie erspähte, war der Name des Besitzers, der kaum sichtbar am oberen Rand des Laptops klebte. Zu ihrer großen Überraschung las sie nicht Matthias Müllers Namen, sondern den von Jens Hertlein. Sofort fügten sich weitere Puzzleteilchen zusammen.

»Dann hatte es Matthias Müller in der Pension Graukogel auf den Computer von Hertlein abgesehen. Hätte er den mal besser dort gelassen, dann würde er jetzt vermutlich noch leben, weil die Polizei dadurch vielleicht auf die richtige Spur gekommen wäre.«

»Wahrscheinlich, aber wir wissen es erst, wenn wir reinschauen. Bist du bereit? Ich wette, dass der Zettel Müllers Versuche widerspiegelt, das Passwort zu knacken.«

»Klar bin ich bereit. Nun mach schon.« Valerie war ungeduldig.

Nora drückte auf die Einschalttaste, und tatsächlich tauchte rasch das Passwortfenster auf. Valerie diktierte ihr die Zahlen- und Buchstabenkombination, die Müller allem Anschein nach als die richtige identifiziert hatte, und … landete tatsächlich im Hauptmenü.

Vor Freude über diesen ersten Erfolg umarmte Valerie Nora kurz, bevor sie sich wieder auf den Bildschirm konzentrierte. »Wie wäre es, wenn du auf ›Datei öffnen‹ gehst? Dort sieht man doch immer, welche Dokumente zuletzt bearbeitet worden sind.«

»Prima Idee. Achtung … Oh Gott, ich bin so nervös.« Nora wischte und drückte auf dem integrierten Mousepad herum, ihre Bewegungen wirkten fahrig. Dennoch leuchteten kurz darauf das Dateimenü und obendrein die Liste mit den letzten Dokumenten auf. Ganz oben stand der Dateiname »Becker«.

»Du, Nora, den Namen hatten wir doch schon. War das nicht der Typ, der damals diesen Immobilienbetrug aufgezogen und dabei Hertlein, Christian und unzählige andere abgezockt hat?«

»Das war er, ganz bestimmt. Mal schauen, was der gute Hertlein gegen den in der Hand hatte, schließlich hat er seine gerechte Strafe doch abgesessen.« Sie klickte das Dokument an. Und dann entschlüpfte ihnen beiden ein leiser Schrei.

Valerie blieb schier die Luft weg. Das war doch nicht möglich. Nie und nimmer wäre sie auf diese Wendung des Falles gekommen. Sie hätte nicht im Traum daran gedacht, dass …

Sie unterbrach ihren Gedankenstrom, atmete dreimal tief durch und sagte mit krächzender Stimme: »Ich muss sofort Dorothea schreiben. Kein Wunder, dass Hertlein und Müller beseitigt wurden, sie waren derselben Sache auf der Spur.«

»Mach das, ich schlag mich kurz in die Büsche. Ich hätte wohl besser nur den kleinen Heidelbeersaft trinken sollen. Wer ahnt denn auch, dass wir auf dem Heimweg so lang aufgehalten werden?« Nora kicherte verlegen, obwohl Valerie ihr ansah, dass ihr ebenso wenig zum Lachen zumute war wie ihr selbst.

Während Nora sich einen Weg durchs Dickicht bahnte, zog

Valerie ihr Handy hervor und tippte kurz und bündig: *Kommt bitte sofort zur Klosterbaustelle. Wir haben Beweise gefunden. Der Mörder ist …* In diesem Moment hörte sie das laute Knacken eines Astes hinter ihrem Rücken. Während sie die Nachricht noch rasch fertig tippte, rief sie: »Na, das ging aber schnell. So dringend kann's wohl nicht gewesen sein.«

Doch als sie sich umdrehen wollte, um nach Nora zu sehen, spürte sie plötzlich, dass jemand ganz dicht hinter ihr stand. Im Bruchteil einer Sekunde wusste sie, dass hier etwas ganz und gar nicht so lief wie geplant, dass es sich nicht um Nora handelte, die bereits vom Austreten zurück war, sondern … Weiter kam sie mit ihren Gedanken nicht, denn ein heftiger Schlag traf sie und ließ sie kraftlos in sich zusammensacken. Ihre Sinne schwanden, obwohl sie versuchte, dagegen anzukämpfen. Schwärze hüllte sie ein, und das Letzte, was sie hörte, war Noras Stimme, die aufschrie.

SIEBZEHN

Als Valerie erwachte, brauchte sie eine Weile, um zu realisieren, in welcher Lage sie sich befand. Feuchte Kälte umgab sie und ließ sie schaudern. Zudem war es beinahe dunkel, obwohl es doch gerade noch taghell gewesen war. Nur ein kleines Fenster direkt unterhalb des Plafonds spendete ein wenig Licht. Aber Moment mal, warum Plafond, warum Fenster? Wie war sie denn in diesen dunklen Raum gekommen?

Valerie zwinkerte ein paarmal, in der Hoffnung, dass das den Nebel, der in ihrem Kopf herrschte, vertreiben würde. Sie musste nachdenken, ganz dringend sogar. Stück für Stück kamen die Erinnerungen zurück. Sie hatte mit Nora das versteckte Auto gefunden, und sie hatten das Rätsel der Mordfälle gelöst. Und dann … ja, was war dann passiert? Daran konnte sie sich nicht erinnern. Sie wusste nur, dass sie ein Knacken gehört und dann einen heftigen Schlag abbekommen hatte. Irgendjemand musste sie hierhergeschleppt haben, in einen Keller, wie unschwer zu erkennen war. Zu ihrem großen Entsetzen konnte sie sich kaum bewegen. Fesseln an Hand- und Fußgelenken schnürten ihr beinahe das Blut ab, ihre Gliedmaßen waren bereits taub. Mit Minibewegungen probierte sie, wieder Gefühl in Arme und Beine zu bekommen. Zu gern hätte sie nach Nora gerufen, um zu sehen, ob sie auch irgendwo auf diesem kalten Fliesenboden lag, und vor allem, ob es ihr gut ging. Doch ein Stück Stoff, das sie fast zum Würgen brachte, steckte in ihrem Mund. Angewidert versuchte sie, nicht panisch zu werden, sondern durch die Nase tief ein- und auszuatmen.

Während sie noch überlegte, wie sie sich am besten aufsetzen könnte, um nach Nora Ausschau zu halten, hörte sie plötzlich ein schabendes Geräusch ganz in ihrer Nähe. Was war das? Hektisch blickte sie sich um, was ihr sofort einen stechenden Schmerz im Kopf bescherte. Frustriert musste sie erkennen, dass ihr im wahrsten Sinne des Wortes die Hände gebunden waren, dass sie zu nichts in der Lage war.

Zitternd lauschte sie auf das Geräusch und versuchte, es zu deuten. War es möglich, dass Nora es verursachte? Es hatte den Anschein, als ob jemand aus der Ecke des Raumes auf sie zurobbte, jemand, der ebenso gefesselt war wie sie selbst. Das würde bedeuten, dass Nora lebte. Tränen der Erleichterung stahlen sich aus ihren Augenwinkeln. Doch auch wenn Nora lebte, änderte das nichts an der verheerenden Situation, in der sie sich befanden.

Gebannt blickte sie in Richtung der Laute. Die Person, die sich da über den Boden quälte, war sehr langsam unterwegs. Vielleicht kam es Valerie aber auch nur so vor. Das Prinzip, dass sich Sekunden in Minuten dehnen konnten, kannte schließlich jedes Kind. Inzwischen sah sie einen Schatten am Boden. Doch als die Person näher kam und besser vom Licht des Fensters beleuchtet wurde, erkannte Valerie, dass es sich mitnichten um Nora handelte. Mit dem Rücken zu ihr schob sich Zentimeter für Zentimeter ein Mann auf sie zu, der ebenfalls an Händen und Füßen gefesselt war. Er trug Sportkleidung, die nicht nur schmutzig, sondern auch blutverkrustet war, wie Valerie feststellte. Instinktiv wollte sie von ihm weg, sie wollte nicht, dass dieser Typ, wer auch immer er war, sie womöglich berührte. Doch nach ein paar Zentimetern, die sie im Versuch, ihm auszuweichen, nach hinten gerutscht war, stieß sie gegen die harte, kalte Wand. Somit musste sie zulassen, dass der Abstand zwischen ihnen immer kleiner wurde. Einmal war ihr, als ob der Mann den Kopf heben und so weit als möglich nach hinten drehen würde, um sie zu sehen. Und dann erst verstand sie, worauf er hinauswollte. Er wollte ihr helfen. Sein Hinterteil schob sich immer näher und berührte nun ihre Brust, sodass seine auf den Rücken gefesselten Hände auf Höhe ihres Kopfes waren. Vorsichtig versuchte er, mit den Fingern den Knebel aus ihrem Mund zu bekommen, was ihm vor Anstrengung ein Stöhnen entlockte. Es dauerte eine Weile, aber tatsächlich gelang es ihm, ihn so weit herauszuziehen, dass Valerie mit Kiefer und Zunge mithelfen konnte und das Stoffstück letztendlich zu Boden fiel. Erleichtert sog sie die Luft durch den Mund ein und bedankte sich mit krächzender Stimme bei dem Unbekannten.

Nicht wissend, wie viel Zeit ihnen blieb, um sich von ihren Fesseln zu befreien, befahl sie dem Mann, sich umzudrehen. Sie wollte in diesem Kellerverlies nicht hilflos darauf warten, bis diejenigen, die sie niedergeschlagen und hierherverfrachtet hatten, wiederkamen. Schlimm genug, dass sie bei ihren Recherchen so lange im Dunkeln getappt war. Erst der Laptop in Müllers Auto hatte ihr die Augen geöffnet. Nun wusste sie, welche zwei Personen hinter den Morden steckten. Und wie sie schon mehrfach bewiesen hatten, schreckten diese Verbrecher vor nichts zurück, deshalb zählte jede Minute. Ächzend machte auch sie eine Wendung, um kurz darauf mit ihren Händen seinen Knebel zu lösen.

Ein schweres Seufzen entfuhr dem Mann, als sie ihn von dem leidigen Stück Stoff befreit hatte. Obwohl ihre Fesseln unangenehm ins Fleisch schnitten und ihr Kopf dröhnte, spürte Valerie, dass ihre Energie langsam zurückkehrte. Ihr Überlebenswille gewann die Oberhand und setzte Kräfte frei, die sie sich vorher nicht zugetraut hätte. Gespannt wartete sie darauf, dass der Unbekannte sich ihr zuwandte. Und wer sah ihr da mit dreckverschmiertem Gesicht entgegen? Georg Baier, der seit nunmehr einer Woche als vermisst galt.

Die ersten Worte, die sie mit ihm wechselte, stellten wohl die unorthodoxeste Unterhaltung dar, die sie jemals geführt hatte. Wie selbstverständlich gingen beide sofort zum Du über, und Valerie merkte, dass sie ihre Ressentiments ihm gegenüber völlig über Bord geworfen hatte. Er war ihr anfangs nicht sympathisch gewesen, doch nun saßen sie im selben Boot, mussten sich gegenseitig helfen. Von der Arroganz, die er ursprünglich ausgestrahlt hatte, war nichts mehr zu erkennen. Kein Wunder nach einer ganzen Woche in diesem Loch.

»Hast du gesehen, ob sie nur mich hierhergebracht haben oder ob wir zu zweit waren?« Valerie suchte den Raum so gut als möglich mit den Augen ab. Aber im Liegen war das schwierig. Leise rief sie nach ihrer Freundin, bekam jedoch keine Antwort. Verzweiflung machte sich in ihr breit.

Baier versuchte, sie zu beruhigen. »Ihr wart zu zweit. Aber

sie haben sie dort nach hinten gelegt, wollten uns alle drei schön weit auseinander haben.«

»Warum meldet sie sich dann nicht? Oh Gott, hoffentlich ist sie nicht tot.« Panik stieg in ihr auf, und sie versuchte es noch einmal. »Nora … Nora, wenn du wach bist, dann gib mir bitte ein Zeichen!« Angestrengt horchte Valerie in die Stille hinein. Vielleicht hatte Nora sie nur nicht gehört. Schließlich hatte sie mit gedämpfter Stimme gesprochen, um ihre Peiniger nicht auf den Plan zu rufen, sollten sie in der Nähe sein.

Doch endlich rührte sich etwas in der dunklen Ecke. Ein Stöhnen war zu hören, dann eine Art Wimmern. Klar, Nora hatte bestimmt auch einen Knebel im Mund. Erleichtert wollte Valerie in ihre Richtung robben, doch Baier lag direkt vor ihr. Beruhigend sprach sie auf Nora ein und bat ihren Kellergenossen, nach Möglichkeit Platz zu machen. Fieberhaft überlegte sie. Es musste doch möglich sein, dass sie sich trotz Fesseln aufsetzte. Wozu hatte sie jahrelang Yoga praktiziert? Für ihre knapp fünfzig Jahre war sie recht gelenkig. Vielleicht machte sich das jetzt bezahlt. Sie drehte ihren Körper – so gut es ging – auf den Rücken, wobei ihre Arme und Hände furchtbar schmerzten. Dennoch brachte sie es zustande, die Fußsohlen auf den Boden zu stellen und durch Anspannen der Bauchmuskulatur den Oberkörper aufzurichten. Sitzend sah die Welt gleich ganz anders aus. Valerie war fest entschlossen, sich hochzuhieven, damit sie beidbeinig zu Nora hinüberhüpfen konnte. Das war wohl die schnellste Art, zu ihr zu gelangen. Sie rutschte auf dem Po an der Mauer entlang nach hinten, bis sie an eine alte Kiste stieß. Das konnte klappen. Wenn es ihr gelang, sich mit den Ellenbogen dort hochzuziehen, würde sie Stück für Stück die Füße unter ihr Gesäß schieben und hoffentlich aufstehen können.

Die Kälte im Raum fühlte sie in diesen Minuten nicht. Sie konzentrierte sich nur darauf, ihren Körper so unter Kontrolle zu bekommen, dass er es in den Stand schaffte. Ein leiser Jubelschrei entwich ihr, als es ihr nach mehreren Versuchen tatsächlich gelungen war. Bei jedem kleinen Hüpfer, den sie nun in Richtung Nora machte, spürte sie einen stechenden Schmerz im

Kopf, doch den verdrängte sie. Sie musste prüfen, wie es ihrer Freundin ging.

Leider konnte sie in Noras Ecke des Kellers nicht viel sehen. Sie bat sie, sich aufzusetzen, falls sie dazu in der Lage war. Ein Brummen, das sie als Zustimmung interpretierte, und rutschende Bewegungen, die sie hörte, machten deutlich, dass Nora ihrem Wunsch nachkam. Vorsichtig ging Valerie schließlich vor ihr in die Hocke und fummelte mit den Händen so lange am Knebel herum, bis sie ihn entfernen konnte.

Ein kurzer Hustenanfall folgte, und dann setzte Noras Geplapper ein, über das Valerie noch nie so froh gewesen war wie an diesem Tag. Nachdem geklärt war, dass es ihr so weit gut ging, wandten sich die beiden Freundinnen an Georg Baier, der noch immer lag. Offensichtlich war nur sein Outfit sportlich, er selbst wohl weniger, wenn er es nicht zuwege brachte, sich hinzusetzen. Vielleicht war der Grund dafür aber auch eine generelle Entkräftung, schließlich wussten sie nicht, wie gut er in den letzten Tagen behandelt und versorgt worden war.

***

»Wie wäre es, wenn du uns erzählst, was genau letzten Montag vorgefallen ist? Einiges haben wir schon in Erfahrung gebracht, aber natürlich nicht alles. Derweil bemühe ich mich, dass ich Noras Handfesseln aufbekomme.«

Valerie und Nora waren in der Zwischenzeit am Hinterteil zu Baier hinübergerutscht, weil das für den lädierten Kopf angenehmer war, wie Valerie schnell festgestellt hatte. Sie drehten sich Rücken an Rücken, sodass Valerie sich an Noras Fesseln zu schaffen machen konnte. Leicht würde es nicht werden, sie zu befreien, und schmerzhaft obendrein, so viel stand fest, doch Valerie würde sich einfach auf Baiers Worte konzentrieren. Dann würde es schon gehen.

Und tatsächlich begann Baier, von den schrecklichen Ereignissen der letzten Woche zu erzählen. Offenbar war er nach der Arbeit aufgebrochen, um eine Radtour zu machen. Zuvor wollte er aber noch einmal zu der Stelle, an der er schon am Sonntag ein Foto geschossen hatte. Das Licht war an diesem Tag besser, das wollte er sich zunutze machen. Doch kurz bevor er zum Wasserfall kam, hörte er den Schuss.

»Mir war sofort klar, dass er ganz in meiner Nähe abgegeben worden ist. Von unten drangen entsetzte Schreie zu mir hoch, da habe ich eins und eins zusammengezählt und begriffen, dass etwas Furchtbares passiert sein musste. Ich war wie gelähmt, stand unterhalb des Kongresszentrums und konnte mich nicht vom Fleck bewegen. Fieberhaft überlegte ich, was ich tun sollte. Da sah ich eine Bewegung im Gebüsch unter mir. Ich versteckte mich notdürftig hinter einer der mächtigen Betonsäulen und beobachtete einen glatzköpfigen, gedrungenen Kerl dabei, wie er ein Jagdgewehr in ein offenbar schon vorher ausgehobenes Loch legte und das Ganze mit Erde und Blättern zudeckte.«

»Du bist einfach stehen geblieben?«

»Leider ja. Wie angewurzelt. Als der Mann schließlich den Kopf hob und in meine Richtung schaute, rannte ich panisch los. Ich lief, so schnell es ging, das Gebäude entlang, bemerkte aber, dass er hinter mir her war.«

Valerie war entsetzt, nun aus Georg Baiers Mund alles bestätigt zu bekommen, was sie zuvor schon geahnt hatte.

»Lass mich raten, du hast den kürzesten Weg ins belebte Zentrum genommen, bist also über den Bauschutt auf das Kongresszentrum geklettert und von dort aus ins Café Elisabeth gelaufen.«

»Woher wisst ihr das?« Baier klang verblüfft.

»Ach, das ist eine lange Geschichte«, meinte Valerie. »Wir wissen, dass du bis zum Abend dort geblieben und dann nach Böckstein geradelt bist. Warum du niemanden um Hilfe gebeten hast und was am Karl-Imhof-Ring, wo wir dein E-Bike gefunden haben, passiert ist, davon haben wir aber keine Ahnung.«

»Tja, das mit der Hilfe, das war so eine Sache. Ich hatte einen totalen Blackout, habe mich ewig auf der Toilette verkrochen und dann in meiner Panik so viel Bier in mich hineingeschüttet, dass ich nicht mehr klar denken konnte. Ich hatte bei der Flucht mein Handy verloren, und ich traute mich nicht ins Freie, weil ich

Angst hatte, dass mir dieser Kerl dort auflauert. Ich hatte vor, im Dunkeln zur Polizeiinspektion zu radeln und persönlich mit den Beamten zu sprechen. Der Kellner hat mich ein paarmal gefragt, ob er mir helfen könne, aber ich habe immer abgelehnt, wollte nicht von meinem Plan abweichen. Ich habe mich stundenlang daran festgeklammert, ohne rational über Alternativen nachzudenken. Ich war in einem absoluten Schockzustand.«

»Schöner Schlamassel. Aber ich kann mir gut vorstellen, dass man in so einer Situation niemandem vertraut und nicht mehr logisch denkt.« Valerie empfand Mitgefühl mit Baier. Er hatte bitter dafür bezahlen müssen, dass er die falsche Entscheidung getroffen hatte. Während sie weiter Baiers Worten lauschte, entschlüpfte ihr plötzlich ein kleiner Freudenruf. Sie hatte es geschafft. Sie hatte tatsächlich Noras Handfesseln gelöst.

»Jetzt bist du dran«, meinte ihre Freundin und drehte sich um, um sich um Valeries Hände zu kümmern.

Baier fuhr inzwischen mit seiner Erzählung fort. »Ihr könnt mir glauben, dass ich in den letzten Tagen wenig anderes getan habe, als meine eigene Dummheit zu verfluchen. Ich hatte nämlich die Rechnung ohne den Wirt gemacht oder, besser gesagt, ohne den Mörder. Der Typ hat tatsächlich stundenlang versteckt ausgeharrt. Er muss genau gesehen haben, wohin ich geflohen bin. Als ich mich abends endlich aus dem Café getraut und mir mein Rad geschnappt hatte, ist er mir mit einem Wagen gefolgt. Es waren keine Leute mehr auf der Straße, und ich wusste nur ungefähr, wo die Polizeiinspektion liegt. Im Finstern muss ich sie übersehen haben und bin bei der Ache gelandet. Ich hatte ihn kurzzeitig abgehängt und wollte so weit weg wie möglich.«

»Dann hast du versucht, in Böckstein Schutz zu suchen, bist aber aus dem Lokal hinausgeworfen worden«, stellte Nora fest.

»Genau, und in der Zwischenzeit ist der Typ mit der Glatze wieder aufgetaucht und hat mich abgepasst. Vielleicht hatte er mein Rad gesehen. Er hat mich mit einer Brechstange bedroht, mir eins übergebraten – und hier bin ich dann wieder zu mir gekommen.«

»Willkommen im Club«, meinte Nora sarkastisch.

»Endlich, danke!« Valerie rieb sich die Hände, die Nora eben befreit hatte. Dann drehte sie sich zu Baier, um ihm mit seinen Fesseln zu helfen. Nora löste indes das Seil an ihren Füßen.

Nun war Georg Baier offenbar neugierig. »Aber sagt mal, was habt ihr beide überhaupt mit der Sache zu tun?«

»Auch das ist eine lange Geschichte«, antwortete Nora. »Kurz zusammengefasst könnte man sagen, dass wir unbedingt den Mörder finden wollten und deshalb in den letzten Tagen allerlei Informationen zusammengetragen haben. Aber wer wirklich dahintersteckt, das wussten wir nicht. Erst kurz bevor wir niedergeschlagen und hierhergebracht wurden, hat sich das Rätsel gelöst. Dass wir in Gefahr schweben könnten, haben wir verdrängt, weil wir uns so über die Klärung des Falles gefreut haben.«

»Ja, ich könnte mich dafür ohrfeigen, wie blöd wir waren. Dabei warnen uns doch immer alle vor unseren Alleingängen.« Valerie fiel plötzlich noch etwas Wichtiges ein. »Apropos Alleingänge. Bevor ich attackiert wurde, habe ich noch eine Nachricht an Dorothea geschrieben. Das ist die zuständige Kriminalbeamtin«, fügte sie erklärend für Baier hinzu. »Wenn wir Glück haben, hat sie die Info bekommen. Aber ich kann mich bei Gott nicht mehr daran erinnern, ob ich auf ›Senden‹ gedrückt habe oder nicht. Es ging alles so schnell. Das Knacken hinter mir im Gebüsch, dann der Schlag ...«

»Wem sagst du das!« Nora stöhnte. »Dann gibt es zumindest einen kleinen Hoffnungsschimmer. Vielleicht finden sie uns ja. Mein Handy haben mir diese Gauner abgenommen und bestimmt ausgeschaltet oder vernichtet. Ich nehme an, deins ebenfalls. Da hilft uns Viktors Überwachungs-App wohl auch nicht. Die Ortung funktioniert bestimmt nur, wenn das Telefon eingeschaltet ist.«

»Leider, obwohl es eine gute Idee war.« Valerie stieß einen tiefen Seufzer aus. Ihre Lage war zum Verzweifeln. Eben noch hatte sie Baiers Geschichte abgelenkt, in der Stille hingegen, die nun entstanden war, kam ihr so richtig ins Bewusstsein, wie ausweglos ihre Situation in diesem Kellerloch war. Noch einmal dachte sie über das, was Baier ihnen erzählt hatte, nach, als ihr plötzlich etwas einfiel. »Georg, weißt du eigentlich, dass du denjenigen kanntest, der da erschossen worden ist?«

»Ich?« Verblüffung sprach aus Baiers Tonfall. »Aber ich habe doch hier in Bad Gastein gar keine Kontakte außer zu meinem Team. Ist es jemand von meinen Kollegen?« Er klang ehrlich bestürzt.

»Nein, keine Sorge, denen geht es gut, aber ich hab dich am Tag eurer Ankunft mit einem blonden Mann am Straubingerplatz gesehen. Er hieß Hertlein. Auf ihn hatte es der Mörder abgesehen.«

»Was? Auf Hertlein? Der arme Kerl. Es stimmt, den hab ich getroffen. War ein irrer Zufall, so weit weg von zu Hause. Ich war mal ein paar Jahre mit ihm befreundet.«

»Also sehr freundschaftlich hat euer Gespräch nicht gewirkt. Das hat mehr nach einem heftigen Streit ausgesehen«, meinte Valerie.

»Deswegen warst du auch auf der Liste der Verdächtigen«, setzte Nora nach. »Die Tatsache, dass du dich derart mit ihm gezofft hast und am Tag des tödlichen Schusses verschwunden bist, hat die Polizei skeptisch gemacht.«

Valerie hörte, wie Baier ungläubig nach Luft schnappte. »Was? Ich bin verdächtigt worden? Dabei bin ich doch ein Opfer!«

»Das wissen wir jetzt auch«, meinte Valerie. »Nur am Anfang war das ganz und gar nicht klar. Warum hast du dich denn mit Hertlein so in die Wolle gekriegt?«

»Es ging um Geld. Er hat vor einigen Jahren alles verloren. Damals habe ich ihm etwas geborgt. Nicht die Welt, aber für mich war es doch ganz schön viel. Reich wird man als Konditor ja nicht gerade, und ich wollte es endlich zurückhaben. Er hat gemeint, dass er kein Geld hätte, dass sich das aber in ein paar Tagen ändern würde. Dann wollte er sich wieder bei mir melden. Das war's.«

Valerie und Nora konnten nichts mehr dazu sagen, denn in diesem Moment hörten sie Schritte, die eine Treppe herunterkamen. Eindeutig stammten sie von zwei Personen. Um wen es sich dabei handelte, war unschwer zu erraten. Valerie musste einen Schrei unterdrücken. Ihr Herz begann, wie wild gegen ihre Rippen zu pochen, und trotz der Kälte fühlte sie Schweiß auf Händen und Stirn. Panisch löste sie den letzten Knoten von Baiers Handfesseln, woraufhin dieser nach dem Strick an seinen Füßen griff. Rasch tat sie das Gleiche bei ihren Knöcheln. »Wir dürfen uns mit keinem Mucks verraten. Es ist auf jeden Fall besser, die beiden meinen, wir lägen nach wie vor gefesselt jeder in einer Ecke«, flüsterte sie. »Vielleicht können wir sie zu dritt überwältigen.«

»Es ist gar nicht gesagt, dass die so schnell bei uns reinschauen. Sie haben sich im Nebenraum ihr Lager eingerichtet, hausen dort seit Tagen. Wenn wir Glück haben, lassen sie uns in Ruhe«, flüsterte Baier.

Valerie hielt die Luft an, als die Schritte vor der Tür verhallten. »Sollen wir mal bei unseren Gästen nachsehen?«, hörte Valerie von draußen.

»Ach, lass nur, überlegen wir lieber zuerst, was wir mit ihnen machen. Den Kerl hätte ich einfach zurückgelassen. Wer weiß, ob den jemals wer gefunden hätte. So schnell bestimmt nicht. Aber die beiden Ladys bereiten mir Kopfzerbrechen. Die waren schon beim Vortrag. Das sind Einheimische. Die Wahrscheinlichkeit, dass sie jemandem erzählt haben, wo sie sich heute Nachmittag rumtreiben, ist hoch. Wenn wir sie hierlassen, dann werden sie womöglich so schnell entdeckt, dass wir nicht mehr in Ruhe abhauen können.«

Nun war wieder die erste Stimme zu hören. »So ein Scheiß. Was müssen die auch in unseren Angelegenheiten rumschnüffeln! Ich hab sie neulich schon hier übers Gelände schleichen sehen.«

Die Antwort folgte prompt. »Ich hasse Frauen, die ihre Nase in Dinge stecken, die sie nichts angehen. Dieses Mal läuft echt alles schief. Wären uns dieser dämliche Hertlein und der Reporter nicht auf die Schliche gekommen, hätten wir den ganzen Zirkus hier im Ort noch deutlich länger durchziehen können. Nach dem Vortrag, den ich auch online gestellt habe, sind die Spendengelder nur so hereingeströmt. Schade, dass wir vorzeitig die Zelte abbrechen müssen.«

»Zumindest haben wir durch den raschen Verkauf der Immobilie hier ein ganz nettes Sümmchen zusammenbekommen. Die Flugtickets haben wir auch, also beschwer dich nicht. Das einzige Problem sind die drei dadrin.«

Es wurde heftig gegen die Tür getreten.

Nun erklang wieder die zweite Stimme. »Es hilft nichts. Wir müssen sie loswerden, und zwar so, dass sie uns nicht verraten können, bevor wir im Flieger sitzen. Ich hab da auch schon eine Idee …« Ein fieses Lachen erklang.

In Valerie machten sich die verschiedensten Emotionen breit. Panik war eine davon, doch momentan wurde sie überlagert von Wut: Wut auf die beiden Männer dort draußen vor der Tür, aber auch Wut auf sich selbst, weil sie sich so blenden hatte lassen. »Und ich hab noch gesagt, dass er eine herrlich wohltuende Stimme und wunderschöne Augen hat. Dieses Arschloch!«, wisperte sie vor sich hin.

Nun war auch noch der allerletzte Zweifel beseitigt. Eckehardt Becker, der Betrüger, der für den Verlust von Christians Geld verantwortlich war, hatte sich eine neue Identität und eine neue Betrugsmasche zugelegt, wie Hertlein herausgefunden hatte. Hätte dieser die Sache der Polizei gemeldet und nicht versucht, den falschen Zen-Meister zu erpressen, wäre er jetzt wohl noch am Leben und könnte weiterhin Sachertorte essen.

Doch Ähnliches konnte sie auch von Nora und sich selbst behaupten. Hätten sie sofort Dorothea angerufen und nicht erst lang und breit den gefundenen Laptop durchstöbert, dann wären sie jetzt vermutlich nicht in dieser misslichen Lage. Sie konnte nur hoffen, dass sie es zu dritt schaffen würden, die beiden Männer zu überraschen und zu überwältigen. Die Nachricht an Dorothea war wohl doch nicht mehr rausgegangen. Sonst hätte schon längst Hilfe vor Ort sein müssen.

Zitternd stand Valerie auf und positionierte sich hinter der Tür, in der Hand eines der Seile, mit denen sie gefesselt worden war. Vielleicht konnte es ihr behilflich sein.

Auch Nora und Georg Baier stellten sich so hin, dass sie im Fall des Falles gleich auf die zwei Männer losspringen konnten. Gespannt lauschte Valerie, was weiter passierte.

»Los jetzt, wir dürfen keine Zeit mehr verlieren. Rasch alles erledigen und dann ab mit ihnen in den Teich. Betonsteine zum Beschweren habe ich schon hinübergetragen. Das müsste uns genügend Zeit verschaffen.«

Beim Wort »Teich« horchte Valerie auf. Das ließ darauf schließen, dass sie sich nach wie vor auf dem Klostergelände befanden. Zu ihrem großen Entsetzen bemerkte sie nun, dass jemand einen Schlüssel ins Schloss steckte. Ihre Beine fühlten sich wie Pudding an, doch sie atmete bewusst tief ein und aus und versuchte, all ihre Kraft zu bündeln. Hier ging es ums Ganze, um Leben und Tod.

Gerade als der Schlüssel einmal gedreht worden war, vernahm sie von Weitem ein zweites Geräusch. Ein Geräusch, das wie Musik in ihren Ohren klang. Es war ein Martinshorn, das langsam näher zu kommen schien. Bei genauem Hinhören waren es sogar mehrere Martinshörner, die mit Mordsradau durchs Tal hallten.

»Verdammter Mist! Vergiss die drei. Wir müssen weg. Die Schlampe hat vermutlich noch Hilfe geholt, bevor ich sie niederschlagen konnte.«

Eilige Schritte waren draußen zu hören. Becker alias Schmidt sprintete wohl samt Krause – oder wie auch immer er hieß – die Treppe nach oben. Vermutlich hatten sie in einer der alten Garagen ihr Auto stehen, denn Valerie und Nora hatten es bei ihren Rundgängen nicht entdeckt. Kraftlos ließ sich Valerie die Mauer hinab zu Boden sinken. Tränen der Erleichterung liefen ihr über die Wangen. Sie schloss Nora, die sich neben sie hockte, in den Arm und wiegte sie hin und her. Die Gefahr war vorüber. Jetzt mussten sie nur noch gefunden werden.

Gespannt lauschte Valerie dem Geschehen draußen, das sie durch das Kellerfenster nur gedämpft wahrnehmen konnte. Das Geheul der Martinshörner war verstummt, Reifen hatten gequietscht. Nun riefen verschiedenste Stimmen durcheinander. Sie wurde nicht schlau aus alldem, aber sie vertraute darauf, dass Dorothea, Erwin und seine Männer alles im Griff hatten und die Täter nicht entkommen ließen. Zen-Meister Karsten Schmidt und sein Freund Krause sollten ihre gerechte Strafe erhalten. Sie hatten nicht nur zwei Menschen auf dem Gewissen, sondern auch mit den Gefühlen zahlloser anderer gespielt. Die Sehnsucht der Leute nach Glück und Zufriedenheit so schamlos auszunutzen und diese um ihr Erspartes zu bringen, war absolut schäbig. Die Skrupellosigkeit der beiden Täter entsetzte Valerie zutiefst.

***

Mittlerweile war die Hektik draußen abgeebbt, aber bis jetzt hatte sie noch niemand gefunden. Mindestens zwei Autos waren abgefahren, andere waren hinzugekommen, soweit Valerie das aus ihrem Kellerloch hatte hören können. Nun wurden jedoch neue Rufe laut. Sie war sicher, dass auch Viktors Stimme darunter war. Offenbar wurde das Gelände nach Nora und ihr abgesucht. Ihre Spur verlor sich wohl oben bei den beiden Autos, also ihrem eigenen und dem von Matthias Müller.

Valerie rappelte sich hoch und stürmte zur Mauer unter dem kleinen Fenster. Verflixt, dass es so hoch oben angebracht war. Zu hoch, als dass sie es hätten öffnen können. Dennoch schrie sie aus Leibeskräften. Nora stimmte kurz darauf ein, nur Georg Baier blieb apathisch an der Tür sitzen. Ob ihm das Geplärre zu schrill war oder ob er einfach keine Kraft mehr hatte, ließ sich bei dem wenigen Licht nur schwer erkennen. Die Finsternis wurde immer dichter. Der Tag neigte sich dem Ende zu, und die Sonne war allem Anschein nach bereits hinter den Berggipfeln verschwunden. Es würde nicht mehr allzu lange dauern, bis das gesamte Gelände völlig im Dunkeln lag.

»Lauter, Valerie, wir müssen noch lauter rufen! Die Stimmen sind zu weit weg.« Nora war die Panik anzuhören.

Als sie schon fast aufgeben wollten, weil sie immer heiserer wurden, nahm Valerie plötzlich ein ihr nur allzu bekanntes Kläffen wahr. Das konnte ihre Rettung sein.

»Sie haben Nelly geholt. Das ist unsere Chance. Sie findet uns, ganz bestimmt.«

Neue Hoffnung flammte auf. Zu zweit gaben sie noch einmal alles und riefen nach der kleinen Hündin, mobilisierten ihre letzten Kräfte und legten sich richtig ins Zeug. Es dauerte auch tatsächlich nicht lange, bis das Gebell intensiver wurde und schließlich in ein freudiges Winseln überging. Im letzten Licht der untergehenden Sonne erkannte Valerie einen Schatten. Die Kippohren wackelten aufgeregt, und die kleinen Pfoten kratzten ohne Unterlass am Fenster, als wollte sich Nelly einen Weg durchs Glas zu ihnen hinunter graben.

Endlich war auch klar und deutlich Viktors Stimme zu vernehmen. »Ich glaube, Nelly hat sie gefunden. Kommt alle hierher, ich bin beim alten Nebengebäude. Sie müssen im Keller sein.«

Während Valerie noch mitkriegte, wie Viktor Nelly lobte, sah sie den hellen Schein einer Lampe ins Fenster leuchten. Geblendet zuckte sie zurück, rief aber erneut: »Hier sind wir! Hier unten!«

Keine Minute war vergangen, als Valerie bereits mehrere Personen die Treppe hinunterpoltern hörte. Kurz darauf wurde der Schlüssel ein zweites Mal im Schloss gedreht, und die Tür schwang mit einem unangenehmen Quietschen auf. Das Licht, das ihre Retter mitgebracht hatten und das sie nun durch den Raum gleiten ließen, schmerzte in den Augen, aber die Tatsache, dass sie diesen Nachmittag überlebt hatten, wog alles auf. Valerie warf sich Viktor, der auf sie zutrat, in die Arme und drückte ihn so fest, dass sie selbst schon Sorge hatte, ob er auch genügend Luft bekam. Dann durchnässte sie sein Hemd, weil sie die Tränen nicht mehr länger zurückhalten konnte. Zu groß war die Anspannung hier in diesem verliesartigen Kellerloch gewesen. Als sie sich ein wenig gefangen hatte, hob sie den Blick und sah, dass auch Anton Nora fest im Arm hielt. Um Georg Baier kümmerten sich derweil Erwin und Dorothea. Und Nelly hüpfte wie ein Springball an Valeries und Viktors Seite hoch, bis sie sie in ihre Mitte ließen und sie von Valerie ausgiebig gestreichelt wurde.

ACHTZEHN

»Bist du so weit?« Viktor streckte den Kopf zur Badezimmertür herein und betrachtete Valerie liebevoll. Die Ereignisse des Vortages hatten sie einander noch näher gebracht, obwohl Valerie das nach so langer Zeit gar nicht mehr für möglich gehalten hätte. Sie lächelte ihn verlegen an. »Wenn du mich so mitnimmst, mit meiner Riesenschramme, dann bin ich so weit.«

»Ich nehm dich auch samt Schramme mit, keine Sorge«, meinte er lächelnd und hielt ihr die Hand entgegen, die sie dankbar ergriff. Nach wie vor fühlte sie sich wackelig auf den Beinen. Der Arzt hatte ihr eine leichte Gehirnerschütterung attestiert, kein Grund zur Sorge, aber immerhin Grund genug, um ein paar Tage kürzerzutreten. Nora ging es ähnlich. Auch sie war noch angeschlagen. Ihre Wunden waren jedoch nicht so offensichtlich wie Valeries. Schmidt und Krause hatten sie beide ziemlich unsanft in den Keller verfrachtet.

Und dennoch würde Valerie sich den anstehenden Termin um nichts in der Welt entgehen lassen. Ein außerordentlicher Familienstammtisch im Försterhütterl, ihrem Lieblingslokal direkt am Merangarten, war von Viktor und Anton einberufen worden. Üblicherweise hielten sie ihn fix einmal im Monat ab, doch dieses Mal sollte er anlassbedingt stattfinden. Nora, Anton, Viktor, Andi und sie gehörten zum Stammteam. Die Zwillinge und Felix konnten leider nicht kommen, da sie mitten in ihren Prüfungen steckten. Dafür aber hatten sich Christian samt Bärbel und den Jungs, Dorothea, Erwin und Georg Baier angesagt. Den ganzen Tag über waren die Vernehmungen gelaufen. Dorothea hatte am Telefon bereits angekündigt, dass sie am Abend noch letzte Details beisteuern werde.

Valerie klopfte an Andis Tür. »Wir gehen jetzt«, rief sie und konnte nicht umhin, ihn beim Herauskommen kurz in ihre Arme zu ziehen. Dass er es sang- und klanglos über sich ergehen ließ, konnte nur bedeuten, dass er bei all der Coolness eines Dreizehnjährigen doch ganz schön Angst um seine Mutter ausgestanden hatte. Er hakte sich sogar bei ihr unter, als sie nach der Liftfahrt nach unten die Lobby durchquerten. An ihrer anderen Seite ging Viktor, der ihr den Arm um die Hüfte gelegt hatte. Da spürte sie, wie endlich der Rest der Anspannung von ihr abfiel. Was für ein Glück, so eine Familie zu haben. In Gedanken waren auch Lea und Jakob dabei, das wusste sie. Sie hatte am Morgen ausführlich mit ihnen telefoniert, da sie natürlich jedes kleinste Detail wissen wollten. Beide hatten lapidar gemeint, dass es immer wieder das Gleiche sei mit ihr, dass man sie keinen Moment aus den Augen lassen könne. Na ja, irgendwie hatten sie vielleicht sogar recht damit.

Nora und sie hätten nach dem Fund des Autos einfach vorsichtiger sein sollen, doch diese Erkenntnis machte die Ereignisse nun auch nicht mehr ungeschehen. Sie musste froh sein, dass nicht noch mehr passiert war.

Langsam schlenderten sie zu dritt über den Straubingerplatz und zur Brücke über den Wasserfall, wo sie einen Moment vor der Madonnenstatue verharrten und Valerie einen stillen Dank aussprach, während sie dem geliebten Rauschen lauschte.

Dann setzten sie ihren Weg fort, vorbei am Café Elisabeth, wo Georg Baier sich versteckt hatte, am Kongresszentrum, hinter dem der Mörder sich den Weg durchs Dickicht hin zum Wasserfall gebahnt hatte, und hinauf zum Merangarten, wo im Restaurant bereits die anderen auf sie warteten. Valerie achtete penibel darauf, nur langsame Bewegungen zu machen, weil der Schmerz in ihrem Kopf bei jeder Erschütterung schlimmer wurde, doch dennoch war es ihr wichtig, alle in eine feste Umarmung zu schließen. Christian und Bärbel hatten beide Tränen in den Augen und wussten nicht, ob sie sich öfter für die Hilfe bedanken oder ihre Verlegenheit kundtun sollten. Es war ihnen in höchstem Maße unangenehm, dass Valerie und Nora in diese gefährliche Situation geschlittert waren, nur um Christian aus der Patsche zu helfen.

Doch Valerie winkte ab. »Ich bin erwachsen. Ich weiß, was ich tue, und bin das Risiko ganz bewusst eingegangen. Genau wie

Nora. Das Fatale ist, dass wir schlicht und ergreifend zu neugierig sind. Das ist wohl unser größtes Problem. Dafür könnt ihr beide nichts. Das müssen wir wohl besser in den Griff bekommen«, sagte sie und zwinkerte Nora zu.

Als alle einen Sitzplatz im oberen Stock gefunden hatten, von wo aus sie dem italienischen Pizzabäcker zusehen konnten, wie er ihre Pizzen in den Steinofen schob, übernahm Dorothea das Wort.

»Ich weiß, dass ein paar von euch noch Fragen haben. Da der Fall nun geklärt ist und die beiden Deutschen heute sogar ein umfassendes Geständnis abgelegt haben, kann ich euch gern erzählen, was euch noch unter den Nägeln brennt. Schließlich seid ihr alle Betroffene. Außerdem haben wir hier im ersten Stock heute geschlossene Gesellschaft, und ich gehe davon aus, dass ihr die Einzelheiten nicht weitererzählt, sollte euch jemand von der Presse ausquetschen wollen. Verweist sie einfach auf uns, das ist das Leichteste. Also, was möchtet ihr wissen?«

Valerie hob wie ein Schulkind die Hand. »Ich hätte da noch was. Es geht um Matthias Müller.«

Alle Köpfe wandten sich ihr zu, und sie sprach weiter. »Haben Schmidt und Krause erzählt, wie das mit seinem Tod abgelaufen ist?«

»Schmidt hat sich zuerst in vornehmes Schweigen gehüllt, aber Krause hat schnell geplaudert. Bestimmt wollte er vermeiden, dass er für beide Morde den Kopf hinhalten muss. Den ersten hat er auf Geheiß von Schmidt begangen. Das wissen wir auch von Georg Baier, der ihn am Tatort gesehen hat. Aber der zweite geht auf Schmidts Konto. Offenbar haben die beiden Männer seit Wochen hier im Keller gehaust, alte Aufnahmen aus Nürnberg online gestellt, um den Schein zu erwecken, sie wären in Deutschland. In Wahrheit ist ihnen dort der Boden unter den Füßen zu heiß geworden. Familienmitglieder der alten Dame, von der sie das Hotel geschenkt bekommen haben, haben Anzeige erstattet. Die Frau war zu diesem Zeitpunkt bereits so schwer dement, dass sie nicht mehr geschäftsfähig war. Schmidt hat das ausgenutzt und sie so manipuliert, dass sie den Schenkungsvertrag unterschrieben hat, ohne zu wissen, dass es einer war.«

Ein empörtes Schnauben war rund um den Tisch zu hören. Aber wirklich verwundert war niemand über die Machenschaften der beiden Herren.

»Und was war mit Müller?« Nora wollte wieder zurück auf Valeries eigentliche Frage kommen.

»Müller ist ihnen aufgefallen, als er ums Haus geschlichen ist und Beweisfotos machen wollte. Laut Krause wollten sie ihn niederschlagen und zu Baier in den Keller stecken. Es hätte vermutlich lang gedauert, bis man dort nach den beiden gesucht hätte. Doch es kam alles anders. Schmidt hat ihm mit der Brechstange so heftig auf den Schädel gedonnert, dass er auf der Stelle tot war. Um es wie einen Unfall aussehen zu lassen, haben sie ihn spätabends gemeinsam in die Ache geworfen.«

»Und unterhalb des Wasserfalls blieb sein Körper dann an den Felsen hängen. Der Arme.« Valerie schluckte.

Betretenes Schweigen machte sich am Tisch breit. Zwei Tote waren eindeutig zwei zu viel. Matthias Müller war komplett unschuldig gestorben. Nur weil er genau wie Jens Hertlein den Gaunern auf die Schliche gekommen war. Dabei hatte er wohl auch Hertlein erkannt und eins und eins zusammengezählt, als dieser ermordet worden war.

Valerie hatte sogar mit Hertlein Mitleid. Obwohl er ein Erpresser gewesen war, hatte er es nicht verdient, so aus dem Leben zu scheiden. Er hatte ohnehin schon so leiden müssen, sonst wäre er ja erst gar nicht auf die Idee mit dem Brief gekommen, der im Keller bei Schmidts Sachen gefunden und als Beweismittel sichergestellt worden war. Er hatte wohl gehofft, sich einen Teil des Kapitals, das er vor Jahren verloren hatte, zurückholen zu können.

Für einen Moment war nur das Rucken der Gläser zu hören, doch dann räusperte sich Christian. »Also, ich ... ich hätte da auch noch eine Frage.«

Erwin übernahm nun das Wort. »Darauf habe ich schon gewartet. Ich nehme an, du möchtest wissen, wie die beiden an dein Jagdgewehr gekommen sind, stimmt's?«

Christian nickte stumm.

»Krause hat es uns so erzählt: Der Vortrag über den Zen-Buddhismus hat genau an dem Tag stattgefunden, als Hertlein seinen altmodisch gebastelten Erpresserbrief beim Kloster hinterließ. Er muss ihnen lange auf den Fersen gewesen sein und sie genau ausspioniert haben. Dass sie in Bad Gastein das Klosterprojekt aufziehen wollten und ein Vortrag geplant war, wusste er mit Sicherheit aus Schmidts Videos. Da ist er ihnen wohl hinterhergefahren. Damit, dass sie ihn wegen der Erpressung aus dem Weg räumen würden, hat er bestimmt nicht gerechnet.« Erwin trank einen Schluck und räusperte sich, bevor er weitersprach. »Krause hat an dem Abend im Hotel zufällig mitbekommen, wie du dein Gewehr aus dem Auto geholt und es ins Jagdstüberl getragen hast. In einem unbeobachteten Moment hat er sich reingeschlichen und den Waffenschrank entdeckt. Der Typ ist schon lang ein Krimineller. Krause ist im Übrigen auch nicht sein richtiger Name. Vielmehr war er schon unter dem Namen Rainhard Götze bei der Immobiliensache vor einigen Jahren Schmidts Handlanger. Er hat alles Mögliche auf dem Kerbholz und ist ein Profi, wenn es um Einbruch geht. Deinen alten Schrank zu knacken war ein Kinderspiel für ihn. Er musste nur darauf achten, dass er keine Spuren hinterließ. Und das war's. Dass er dein Gewehr am Tatort zurückgelassen hat, sollte ihnen beiden Zeit verschaffen, damit sie in Ruhe ihre Zelte abbrechen und aus dem Land fliehen konnten. Doch Georg Baier, Matthias Müller und unsere beiden Hobbydetektivinnen haben ihnen einen Strich durch die Rechnung gemacht.«

»Selbst schuld. Ist wohl nicht so gut für sie gelaufen. Mit Mama sollte man sich eben nicht anlegen. Die hat es faustdick hinter den Ohren«, platzte nun Andi heraus, und alle lachten erleichtert auf.

Valerie sah aus den Augenwinkeln, dass der Pizzabäcker bereits dabei war, die ersten Pizzen aus dem Ofen zu holen. Hastig fragte sie: »Und was ist mit Huber und seiner Baufirma? Hat der auch was mit der Sache zu tun?«

Dorothea antwortete: »Ja, aber nur am Rande. Der Huber war

heute so klein mit Hut, als wir ihn verhört haben, und hat prompt alles gestanden. Er war nur dafür zuständig, das alte Hotel für etwaige Spender wie eine Baustelle aussehen zu lassen. Er hat den Wagen dort abgestellt, einiges an Material abgelagert, den Rasen gemäht und die Fenster von innen verhängt. Nachgefragt, warum sich Schmidt das wünschte, hat er nicht. Dafür hat er eine ordentliche Summe kassiert.«

»Das verstehe ich nicht«, mischte sich nun Nora ein. »Wir haben doch aus dem Inneren Bohrgeräusche und ein Hämmern gehört.«

Erwin lachte kurz auf. »Das war ein uralter CD-Player, der in Dauerschleife eine selbst gebrannte CD mit Baustellengeräuschen abspielte. Dafür hat Huber sogar ein kleines Balkonkraftwerk zum Hotel gekarrt, damit er ausreichend Strom hatte.«

»Gefinkelt. Das hätte ich dem Huber mit seinen Schokobroten gar nicht zugetraut.« Viktor lachte. Dann wurde er wieder ernst. »Also mit dem Mord an Hertlein hat er nichts zu tun, gell?«

»Nein, hat er nicht«, antwortete Dorothea. »Aber der Hertlein hat offenbar bei ihm rumgeschnüffelt und wollte ihn über die Klosterbaustelle ausfragen, deshalb hat er sich auch so erschrocken, als du den Namen erwähnt hast, Valerie.«

Gut, dass Dorothea nicht mehr sauer war. Die Sache mit »Huber-Bau« hatte Valerie ja auch mit Viktor im Alleingang durchgezogen. Das waren genau die Aktionen, die bei der Kripo gar nicht gut ankamen. Bei ihrer Einvernahme hatte sie offen und ehrlich alles erzählt, was Dorothea und Erwin noch nicht gewusst hatten. Wieder einmal hatte sich gezeigt, dass ihre privaten Ermittlungen massiv zur Lösung des Falles beigetragen hatten, selbst wenn es am Schluss richtig brenzlig geworden war. Ein Glück, dass sie es tatsächlich noch geschafft hatte, die SMS an Dorothea wegzuschicken, auch wenn die sie wegen einer Besprechung erst verspätet gelesen hatte. Hätte sie sie nicht bekommen, wäre die Sache wohl nicht so glimpflich ausgegangen.

Aber darüber wollte Valerie sich jetzt nicht mehr den Kopf zerbrechen. Hauptsache, Nora, Georg Baier und sie waren gerettet worden.

Bei aller Erleichterung hatte die Geschichte dennoch einen schalen Nachgeschmack hinterlassen. Valerie war bitter enttäuscht von sich selbst. »Wisst ihr, was mich am meisten stört?«, fragte sie deshalb in die Runde, ohne jedoch auf eine Antwort zu warten. »Dass ich auf diesen Schmidt mit seinen schönen blauen Augen reingefallen bin. Das ärgert mich maßlos, und ich finde es unmöglich, dass jemand so mit den Bedürfnissen und Gefühlen anderer Menschen spielt. Der Wellness-Trend boomt doch nur deshalb so, weil die Leute in unserer hektischen Zeit Entspannung bitter nötig haben. Es ist einfach unfair, dass es Scharlatane wie Schmidt gibt, die diese Menschen ausnehmen wollen. Und ich hab nicht bemerkt, dass diese ganze Zen-Sache nur Lug und Trug war. Ich war bei seinem Vortrag und hab mir seine Videos angeschaut. Es würde mich brennend interessieren, wie er überhaupt auf diese Idee kam. In asiatischen Klöstern, wie er erzählt hat, war er ja wohl nicht, nehme ich an.«

»Nicht wirklich.« Dorothea gluckste. »Seiner Aussage nach hat er im Gefängnis ein Buch über Zen-Buddhismus gelesen und dort wohl seine neueste Betrugsmasche ausgeheckt. Geläutert ist er da jedenfalls nicht rausgekommen, eher motiviert, gleich wieder loszulegen.«

Angewidert schüttelte Valerie den Kopf. »Unglaublich, oder? Dabei hat er so echt gewirkt. Auch auf die Gefahr hin, dass ich mich wiederhole, muss ich es noch einmal betonen: Seine Augen waren fast hypnotisch, und diese innere Ruhe, die konnte man deutlich spüren. Und seine Stimme in den Videos war richtig einlullend. Ich hätte nie im Traum daran gedacht, dass mit dem etwas nicht stimmen könnte.«

Jetzt prusteten Dorothea und Erwin gleichzeitig los. »Sich zu ärgern bringt im Nachhinein nichts, glaub mir«, sagte Dorothea, als sie sich wieder eingekriegt hatte. »Aber vielleicht helfen dir ein paar kleine Infos, milder mit dir selbst zu sein. Da war nämlich nicht alles so, wie es auf den ersten Blick schien.«

»Genau«, übernahm Erwin wieder das Wort. »Der Schmidt hat als junger Mann eine Schauspielausbildung gemacht, kann sich also richtig gut verstellen. Die schönen blauen Augen sind, ob du es glaubst oder nicht, Fake. Er hat als Zen-Meister immer strahlend blaue Kontaktlinsen getragen, seine Originalfarbe ist viel weniger verlockend. Und zu guter Letzt dürfte er wie ein Blöder gekifft haben. Den Beweis dafür haben wir in dem Kellerversteck gefunden. Deshalb war er so tiefenentspannt. Und schon hast du dein beeindruckendes Gesamtbild, Valerie.«

Jetzt war es an Valerie und Nora, laut loszulachen. »Dann hattest du recht mit den Joints, Nora. Tiefenentspannung kann eben verschiedene Gründe haben. Darauf trinke ich einen Schluck. Prost in die Runde, meine Lieben! Auf dass uns kein Fremder mehr schöne Augen macht!«

Valeries süße Rezepte

Sachertorte

Zutaten Teig:
140 g dunkle Schokoladenkuvertüre
150 g weiche Butter
100 g Staubzucker
1 Messerspitze geriebene Vanille
6 Eier
90 g Kristallzucker
140 g Weizenmehl (kann auch durch Dinkelmehl ersetzt werden)
Fett und Mehl für die Springform

Weitere Zutaten:
180 bis 200 g Marillenmarmelade (Aprikosenmarmelade)
150 g dunkle Schokoladenkuvertüre
200 g Kristallzucker
125 ml Wasser

Zubereitung:
Die Kuvertüre für den Teig im Wasserbad schmelzen und leicht abkühlen lassen. Die Butter mit Staubzucker und Vanillepulver schaumig mixen. Die Dotter einzeln unterrühren, dann nach und nach die geschmolzene Kuvertüre hinzufügen. Das Eiweiß mit dem Kristallzucker steif schlagen und abwechselnd mit dem Mehl vorsichtig unter die Schokoladenmasse heben.
Die Springform (24 Zentimeter) einfetten und mit Mehl bestäuben. Den Teig in die Form füllen, glatt streichen und in den vorgeheizten Ofen (170 Grad) schieben. 10 bis 15 Minuten bei leicht geöffneter Ofentür und danach circa 50 Minuten bei geschlossener Tür backen. Die Seiten lösen und den Kuchen mindestens 20 Minuten lang auskühlen lassen, bevor er halbiert wird. Die Marmelade erwärmen (auf Wunsch mit einem kleinen Schuss

Rum) und umrühren, bis sie glatt ist. Die Oberseite der beiden Kuchenhälften mit der Marmelade bestreichen und wieder aufeinandersetzen. Die Ränder nun auch mit Marmelade bestreichen.

Für die Glasur den Kristallzucker mit dem Wasser bei starker Hitze circa 5 Minuten kochen. Den Sirup vom Herd nehmen und leicht abkühlen lassen. Die Kuvertüre nach und nach einrühren, bis eine dicke Flüssigkeit entsteht. Die gesamte lauwarme Glasur über die Oberfläche des Kuchens geben und mit einer Palette schnell verteilen.

Typischerweise wird die Sachertorte mit ungesüßtem Schlagobers (Sahne) serviert.

Gutes Gelingen!

Linzer Torte

Zutaten:
300 g glattes Mehl
300 g Haselnüsse
300 g Butter
200 g Staubzucker
1 Ei
1 Kaffeelöffel Zimt
½ Kaffeelöffel Nelkenpulver
Zitronenschale
1 Eidotter
1 Messerspitze Vanillepulver
ca. 200 g rote Ribiselmarmelade (Johannisbeermarmelade)

Zubereitung:
Alle Zutaten (außer Marmelade) rasch zu einem Teig verarbeiten.
Etwa zwei Drittel des Teigs in eine mit Butter ausgestrichene
Tortenform füllen und mit der Marmelade bestreichen. Den rest-
lichen Teig zu Rollen formen und als Gitter und Rand obenauf
legen. Im Anschluss im vorgeheizten Ofen circa 50 bis 55 Mi-
nuten bei 165 Grad backen, abkühlen lassen und den Rand der
Springform entfernen.

Lassen Sie es sich schmecken!

Esterházy-Torte

Zutaten:
6 Eiweiß
1 Prise Salz
150 g Kristallzucker
50 g Mehl
200 g Haselnüsse gemahlen (alternativ Mandeln)

Für die Buttercreme:
500 ml Milch
5 Eigelb
100 g Kristallzucker
1 Messerspitze Vanillepulver
40 g Speisestärke
250 g weiche Butter
100 g Staubzucker
2 EL Rum (optional)

Für die Glasur:
150 g Staubzucker
2–3 EL Zitronensaft/Wasser
50 g Zartbitterschokolade
Außerdem:
100 g Raspelschokolade

Zubereitung:
Als Vorbereitung 5 Kreise mit 24 Zentimetern Durchmesser auf Backpapier zeichnen. Eiweiß mit einer Prise Salz steif schlagen, den Kristallzucker einrieseln lassen und weiter schlagen, bis eine glänzende Masse entsteht. Mehl und Haselnüsse vorsichtig unterheben, die Masse auf die Backpapierkreise verteilen, die

Böden bei 170 Grad goldbraun backen und im Anschluss gut auskühlen lassen.

Für die Buttercreme Milch, Eigelb, Kristallzucker, Vanillepulver und Speisestärke in einem Topf erhitzen und rühren, bis die Creme andickt. Dann die Creme abkühlen lassen. Die weiche Butter mit dem Staubzucker schaumig rühren, eventuell Rum dazugeben und die Creme löffelweise hinzufügen. Die fertige Buttercreme anschließend dünn auf die Böden streichen, die Torte zusammensetzen und rundherum mit der restlichen Creme bestreichen. Den Staubzucker mit dem Zitronensaft zu einer dicken Glasur anrühren und auf der Torte verteilen.

Die Zartbitterschokolade schmelzen, in eine Spritztüte füllen und dünne Linien in konzentrischen Kreisen auf die Glasur zeichnen. Mit einem Zahnstocher abwechselnd von innen nach außen und von außen nach innen durch die Schokolade Linien ziehen, um das typische Muster zu erzeugen. Die Raspelschokolade an den Rand drücken.

Viel Freude mit Ihrer Esterházy-Torte!

Malakofftorte (einfaches Rezept)

Zutaten für die Creme:
1 Pck. Vanillepuddingpulver
220 ml Milch
150 ml flüssiges Schlagobers (Sahne)
130 g Kristallzucker
200 g weiche Butter

Zutaten für den Boden:
ca. ¼ l Milch
Rum nach Geschmack (z. B. 3 EL)
ca. 350 g Biskotten (Löffelbiskuits)

Zum Bestreichen und Verzieren:
12 halbe Biskotten
375 ml flüssiges Schlagobers (Sahne)
1 Pck. Sahnesteif
1 Kaffeelöffel Staubzucker
ev. dunkle Kuvertüre zum Tunken

Zubereitung:
Für die Creme das Puddingpulver mit ein wenig Milch gut vermengen. Den Rest der Milch samt Schlagobers und Zucker zum Kochen bringen und das Pudding-Milch-Gemisch unterrühren. Den Topf vom Herd nehmen und den Pudding unter mehrmaligem Umrühren abkühlen lassen. Dann die Butter cremig aufschlagen und löffelweise den kalten Pudding hinzufügen.
Eine Springform (26 Zentimeter) auf eine Tortenplatte stellen. Milch und Rum in einer flachen Schüssel vermischen, die Biskotten kurz eintauchen und dann in die Springform legen, sodass die gesamte Fläche belegt ist. Als nächsten Schritt mit Buttercreme

bestreichen und erneut eine Lage Biskotten darauflegen. Weiter so verfahren, bis die Biskotten beziehungsweise die Creme aufgebraucht sind.

Anschließend das Schlagobers mit Zucker und Sahnesteif schön fest schlagen und die Torte rundum damit überziehen. Mit einem Spritzbeutel die Oberfläche noch verzieren und die halben Biskotten (wenn möglich zur Hälfte in Schokolade getunkt) im Kreis obenauf legen. Wer möchte, kann den Rand der Torte gern noch mit Mandelblättchen oder Schokoraspeln verzieren.

Genießen Sie diesen österreichischen Klassiker!

Vielen Dank

Mein herzlicher Dank gilt Ihnen, liebe Leserinnen und Leser, liebe Tortenliebhaberinnen und Tortenliebhaber, dass Sie sich die Zeit genommen und sich mit mir auf eine Gedankenreise in den wunderbaren Kurort Bad Gastein begeben haben. Ich hoffe, Valerie Thallers neuester Mordfall hat Sie gut unterhalten, selbst wenn es hart ist, beim Lesen mit den Köstlichkeiten der österreichischen Mehlspeisküche konfrontiert zu werden, ohne ein Stück Torte in Griffweite zu haben. Vielleicht haben Sie ja wie ich mordsmäßige Lust bekommen, die Rezepte auszuprobieren. Sie sind es wert, so viel können Sie mir glauben.

Zudem gilt mein Dank wieder all jenen, die sich die Mühe machen und meine Bücher rezensieren. Eure wertschätzenden Worte bedeuten mir sehr viel! Ebenso wie das Vertrauen der Buchhändlerinnen und Buchhändler, die ihren Kunden meine Krimis ans Herz legen.

Danke euch allen!

Besonders bedanken möchte ich mich bei Chefinspektor Hans J. Wolfgruber von der Landespolizeidirektion Salzburg, der mir in Sachen Polizeiarbeit beratend zur Seite stand. Ihre Infos waren wirklich sehr wertvoll!

Ein herzliches Dankeschön geht natürlich an das gesamte Team des Emons Verlags, allen voran an Stefanie Rahnfeld und Dr. Christel Steinmetz, die auch an meine dritte Geschichte geglaubt und es mir ermöglicht haben, Valerie mit ihrer Freundin Nora wieder in Sachen Mord ermitteln zu lassen. Zudem haben sie eine wirklich tolle Lektorin, Julia Lorenzer, für mich ausgewählt, bei der ich mich ebenfalls von Herzen bedanken möchte. Es war mir eine Freude, mit Ihnen zusammenzuarbeiten. Ihre wertschätzende Art, meinem Text den letzten Schliff zu verpassen, hat mir richtig gutgetan.

Ein ganz besonderer Dank geht an meine Eltern, die mich auch bei diesem Buch mit ihrem Krimi-Expertenwissen wieder tatkräftig unterstützt haben. Meine Mordfälle und ich stoßen bei ihnen immer auf offene Ohren. Danke, dass es euch gibt!

Und last, but not least gebührt meinem Mann und meinen Kindern großer Dank dafür, dass sie immer hinter mir stehen. Das gemeinsame Verkosten der neuen Rezepte hat bei diesem Band besonderen Spaß gemacht. Euer Rückhalt bedeutet mir wirklich viel! Was täte ich nur ohne euch?!

Ulrike Moshammer
LEICHENSCHMAUS MIT KAISERSCHMARRN
Broschur, 224 Seiten
ISBN 978-3-7408-1761-9

Bergsport, Thermalbäder und Entspannung – das ist es, was die
Gäste des Grand Hotels in Bad Gastein suchen. Doch als kurz vor
der Sommersaison ein brutaler Mord geschieht, ist es mit der Idylle
im Tal vorbei. Von einem Tag auf den anderen gerät das beschau-
liche Leben von Hotelbesitzerin Valerie Thaller komplett aus den
Fugen. Als klar wird, dass die Zukunft ihrer Familie auf dem Spiel
steht, macht sie sich gemeinsam mit ihrer Freundin Nora auf die
gefährliche Suche nach dem Täter.

»Unterhaltsame Krimihandlung mit viel Witz.«

Oberösterreichische Nachrichten

www.emons-verlag.de

MIX

Papier | Fördert
gute Waldnutzung

FSC® C083411

Zeitfracht Medien GmbH
Ferdinand-Jühlke-Straße 7
99095 Erfurt, Deutschland
produktsicherheit@kolibri360.de

Ulrike Moshammer
MORDSSCHNITZEL
Broschur, 256 Seiten
ISBN 978-3-7408-2042-8

Valerie Thaller ist geehrt, als der legendäre »Schnitzelkönig« seinen siebzigsten Geburtstag in ihrem Grand Hotel feiert. Geladen sind Familie und Freunde, doch im Laufe des Abends mischen sich auch unerwünschte Gäste unter die Gesellschaft. Offenbar sind nicht alle dem Gastronomen wohlgesinnt, denn am nächsten Morgen liegt er tot in seinem Wohnzimmer. Gemeinsam mit ihrer Freundin Nora versucht Valerie zu rekonstruieren, was in der Nacht geschah. Können sie den Täter entlarven, bevor er ein zweites Mal zuschlägt?

www.emons-verlag.de